ghostgirl

Tonya Hurley

ALFAGUARA

Título original: *Ghostgirl*
D.R. © Tonya Hurley, 2008
D.R. © de la traducción: Alicia Frieyro, 2008
D.R. © del diseño de cubierta: Alison Impey, 2008
D.R. © Siluetas de interiores: Craig Phillips
Diseño adicional de interiores: Beatriz Tobar
D.R. © Santillana Ediciones Generales, S.L., 2008
D.R. © de esta edición:
Santillana Ediciones Generales, S.A. de C.V., 2009
Av. Río Mixcoac 274, Col. Acacias
C.P. 03240, México, D.F.

ISBN edición rústica: 978-607-11-0185-3
Primera edición: abril de 2009
Sexta reimpresión: octubre de 2011

Adaptación para América: Roxanna Erdman

Impreso en México

ghostgirl

Tonya Hurley

Traducción de
Alicia Frieyro

ALFAGUARA

Para Isabelle y Oscar

1

¿Alguna vez te has sentido invisible?

Que hablen mal de uno es terrible.
Pero es peor que no lo hagan en absoluto.
–Oscar Wilde

Nunca piensas que te pueda pasar a ti.

Piensas cómo será. Le das vueltas una y otra vez, alterando el escenario un poco en cada ocasión, pero en el fondo no crees que te vaya a pasar nunca, porque siempre es a otro a quien le sucede, no a ti.

Charlotte Usher cruzó con paso decidido el estacionamiento rumbo a la puerta principal de Hawthorne High, repitiéndose su mantra positivo: "Este año es diferente. Éste es mi año". En lugar de permanecer grabada para siempre en la memoria de sus compañeros de escuela como la chica que sólo ocupaba espacio, la ocupasillas, la que succionaba ese aire tan preciado al que bien podía haberse dado otra utilidad mucho más provechosa, este año empezaría con otro pie, un pie calzado con los zapatos más exclusivos y más incómodos que el dinero puede comprar.

Había desperdiciado el año anterior sintiéndose como la hijastra no deseada del alumnado de Hawthorne High, y no tenía la menor intención de darse por vencida. Este año, el primer día de clases iba a ser el primer día de su nueva vida.

Al acercarse a la escalera de la entrada, contempló cómo destellaban contra las puertas los últimos flashes de las cámaras de los reporteros del anuario de la escuela mientras Petula

Kensington y su pandilla entraban, altivas, en el vestíbulo. Siempre llegaban al último y luego succionaban a los demás tras ellas, en una especie de ventosa de popularidad. Su entrada marcaba el inicio oficial del curso. Y Charlotte estaba sola allí afuera y empezaba con retraso. Como siempre. Hasta entonces.

El encargado de la puerta asomó la cabeza y echó un vistazo por si faltaba alguien por entrar. No había nadie. Bueno, sí había alguien pero, como siempre, no se percató de Charlotte, que apresuró el paso cuando él empezó a cerrar la gigantesca puerta metálica. A ella le pareció la de la bóveda de seguridad de un banco. Pero sin dejarse intimidar, por primera vez, Charlotte llegó a las puertas a tiempo de colar en el resquicio la punta de su zapato nuevo y evitar que se cerraran totalmente.

—Perdona, no te había visto —murmuró el vigilante con indiferencia.

Nadie la veía, lo cual era de esperarse, pero por lo menos había logrado cierto reconocimiento y una disculpa. Al parecer, su "plan de popularidad", una larga lista que había confeccionado meticulosamente con el fin de atrapar al objeto de su deseo, Damen Dylan, empezaba a funcionar.

Al igual que muchos otros en su situación, Charlotte había pasado el verano entero trabajando; sin embargo, a diferencia de la mayoría, ella había estado trabajando para sí. Se había dedicado en cuerpo y alma a estudiar el anuario del año anterior, casi como si su vida dependiera de ello.

Había estudiado a Petula, la chica más popular de la escuela, y a las dos aduladoras que eran sus mejores amigas, las Wendys —Wendy Anderson y Wendy Thomas—, del mismo modo que algunas fans estudian a su famoso preferido. Quería que todo le saliera a la perfección. Justo como a ellas.

Se dirigió confiada al primer destino marcado en su agenda: la hoja de inscripción para las pruebas de animadora. Animadora. *La* hermandad más cotizada y exclusiva de todas las hermandades femeninas, el boleto dorado para lograr no sólo que se fijaran en ella sino que la envidiaran. Charlotte agarró el viejo bolígrafo que pendía de la pizarra de anuncios colgado de un cordel deshilachado remendado con cinta adhesiva de papel, y se dispuso a inscribir su nombre en el último recuadro que quedaba en blanco.

No había terminado de escribir la C, cuando sintió unos bruscos golpecitos en el hombro. Charlotte dejó de escribir y se giró para ver quién osaba interrumpir su primera tarea del día o, mejor dicho, la primera tarea de su nueva vida, y vio una fila de chicas que habían *acampado* toda la noche para inscribirse. Más que para una prueba parecía que estaban allí para un casting.

La chica de los golpecitos la miró de arriba a abajo, le arrebató el bolígrafo y de un plumazo inscribió su nombre y tachó el de Charlotte. Luego abrió la mano y dejó que el bolígrafo cayera libremente cuan largo era el cordel del que pendía.

Charlotte contempló cómo el bolígrafo se mecía contra la pared como un ahorcado.

Mientras se alejaba, escuchó a sus espaldas las risitas de la jauría de aspirantes a animadoras. Charlotte ya había experimentado antes esa clase de crueldad, tanto en su cara como a sus espaldas, y siempre había tratado que no le afectara lo que los demás pensaban o decían de ella. Pero ni maquillada había conseguido dotarse de una piel tan gruesa como para soportar la peor de las humillaciones.

Se sacudió su malestar, decidida a no perder los nervios ni su dignidad. Consultó la agenda y murmuró para sí: "Asignación de lockers". Lo tachó de la lista y se dirigió a toda prisa hacia su siguiente destino.

Mientras caminaba, por su mente pasaba a toda velocidad el itinerario que había seguido aquel verano. Para ser francos, debía reconocer que había hecho un esfuerzo desmesurado en su intento por lograr que él se fijara en ella. Se diría que se había pasado, y mucho. No es que hubiera recurrido al bisturí, no, la cosa no llegaba a tanto, pero el cabello, la dieta, el guardarropa, la preparación y el estilismo habían consumido todas sus vacaciones. A final de cuentas, se estaba dando una oportunidad, y con todo lo dicho y hecho, ¿qué daño podía hacerle una gigantesca dosis de autosuperación?

Naturalmente, sabía que aquello era casi... bueno, que *todo* era superficial, pero ¿y qué? Si su vida hasta ahora servía de ejemplo, era evidente que, de todas formas, aquella historia acerca de la belleza interior no era más que una bobada. La "belleza interior" no sirve para que te inviten a las mejores fiestas con la gente bonita. Y está claro que no sirve para que Damen Dylan te invite al baile de otoño.

Definitivamente, Damen era la prioridad, y las fechas más importantes, como ahora era la del baile, siempre lograban motivar a Charlotte. La vida es una sucesión de decisiones, y ella había hecho la suya.

Justificaba su evolución hacia la superficialidad diciendo que se trataba de una medida estratégica. Desde su punto de vista, sólo había dos maneras de tener acceso a Damen. Una era a través de Petula y su pandilla. Pero dada la reputación de Charlotte, o más bien la falta de una, las probabilidades eran bastante escasas. Aquellas chicas siempre habían sido populares. Y lo iban a ser siempre. Es más, la esencia misma de la popularidad radicaba en su cualidad de inalcanzable. No era algo por lo que uno pudiera optar o que se pudiera lograr. Era algo que a uno simplemente le otorgaban; cómo o quién, pensó Charlotte, era todo un misterio.

Pero —y aquí era donde el plan de actuación de Charlotte adquiría matices más sutiles—, si lograba un *aspecto* suficientemente parecido al de Petula y las Wendys, si lograba *actuar* de forma similar a ellas, *pensar* como ellas, "encajar" con la gente con la que Damen encajaba, tal vez entonces tuviera alguna posibilidad. Había muchas razones por las que valía la pena cambiar de aspecto, y ella pensaba que hasta ahí lo había logrado.

Esto la llevaba a la otra manera de acceder a Damen. La mejor de las dos opciones. La que ella prefería: evitar totalmente a las chicas y acercarse a Damen directamente. Se trataba de una jugada arriesgada, sin lugar a dudas, puesto que a ella eso de conquistar no le salía muy bien. El cambio de apariencia era el primer paso necesario, pero la siguiente fase determinaría el éxito o el fracaso. Se había apuntado a todas las clases a las que estaba segura de que él asistiría, y había planeado rondar su locker, el cual tenía intenciones de localizar en ese momento.

Como los demás, Damen nunca le había prestado la menor atención a Charlotte, y era poco probable que un poco de maquillaje y un alisado profesional fueran a cambiar su actitud. Aun así, Charlotte no perdía la esperanza. La esperanza de que si lograba pasar un tiempo valioso con él, sobre todo ahora que había mejorado su aspecto exterior, la cosa saldría bien.

Y no era sólo que se hiciera ilusiones, se trataba de una conclusión a la que Charlotte había llegado después de observar a Damen detenidamente. En los centenares de fotografías que le había tomado a escondidas a lo largo de varios años, Charlotte creía haber detectado, por qué no decirlo, cierta decencia en él. Estaba en sus ojos, en su sonrisa.

Damen era imponente y atlético y se comportaba como puede esperarse de un auténtico guapo, es decir, con superioridad, aunque sin dejar de ser agradable. No era de sorprender que fuera esa decencia el rasgo de Damen que menos le gustaba a Petula. Quizá era la cualidad que más detestaba por tratarse precisamente de aquella de la que más carecían ella y todas sus amigas.

Con la risa de las candidatas a animadoras resonando todavía en sus oídos, rumbo al gimnasio Charlotte deseó con todas sus ganas que la suerte se pusiera de su parte. Las asignaciones de los lockers estaban expuestas en la doble puerta, y Charlotte se dirigió directamente hacia ellas. Recorrió despacio con el dedo la columna de nombres acomodados por orden alfabético en la hoja de la P a la Z, echando un vistazo a los números correspondientes mientras buscaba el suyo.

Todos los nombres le eran familiares; eran compañeros con los que había crecido, a los que conocía desde preescolar, primaria o secundaria. Sus rostros se encendieron y apagaron sucesivamente en su cabeza, como diapositivas. Luego llegó a su nombre: "USHER, CHARLES. LOCKER 7".

"¡Siete! ¡Número de buena suerte!", se dijo, interpretándolo como un buen augurio. "Además es un número bíblico". Buscó en su mochila y sacó un lápiz, lo devolvió al interior y tomó un bolígrafo. Corrigió su nombre con tinta indeleble de "Charles" a "Charlotte". No quería ningún error, y menos en este día.

Otra inspección deslizando el dedo por la lista le reveló que el locker de Damen estaba en el otro extremo del edificio. Se dirigió hacia el suyo, dándose ánimos mentalmente.

"No pasa nada", se consoló Charlotte, que probó la combinación de su candado un par de veces, abriendo y cerrando la puerta de su locker en cada ocasión, antes de ir a buscar el de Damen.

Continuó andando y hablando para sí, mientras gesticulaba como una actriz que ensaya un monólogo, y de repente sintió como si se ahogara.

Preocupada, notó que había llegado a la pasarela, la cual estaba llena de fumadores que daban una última calada antes de la clase. La exhalación sincronizada de monóxido de carbono producía una densa niebla irritante, y ya era demasiado tarde para contener la respiración, así que aceleró el paso. Las conversaciones fueron apagándose una a una al paso de Charlotte; las colillas, extinguidas en vasos de café extragrandes o pisoteadas en el cemento mientras las últimas espirales de humo se elevaban en torno de ella.

Cuando hubo dejado atrás la neblina y se acercaba a las puertas del extremo opuesto de la pasarela, Charlotte vio cómo un puñado de estudiantes se arremolinaba y retrocedía por el corredor, igual que cazadores de autógrafos ante la puerta de la entrada de artistas de una representación que acaba de colgar el cartel de "localidades agotadas".

—¡Damen! —exhaló sobrecogida.

Por encima de la multitud no pudo divisar más que su espesa y hermosa cabellera, pero era todo lo que necesitaba ver. Estaba segura de que era *su* pelo. Ni espuma para peinar ni cera ni crema ni gomina, gel, champú de volumen o rastro alguno de metrosexualidad. Nada más una imponente cabeza de pelo ondulado. Sin perder de vista a su presa, Charlotte echó a andar con aquella insólita modalidad desesperada de paso atropellado que ya había empleado esa mañana para llegar a la parada del autobús, y se precipitó jadeando hacia el locker contiguo al de él. Llegó un instante antes que Damen y su multitud de adoradores, que había abierto una brecha para dejarlo pasar.

Hacía mucho que no estaba tan cerca de él, y aquello le afectó más de lo que creía. Lo había visto, al menos en fotos, durante todo el verano, pero ahora lo tenía allí, en persona.

Se sentía deslumbrada. Al aproximarse, la muchedumbre se cerró en torno a él. Cuanto más cerca lo tenía, menos lograba ver. Se internó en el tumulto que lo rodeaba, tratando de acercarse un poco más, pero a cada intento acababa asfixiada por la vorágine. Así, en su primer día, Charlotte se descubrió ocupando una posición de sobra familiar: en el exterior, mirando hacia dentro.

2

Morirse por ser popular

En el mundo yo era sólo una persona más,
pero anhelaba ser el mundo para una persona.

–JJ

Que pase lo que tenga que pasar.

Creer en ello puede ser bueno y no tan bueno. Puede servir de consuelo cuando nos cuesta asimilar o dar explicación a un suceso. Pero también puede desposeernos por completo de toda voluntad, pues nos exime de responsabilidad. Si todo sale a pedir de boca, entonces el empeño para conseguirlo habrá sido inútil porque lo que fuera tenía que pasar de todas formas, con o sin nuestra intervención. Charlotte trataba de decidir si tenía más fe en sí misma que en el Destino.

Sonó el timbre para la primera clase, y la muchedumbre que rodeaba a Damen se dispersó. El parloteo del pasillo se fue apagando al tiempo que los estudiantes se dirigían a clase, y el único sonido que se podía escuchar ya era el eco metálico de los portazos en los lockers y el de la banda de la escuela entonando un ridículo arreglo de lo que parecía ser *Why Can't I Be You* de The Cure.

A pesar de los contratiempos matutinos, Charlotte se esforzó por conservar el optimismo. Después de todo, su primera clase era Física, con el profesor Widget. Y con Damen. Y con Petula también, para qué negarlo. La clase de Física le parecía a Charlotte como un documental de Animal Planet. Tendría la oportunidad de estudiar el exótico comportamiento de chicas tan populares como Petula, las Wendys y sus amigas y lanzarse a la caza de Damen.

Charlotte se coló discretamente en clase y vio cómo a su izquierda los estudiantes ocupaban sus sitios preferidos, dejaban caer los bolsos y abrían y cerraban las cremalleras de sus mochilas en busca de cuadernos, bolígrafos, lápices, calculadoras. Se podía adivinar que era el primer día de clases porque todos estaban... muy bien preparados, por no decir que absolutamente felices de estar allí.

Los únicos asientos libres que pudo localizar se hallaban al fondo, detrás de Petula y las Wendys. Era probable que estuvieran reservando uno de ellos para Damen, pensó. ¡Genial! El resto del curso pasaría la primera hora pegada a los de la Lista A de Hawthorne. Una situación perfecta. Sin embargo, mientras se dirigía hacia el fondo del aula, Charlotte se percató de que su presencia no era precisamente bienvenida.

Ni un "choca esos cinco" ni un "¿qué tal el verano?", ni siquiera un "hola" por parte de los compañeros a su paso. Ni un solo comentario acerca de su tan trabajado cambio de aspecto ni tampoco el más mínimo gesto de cortesía. Únicamente desaprobación en el ceño fruncido de las dos Wendys y un gesto de "¿quién se tiró un pedo?" en el rostro de Petula cuando se aproximó al pupitre que estaba desocupado detrás de ellas.

Charlotte tomó asiento y miró al frente con ojos inexpresivos mientras contaba cabezas. ¡Ni rastro de Damen! ¡Al final iba a resultar que no estaba en esa clase! Pero tenía que estar. Al menos eso decía su preinscripción cuando ella abrió el sobre al vapor. Obtener ese retazo de información había sido el único objetivo de las prácticas de verano en la oficina del director. Sintió que se le revolvía el estómago.

En la pizarra se podía leer en grandes letras mayúsculas ATRACCIÓN Y MAGNETISMO y debajo aparecían los cuatro pelos repeinados del decrépito y calvo profesor Widget. Estaba encorvado, y llevaba su camiseta de EN EL ESPACIO, NADIE PUEDE OÍRTE GRITAR, que se ponía cada año al principio del curso.

—Buenos días a todos. Soy el profesor Widget —dijo levantándose de un salto al sonar el timbre. Su pose sufrió una repentina transformación. De la de viejo científico loco a la de animador de un concurso. Su nombre siempre provocaba alguna quc otra risita cuando se presentaba, y ese año no iba a ser la excepción. Pero las risas se apagaron con la misma rapidez con que habían brotado y dieron paso a un mar de miradas atentas y cuellos estirados. Todos estaban enterados de los rumores, pero muy pocos habían tenido la oportunidad de observarlo así de cerca.

Aunque no fuera obvio a primera vista, a medida que el profesor Widget continuó hablando, anotó cómo paseaba la mirada sin mover la cabcza un ápice. Es más: parecía capaz de observar a todos los estudiantes a la vez. "Una herramienta muy útil para un profesor", pensó Charlotte, excepto que no se trataba para nada de una habilidad. Tenía un ojo de vidrio.

—Todos ustedes cuentan con algunos conocimientos básicos sobre biología, química y ciencias o de otro modo no estarían aquí, ¿verdad? —dijo con cierto sarcasmo—. Así que el primer tema que tocaremos este cuatrimestre será —y para acompañar sus palabras se giró de medio lado con una gracia inusitada y señaló, con la palma levantada, la pizarra— atracción y magnetismo, las leyes de la atracción.

"A todos ustedes les interesa la atracción, *¿correcto?* —continuó, haciendo vibrar las erres. Charlotte tuvo que agarrarse el brazo para evitar que éste se levantara como un rayo y expresar cuán de acuerdo estaba con él—. Y puesto que yo siempre he creído que la mejor forma de aprender es la *experimentación*... nuestra primera tarea será escoger pareja para las prácticas de laboratorio. Así que levántense, por favor, y busquen pareja.

Los alumnos empezaron a mirarse unos a otros y a señalar a sus amigos en diferentes puntos del aula, algunos gritaban y daban saltitos como si acabaran de entrar en la Academia de *Operación triunfo*. Las Wendys ya formaban un equipo y Petula seguro que querría a Damen, aunque no lo suficiente como para esperarlo mucho más tiempo. Tras unos breves segundos de impaciencia, jaló hacia sí a la más cercana de las dos Wendys, Wendy Thomas, para no quedarse sola y tener que emparejarse con un perdedor.

Wendy Anderson, a su vez, se emparejó a toda velocidad con el último guapo que encontró, mientras los demás hacían su elección frenéticamente. Charlotte se quedó sola; era la única a la que nadie había escogido. Tanto la había distraído la ausencia de Damen que no había prestado atención a nadie más. Pero ahora, al verse allí, humillada hasta el tuétano, toda su historia escolar se le vino encima como un balde de agua fría.

"¿Cómo es posible sentirse tan sola en una habitación repleta de gente?", pensó, mientras sentía que sus orejas empezaban a arder.

Widget paseó la mirada por el aula, detectó a unos cuantos rezagados que entraban en el último minuto, y procedió a hacer un llamado nada entusiasta en favor de Charlotte.

—Vamos, chicos, ella se ve bastante... capaz.

Charlotte había temido que empezara a gritar como un subastador, pero se equivocó, a Dios gracias.

—¿Nadie que quiera hacer pareja con...? —Widget la señaló y farfulló torpemente, tratando de ubicar el nombre de Charlotte, pero no pudo recordarlo—. Esteee... ¿con ella?

Pero antes incluso de que acabara de formular la pregunta, los estudiantes estaban ya todos emparejados. El sonido de la banda de música que ensayaba en el pasillo pareció sonar con mayor intensidad en los oídos de Charlotte. Y las risas que había dejado atrás, junto a la hoja de inscripción para animadoras, retumbaron de nuevo en su mente.

Justo cuando la situación no podía ser más embarazosa, la puerta se abrió de golpe.

—Siento llegar tarde —se apresuró a disculparse Damen ante el profesor Widget.

¡Allí estaba! Las nubes se habían dispersado y el sol volvía a brillar.

—Vaya, precisamente la persona que andábamos buscando —contestó Widget, consciente de que emparejarlo con Charlotte era castigo más que suficiente por su tardanza. Y continuó—: Le presento a la que será su pareja este cuatrimestre.

—Tengo un justificante—imploró Damen con la mirada desorbitada.

Charlotte no cabía en sí de gozo. Ya era una suerte que él estuviera en su clase, pero que además fuera su pareja de laboratorio era el colmo de la felicidad. ¿De veras estaba sucediendo? Sin saber cómo, logró mantener la compostura cuando Damen se dirigió hacia ella, resignado.

El profesor Widget se acercó para decirle algo a Damen pero, debido al ojo de vidrio, Charlotte pensó que tal vez fuera a ella a quien se dirigía. Ninguno de los dos estaba completamente seguro y ninguno quería empezar con el pie equivocado, así que ambos prestaron atención.

—Creo que debería aprovechar este emparejamiento. Yo diría que es cosa del destino —dijo Widget, guiñando su ojo sano.

Charlotte estaba loca de felicidad y absolutamente conforme, en cambio Damen parecía algo deprimido y un poco confundido, tanto por la afirmación como por el ojo de cristal de Widget, que por primera vez veía de cerca. El profesor Widget se inclinó hacia Damen en un gesto muy suyo.

—Le diré algo: este año van a presionar mucho a los estudiantes atletas. Hay una nueva política. O mantiene buenas notas en todas las asignaturas o lo echan del equipo —advirtió.

Charlotte, viendo una oportunidad para avanzar en su estrategia, sonrió y espetó:

—¡Me encanta la física!

El profesor Widget y Damen la miraron con cara rara, como quien observa a un loro amaestrado graznando palabras absurdas desde su jaula. Widget se alejó con una sonrisita burlona en el rostro y empezó a recoger sus cosas. Damen se inclinó hacia Charlotte, tratando de ser discreto.

—Oye... —susurró Damen—, esteee... —tartamudeó, al tiempo que trataba torpemente de recordar su nombre.

—... Charlotte —contestó ella con amabilidad, apuntándose a sí misma con un dedo.

—Eres lista... —continuó él, como si nada pasara.

—Gracias —repuso ella, y cruzó las manos a la espalda con modestia, como si él le hubiera hecho un cumplido insinuante.

—Me pregunto si... —prosiguió.

—¿¿¿Sí??? —contestó ávidamente Charlotte, ¡como si en ese mismo momento y lugar él fuera a pedirle una cita!

—¿Estarías interesada en, bueno, ya sabes, en darme unas clases o algo así? —le preguntó.

Charlotte no era tan ingenua como para interpretar aquello como un gesto romántico, o siquiera amistoso. Sabía que él tenía un motivo básico oculto. Pese a todo, desterró la idea y se concentró en el lado bueno. No era una invitación al baile, pero sí una oportunidad para pasar algún tiempo a solas con él, y aquello la tenía emocionada.

Reprimió el temblor de su voz y estiró con decisión las rodillas, que se le aflojaron desde el momento en que Damen había entrado al aula. Trató de hacerse la dura por un segundo, obligándolo a esperar una respuesta a su ofrecimiento. Su deseo se estaba convirtiendo en realidad; no como ella pretendía, pero se estaba convirtiendo en realidad de todas formas. Era el destino, como había dicho Widget. Tenía que serlo.

Estaba a punto de decirle que sí, cuando Petula, con una Wendy a cada lado, se acercó a Damen y los interrumpió.

—¿Dónde estabas? —le preguntó enojada a Damen.

—Se te acabó el tiempo —le advirtió malévolamente Wendy Anderson a Charlotte, sacándola de la conversación con un golpe de cadera.

Charlotte se quedó por allí de todas formas y empezó a echarse ositos de goma a la boca mientras recogía su computadora portátil y los libros. Había decidido intentar "quedarse rezagada", como si fuera una más del grupo, mientras esperaba para darle su última palabra a Damen.

—Estaba taaaaan preocupada —dijo Petula con tono mimoso.

Que Petula se preocupara tanto por el bienestar de otra persona, incluido Damen, era tan ridículo que hasta las Wendys tuvieron que darse la vuelta y morderse el labio para no echarse a reír.

—Aunque no suficiente como para esperarme, por lo que se ve —dijo Damen de manera sarcástica, volviéndose hacia Charlotte y dejándole claro a Petula que sabía que le preocupaba mucho más verse obligada a hacer pareja en el laboratorio con alguien de la Lista D, que lo que le pudiera haber ocurrido a él.

—¿No creíste que iba a esperarte, así, como para siempre, no? —dijo Petula con egoísmo. Las palabras de Petula sorprendieron a Charlotte, quien en su lugar habría esperado para siempre y más.

—¿Para siempre? —se burló Damen—. Te dije que quizá me retrasara un poco.

—¿Ah, sí? Pues no recibí tu SMS —contestó Petula, que a estas alturas ya casi no prestaba atención.

—Y entonces ¿cómo supiste que era un SMS? —dijo Damen, negando con la cabeza mientras cerraba su mochila.

En un intento por ganar tiempo para hallar una excusa creíble, Petula empezó a irse por las ramas:

—Tenía el celular en el bolso y el bolso está...

—Justo aquí —una voz impertinente la interrumpió desde afuera del aula. Petula se giró hacia aquel sonido tan familiar e inoportuno y vio a una chica que sostenía su bolso como si fuera radiactivo. Puso los ojos en blanco en un gesto de profundo desprecio y se dirigió hacia la puerta.

—¡Te he dicho que no toques mis cosas! —le espetó Petula en un susurro bastante audible.

—Lo dejaste en el automóvil de papá y no quería que te diera el síndrome de abstinencia de los SMS, Dios nos libre —dijo la chica, sosteniendo el costoso bolso de marca lo más alejado de sí que le permitía el brazo—. Además, ya sé lo difícil que te resulta pasar un día entero sin tu rellenador de labios.

—¡Yo no uso relleno! —le espetó Petula.

Charlotte estaba estupefacta tanto por el descaro de la chica como por su atuendo, a medio camino entre los estilos gótico y burlesque: una camiseta rosa y negra de los Plasmatics que asomaba por debajo de un largo suéter de pico, un enorme anillo antiguo con una piedra rosa para recalcar su tan socorrido dedo corazón, una minifalda negra de lentejuelas, medias rojas de red, zapatillas tipo ballerinas con tachuelas plateadas y labial rojo intenso mate. Apenas la vio supo que se trataba de Scarlet Kensington, la hermana pequeña de Petula. Y por lo que se veía, lo único que tenían en común era el ADN.

Petula le arrancó el bolso de mala manera y lo revisó para cerciorarse de que no faltara nada. Cuando hubo confirmado que todo estaba intacto, extrajo del interior una navaja que utilizaba para afeitarse las piernas, suaves como la seda.

—Toma, te la regalo —dijo con sorna—. Una pequeña muestra de agradecimiento. A lo mejor la puedes usar dentro de un rato para liberar algo de estrés.

Las Wendys estallaron en carcajadas ante la ocurrencia, y Damen se limitó a negar con la cabeza como diciendo "aquí vamos otra vez".

—La única forma de que yo libere algo de estrés sería rajándote la garganta con ella; claro que no sé por dónde vomitarías luego la comida —dijo Scarlet con una sonrisa falsa.

Charlotte no podía creer la audacia de Scarlet y se le escapó un grito ahogado que pasó inadvertido a todos salvo a la propia Scarlet.

—¿Y tú qué miras? —ladró ésta; su corta melena teñida de negro se le arremolinó ante el rostro como una cortina cuando, con toda brusquedad, se giró y le lanzó una mirada asesina a Charlotte. Ella se quedó totalmente paralizada ante aquellos ojos avellana, otro rasgo que compartía con su hermana, que parecieron abrasarla.

Antes de que Charlotte pudiera pronunciar un "¿quién?, ¿yo?" en respuesta, Scarlet dio media vuelta y se fue, el sonido metálico de las cadenas de su chamarra de cuero iba debilitándose mientras se alejaba.

Petula, que estaba perdiendo protagonismo rápidamente, sacó su brillo de labios y se los pintó con ese rosa tan característico suyo.

—Estoy pensando en cambiar el tono de mi vestido para el baile de otoño por un rosa más oscuro —anunció Petula, como si se tratara de una noticia bomba. Sin esperar a la reacción de Damen, levantó la polvera, giró su rostro de un lado a otro, frunció los labios de manera seductora, decidió que su aspecto era arrebatador y besó el espejo, dejando, como siempre, una perfecta huella de labial rosa.

Charlotte, detrás de Petula y lo suficientemente cerca como para poder verse reflejada en la polvera, hizo coincidir sus labios a la altura del beso que Petula había marcado en el espejo y se imaginó por un instante que eran los suyos.

Sam Wolfe, un compañero "lento" a quien Petula y sus amigas apodaban con cariño Efecto Retardado, sacó a Petula y a Charlotte de sus respectivas ensoñaciones cuando, sin motivo alguno, colocó el monitor de video en la parte del frente del aula, junto a ellas. Petula, que seguía parloteando sobre el tono de su vestido para el baile, cerró de golpe la polvera y se giró hacia Sam sin previo aviso.

—No sabes la suerte que tienes de ser de efecto retardado —le dijo Petula a Sam.

Sam sonrió con indiferencia, pero Damen la miró asqueado. Charlotte tomó nota; el chico le gustaba cada vez más.

—¿Qué pasa? —Petula reaccionó a la mirada de desaprobación de Damen completa y genuinamente confundida.

Luego se volvió de nuevo hacia Sam y, echando mano de una seudosensibilidad muy suya, intentó disculparse.

—Oh, perdona... quería decir *retrasado* —le dijo con un tono cargado de falsa condescendencia.

Sonó el timbre y todos se apresuraron a salir de clase. Todos excepto las Wendys, Damen y Petula, que siempre se tomaban su tiempo a la hora de salir y dirigirse a la siguiente clase. Charlotte también se entretuvo, inmóvil en su pupitre, echándose a la boca más y más ositos de goma mientras crecía su preocupación por la conversación de Damen y Petula, y crecían sus deseos de que ella y Damen pudieran concluir la suya.

Vio cómo Petula le lanzaba un beso superficial al aire, cuando se disponían a partir por separado. Damen salió primero, y al pasar junto a la mesa del profesor Widget, éste también se levantó para irse, aunque antes se tomó unos segundos para prevenir a Damen.

—Recuerde la nueva política, señor Dylan —le advirtió Widget mientras cerraba su portafolio y se dirigía hacia la puerta.

El comentario le sirvió a Damen de recordatorio de su encuentro con Charlotte minutos antes. Miró hacia atrás con indiferencia y levantó el libro de Física en dirección a Charlotte. Abrió los ojos de par en par y se encogió de hombros, como si esperara una respuesta de Charlotte.

—¿Me ayudarás? —Charlotte vio que articulaban sus labios mientras cruzaba el umbral de espaldas y en cámara lenta, seguido de cerca por Petula y su pandilla.

Charlotte se puso un último osito de goma a la boca, y al echar a andar y empezar a articular su respuesta aspiró sin querer la golosina, que se le quedó atorada en la garganta.

Empezó a caminar más aprisa hacia la puerta, gesticulando desesperadamente con las manos, pero era tanta la gente que ya rodeaba a Damen que, tan pronto éste puso un pie en el pasillo, dejó de verla. Charlotte tosía con todas sus ganas para expulsar el osito y poder gritarle su respuesta, pero justo cuando estaba a punto de desalojarlo de su garganta, Petula le cerró la puerta en las narices.

Charlotte se dio de bruces contra ella, haciendo que el osito penetrara aún más en la tráquea. Intentó, sin éxito, practicarse el Heimlich, haciendo pedorretas por el aula como un globo perdiendo aire. Empezaba a ahogarse y el aula estaba totalmente vacía. No había nadie que se fijara en ella. Nadie que pudiera ayudarla.

Se puso una mano en la garganta y apoyó la otra en la ventanilla de la puerta para no perder el equilibro. Sin poder respirar, trató desesperadamente de llamar la atención de Damen golpeando con la palma de la mano en el cristal, pero éste interpretó el gesto como mera despedida.

Él levantó la mano brevemente a modo de saludo, rodeó con su brazo a Petula y se dirigió a su próxima clase.

Ella pegó la cara al cristal como el pequeño Tim ante el escaparate de la tienda de juguetes en el *Cuento de Navidad*, e incapaz de mantenerse en pie se fue escurriendo puerta abajo. Mientras se deslizaba alcanzó a ver a los estudiantes que reían y charlaban camino a su siguiente clase, la mirada fija en Damen y Petula que se alejaban.

Su mano, que esperaba que alguien volteara a ver, perdió lentamente su sudoroso agarre en la ventanilla rectangular, y su desmayada huella fue dejando atrás su rastro antes de llegar abajo, donde se reunió, en el suelo, con el resto de su cuerpo.

3

Despertar

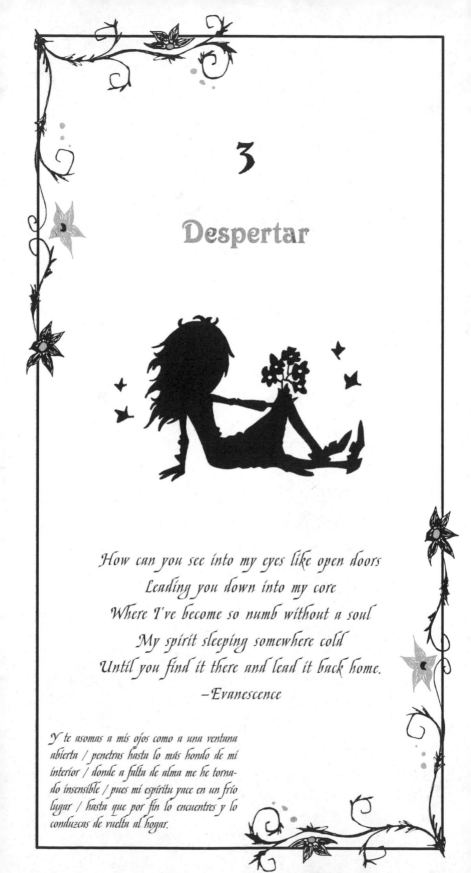

How can you see into my eyes like open doors
Leading you down into my core
Where I've become so numb without a soul
My spirit sleeping somewhere cold
Until you find it there and lead it back home.
–Evanescence

Y te asomas a mis ojos como a una ventana abierta / penetras hasta lo más hondo de mi interior / donde a falta de alma me he tornado insensible / pues mi espíritu yace en un frío lugar / hasta que por fin lo encuentres y lo conduzcas de vuelta al hogar.

¿Cómo saber?

¿Cómo saber si no es más que una fantasía o un sueño absurdo, un delirio producto de tu mente? No hay ensayos generales en la vida y aun menos en el amor. De eso sí que tenía ya la certeza Charlotte.

Un torbellino de pensamientos sobre Damen giraba de manera frenética en la mente de Charlotte cuando se despertó con el suave zumbido de las luces fluorescentes que se alineaban en el techo del aula. Muy despacio, abrió un ojo y luego el otro, y se percató de que, a pesar de la intensidad de la luz blanca, no le molestaba mirarla directamente.

Parpadeó unas cuantas veces y se incorporó hasta quedar medio tumbada, con el cuerpo apoyado sobre los codos. Observó las sucias manchas oscuras de humedad y las pelotitas de papel pegadas a los paneles cuadrados de espuma rígida del techo que se cernían sobre ella. Sintió que se mareaba un poco, pero lo achacó a la emoción de los acontecimientos.

—Genial. Me pide que le eche una mano. *A mí.* ¿Y yo qué hago? Me desmayo —se reprochó.

Todos aquellos cambios por los que tanto había luchado, razonó Charlotte, no habían transformado a quien en realidad era ella por dentro. ¿Qué decía Horacio? ¿Que "podemos cambiar el cielo pero no nuestra naturaleza", o algo así? Tú eres tú y tu circunstancia. El triste hecho de que un poeta romano de hace dos mil años comprendiera mejor su vida que ella misma era... por lo menos decepcionante. Y lo que era más raro todavía, ¿a santo de qué se le ocurría pensar en eso precisamente en ese momento? En ese momento vio el escenario bajo una luz mucho menos desmoralizadora.

"¡Seguro que fue un bajón de azúcar!", pensó, recordando que se había olvidado de desayunar en su afán por no perder el autobús e incluso después, en la escuela, con tanto encuentro premeditado con Damen.

Charlotte volvió la cabeza de un lado a otro y se dio cuenta de que estaba completamente sola. No le sorprendió, puesto que, a decir verdad, no esperaba que nadie hubiera notado su ausencia. Luego, al bajar la mirada, comprobó que no estaba tan sola como pensaba. Allí estaba el osito de goma, inocente y sin vida, tan provocador como la muñeca parlante de aquel viejo episodio de *Dimensión desconocida*. No presentaba el típico color rojo opaco, sino ese rojo transparente que adquieren después de haberlos chupado un rato.

Permaneció mirando la gomita durante un buen rato, inexplicablemente recelosa; se puso la mano en la garganta y tosió. La tenía allí enfrente, en el suelo, pero todavía podía sentirla en la laringe.

—Esto sí que es... curioso —dijo Charlotte, totalmente perpleja.

Justo cuando empezaba a recordar todo lo ocurrido, se oyó un anuncio por el altavoz.

"Charlotte Usher, preséntese por favor en la sala 1.313", requirió la voz apagada.

Reunió sus cosas y salió al pasillo desierto, cabe decir que de bastante buen humor. Como esperaba que la acosaran con preguntas rumbo a la Dirección, casi le decepcionó comprobar que el aviso pasaba inadvertido; pero claro, todos estaban en clase, así que continuó como si nada.

"¿La sala 1.313?", se preguntó, todavía aturdida por los desencuentros con Damen y el osito de goma.

Al doblar una esquina y adentrarse en uno de los largos pasillos, una lectura del "Annabel Lee" de Edgar Allan Poe inundó el corredor desde una de las aulas del fondo. Era su clase de Literatura de segunda hora —el lugar donde supuestamente debía estar ella—, que ya había comenzado. Las palabras resonaron en el pasillo vacío, su eco rebotaba contra los suelos recién encerados y pulidos del primer día de clases.

Pero nuestro amor era más fuerte
que el amor de nuestros mayores,
que el de muchos más sabios que nosotros,
y ni los ángeles del Cielo, allá arriba,
ni los demonios, en las profundidades del mar,
podrán jamás desgajar mi alma
del alma de la hermosa Annabel Lee.

Por alguna razón, parecía conocer el camino a la extraña sala, a pesar de no haber estado allí antes. Se vio arrastrada hasta una puerta sin numerar situada al fondo del pasillo. Abrió, y se encontró con una escalera que descendía hasta una zona del sótano, que más que asustarla la desorientó. Mientras bajaba, vio las descascaradas tuberías expuestas que recorrían el techo, sobre su cabeza, y el suelo de cemento a sus pies. Charlotte respiró hondo y se tapó la nariz como medida preventiva, pensando que ya había aspirado suficiente contaminación por un día en la pasarela.

—Sígame —se dijo a sí misma con voz quejumbrosa, tapándose la nariz con dos dedos, en su mejor imitación de *El joven Frankenstein*, y empezó a bajar. Sus pisadas golpeaban el suelo en silencio.

Las tuberías parecían brillar por la condensación del agua pero, curiosamente, no goteaban y no olía a moho ni a humedad. Se retiró los dedos de la nariz para volver a tomar aire y enseguida se dio cuenta de que no había necesidad de seguir tapándosela.

Mientras avanzaba por el estrecho corredor de tuberías, conductos de aire y cableado, vio una luz que iluminaba el camino y se detuvo. Era brillante, aunque pálida, como la luz de la luna. Parecía provenir de detrás de la vieja caldera, que estaba fría porque se encontraba apagada. Se asomó y vio una habitación en una esquina. En el cristal de la puerta estaba grabado el número 1.313.

Charlotte empezaba a inquietarse, no tanto a causa de la siniestra oficina y la fría luz que de ella emanaba, sino más bien porque comenzaba a retrasarse en el horario que se había impuesto. Este pequeño rodeo estaba consumiendo buena parte del tiempo que había planeado destinar a acosar, bueno, a "conocer" a Damen. Y aun así, sintió más curiosidad que irritación cuando se dio cuenta de qué podía tratarse aquello.

"¡Seguro que es aquí donde hay que inscribirse para las clases avanzadas! ¡Qué día, las cosas no podrían salir mejor!", se dijo distraídamente mientras cruzaba la puerta y se dirigía al mostrador con la exuberancia de Sharpay Evans en *High School Musical*.

Lo primero que vio fue un viejo radio y unos jarrones con flores marchitas que descansaban sobre una mesa. Lo primero que oyó fue la canción *Seasons in the Sun*, de Terry Jacks, sonando a volumen muy bajo. No se sabía toda la letra, pero al escucharla en ese momento, flotando en el aire húmedo, en una habitación tan silenciosa, fría y vacía, le costó trabajo creer que hubiera llegado a ser todo un éxito. Incluso en los setenta.

Goodbye to you, my trusted friend.
We've known each other since we're nine or ten.
Together we climbed hills or trees.
Learned of love and ABC's,
*Skinned our hearts and skinned our knees.**

"Qué mal rollo", pensó Charlotte mirando a su alrededor y haciendo tamborilear los dedos sobre el mostrador, con la esperanza de que alguien la oyera.

—Hola, yuuuju, ¿alguien me llamó? ¡Soy Charlotte Usher! —gritó por fin hacia el fondo de la oficina, tratando de que alguien le hiciera caso.

Una secretaria con un peinado medio deshecho y una blusa de encaje de cuello alto surgió como por encantamiento de debajo de la mesa.

---

* *Adiós, mi amigo fiel. / Nos conocemos desde los nueve o diez. / Juntos escalamos colinas y árboles. / Aprendimos sobre el amor y el abecé, / Raspamos nuestros corazones y raspamos nuestras rodillas.*

—Oh, lo siento, no era mi intención gritar. No se me ocurrió mirar hacia abajo.

—Ni a ti ni a nadie, cielo —ironizó la secretaria.

Sin mirarla a los ojos, la secretaria le tendió una tablita de madera con un montón de hojas.

—Toma, completa esto y no olvides... —la secretaria dejó la frase a medias y tiró de Charlotte hacia sí, como si fuera a darle un valiosísimo consejo—... devolverme el BOLÍGRAFO.

El extraño proceder de la secretaria desconcertó a Charlotte, pero luego pensó que si se hubiera tratado de una persona "afable", no estaría encerrada en el sótano de una escuela, trabajando sola, prácticamente a oscuras.

Antes de que Charlotte tuviera tiempo de formular su primera pregunta, la secretaria cerró la ventanilla de golpe. Charlotte ordenó las hojas en el portapapeles y fue a sentarse junto a una chica de largos rizos pelirrojos ataviada con un vestido de *majorette* verde intenso. Charlotte habría jurado que la chica no estaba allí cuando entró, pero se había sentido tan preocupada en ese momento que ahora no podía estar completamente segura.

Se puso a revolver los papeles un momento y luego se volvió e intentó hacer contacto visual con ella, aunque sin éxito.

—Hola. Soy Charlotte —dijo a modo de tentativa, ofreciéndole la mano. Pero... nada.

La chica pareció hacer oídos sordos ante el saludo, o al menos desinteresados, y continuó mirando hacia abajo, con la nariz pegada a su libro. Charlotte estaba demasiado acostumbrada a que la trataran con desdén, no obstante ¿también iba a hacerlo una chica *nueva?* ¿Acaso las cosas iban peor de lo que imaginaba?

Decidió portarse valiente y extendió su mano aún más, pero la chica prosiguió con la lectura sin prestar la menor atención a la muestra de bienvenida de Charlotte Usher. Charlotte pensó que quizá ya conociera a alguien en la escuela. Tal vez se había incorporado en verano y ese "alguien" le había hablado de Charlotte. No, no podía ser; no le cabía en la cabeza que alguien hablara de ella en verano, ni siquiera para hablar mal.

Un débil silbido sacó a Charlotte de su ensoñación. Sonaba como un solista de flauta ensayando en la sala de música. Charlotte miró a su alrededor, incapaz de adivinar de dónde provenía el sonido. Se metió un dedo en la oreja y lo hizo girar, para ver si así cesaba. Pero no se detuvo, así que trató de ignorarlo con todas sus fuerzas, concentrando de nuevo toda su atención en los formularios. En lo alto de la primera página se podía leer "Nuevo alumno".

—¡Ah, así que *sí* voy a poder apuntarme a clases avanzadas para el curso que viene! —anunció orgullosa en voz alta, con el fin de impresionar de ese modo a la chica.

Estaba tan entusiasmada que empezó a llenar los formularios a toda prisa, casi sin leer las preguntas.

Mientras sus finos dedos se deslizaban a la velocidad de la luz sobre las preguntas, empezó a sentir un recelo creciente al leerlas en alto:

—Nombre y apellidos, fecha de nacimiento, lugar de nacimiento, sexo... ¿Sexo?... ¡Por favor! —dijo en voz alta, tratando una vez más de llamar la atención de la chica, aunque infructuosamente—. *¿Donante de órganos?* —leyó Charlotte, ya no tan a la ligera—. Vaya, pues sí que quieren saberlo todo.

Continuó llenando el formulario lo mejor que pudo hasta que llegó al final de la hoja, lo que coincidió también con el límite de su paciencia. En la última casilla se podía leer "C.M.".

—¿C.M.? —dijo en voz alta Charlotte, completamente fuera de sus casillas—. ¿Cobro en metálico? ¿Y por qué voy a tener que pagar por las clases avanzadas? Ésta es una escuela pública.

Dejó la casilla en blanco y entregó los formularios y el bolígrafo a la secretaria, quien a su vez le hizo entrega de una etiqueta con el nombre de Charlotte prendida de una diminuta banda elástica.

—Aquí tienes tu identificación —le espetó la secretaria.

—Ah, gracias —contestó Charlotte, no muy segura de por qué necesitaba una nueva identificación, aunque demasiado intimidada para preguntar.

Jaló la etiqueta para liberarla de la garra fría y tenaz de la secretaria y se la puso en la muñeca. Le apretaba muchísimo, pero se la dejó puesta y no dijo nada.

La secretaria estampó los formularios de Charlotte con un sello de "entrada" y a continuación se aproximó a un archivador de acero inoxidable de grandes dimensiones.

—Muy bien. Otra cosa: necesito que me confirmes... —hizo una pausa, se volvió y con indiferencia abrió un enorme cajón—... que ésta eres *tú*, y que pongas aquí tus iniciales.

Charlotte se quedó paralizada. No podía creer lo que veía. Allí estaba. Su cuerpo, mudo y gris y ataviado aún con la ropa del primer día de clases, yacía inmóvil sobre la plancha de metal ante sus propios ojos. Quiso desmayarse, pero estaba petrificada.

Por primera vez sintió el frío de la habitación recorrer su piel. Se tomó la muñeca y apretó los dedos buscándose el pulso. Nada. Se puso las palmas en el pecho tratando de sentir su corazón, que para entonces debería estar desbocado. Pero no detectó latido alguno. Aterrada y temblando, se acercó al cadáver y lo tocó cautelosamente con un dedo en ambas piernas, aguardando una reacción. Pero nada tampoco. Y la última gota: una envoltura abierta de ositos de goma sobresalía de su bolsillo, y el culpable, el asesino, estaba en una bolsa con cierre prendida a su pecho. No se trataba de un truco. *¡Era ella!*

—C.M. Causa de la muerte —la instruyó la secretaria señalando la gomita y esbozando una sonrisita.

Charlotte retrocedió tratando de alejarse del cuerpo, tropezó y golpeó un enorme ventilador eléctrico de metal que había sobre la mesa. Éste se precipitó sobre su antebrazo y le atrapó la mano entre las aspas.

Observó impotente cómo, uno a uno, sus dedos eran seccionados justo a la altura de los nudillos por las guadañas giratorias. Sus falanges salieron despedidas en todas direcciones, salpicando la habitación. Apretó los ojos y esperó a que la vencieran el dolor y la nauseabunda calidez de la sangre al brotar. Pero no ocurrió.

Desconcertada, hizo acopio de valor y, abriendo los ojos muy despacio, miró. Su mano, que debería estar destrozada, mutilada y despedazada, aparecía completamente intacta. La levantó y la contempló al derecho y al revés, hipnotizada.

La chica de la sala de espera se aproximó a Charlotte en el instante en que ésta trataba con desesperación de asimilar la realidad de aquel momento surrealista.

—Nada podrá hacerte daño nunca más —dijo la chica con indiferencia—. Soy Pam... Y tú, bueno, tú... —dijo Pam mientras se agachaba para ayudar a Charlotte a levantarse.

—No, por favor, no lo digas... —suplicó Charlotte.

—... estás muerta —le susurró Pam a Charlotte directamente al oído.

Sus palabras surcaron el oído de Charlotte y se internaron en su mente como una violenta ráfaga de viento gélido, y, con ella, la neblina del olvido comenzó a disiparse. Al mirar entonces a su alrededor fue como si alguien hubiera pulsado el botón de "retroceso" de su día. Todo se le apareció bajo otra perspectiva, casi como la de una tercera persona, y pudo percatarse de detalles que antes le habían pasado inadvertidos.

Todo era tan obvio. La llamada por el altavoz, el frío sótano, la sala de espera. Miró a su alrededor y empezó a fijarse en cosas en las que antes no había reparado, como la coloración anormalmente violácea de las uñas de la secretaria, las cámaras de depósito de la parte de atrás, las lámparas de exploración. Y, cómo no, el osito de goma.

Charlotte gritó con tantas ganas que de su boca no emanó sonido alguno. Fue un grito de otro mundo, un grito que sólo podía estar motivado por el terror en estado puro.

El eco de las palabras "estás muerta" retumbaba en su mente y sacudía su alma cuando salió despavorida de la sala y se precipitó escaleras arriba.

4

¿Por qué yo?

Cuanto vemos o parecemos
no es sino un sueño dentro de un sueño.
—Edgar Allan Poe

El Destino es el mejor mecanismo de defensa.

Ofrece el consuelo de que existe un orden en el universo y ahorra mucho tiempo y esfuerzo explicando lo inexplicable, sobre todo a uno mismo. Charlotte estaba dejando de ser una escéptica para convertirse gradualmente en una creyente. Sin duda era mucho más fácil, y lo que era más importante todavía, le resultaba más ventajoso. Creía porque tenía que hacerlo.

Por qué yo? ¿Por qué yo?", se repetía Charlotte, no porque confiara en hallar la respuesta: lo hacía con la esperanza de que mientras más veces formulara la pregunta, más clara tendría su situación, y entonces quizá daría con la solución. Así era como se planteaba los problemas de Trigonometría, repitiéndoselos en voz alta, y siempre había dado resultado. Se ufanaba de esa confianza en sí misma.

Recordó la estadística que afirma que la mayoría de las personas sufre ataques de corazón en lunes, el primer día de la semana. Ella había muerto el primer día de clases, cuando parecía que las cosas iban a empezar a salirle bien. ¿Por qué le pasaba esto? ¿Por qué ocurría después de que el destino los había emparejado a ella y a Damen como compañeros de laboratorio? Necesitaba respuestas.

Charlotte corrió escaleras arriba gritando como poseída, abrió de golpe la puerta sin número, emergió como una exhalación en el corredor y se detuvo bruscamente al encontrarse con Pam justo delante. Por un momento pensó que si corría bastante rápido escaparía de la pesadilla que estaba viviendo, o no viviendo, como parecía que era el caso.

—No puedes huir de esto... —dijo Pam de forma sosegada, al tiempo que Charlotte, presa del pánico, daba media vuelta y lo intentaba. Al doblar la esquina del pasillo recién encerado, se percató de que el eco de sus pisadas no resonaba, de que la goma de la suela de sus zapatos no rechinaba.

A cada giro, *¡zaz!*, allí estaba Pam. Charlotte se puso la mano sobre el corazón, pero recordó que allí no había nada que agarrar. Su corazón no latía. Sintió el pecho como una cavidad hueca que encerraba una roca dura y fría.

—No puedes huir de esto... —repitió Pam, mientras Charlotte se echaba a correr.

En su intento por escapar de la aparición y de la realidad que se cernía sobre ella, Charlotte se dirigió instintivamente hacia el aula de Física. ¿Qué mejor lugar para obtener respuestas que el escenario del crimen? Al entrar, Charlotte se percató de que había pisado algo, aunque no estaba muy segura de qué era. Miró hacia atrás y allí, en el suelo, vio pintada con tiza la silueta de un cuerpo. Su cuerpo.

—Un caparazón vacío. *Así* es como me recordarán ahora —dijo abatida, contemplando la posibilidad de que aquella genérica, asexuada y burdamente esbozada figura en forma de galletita de jengibre se convirtiera en su última, y definitiva, impresión en el alumnado de Hawthorne.

Era el escenario del crimen, desde luego que sí. El crimen contra cuanto hay de injusto en la sociedad. El crimen contra la humanidad. El sistema de jerarquía social tendido allí mismo, en el suelo, para que todos lo pudieran pisotear.

Morir era terrible de por sí, pero morir de forma tan patética y estúpida..., atragantada con una golosina gelatinosa semiblanda con forma de osito, era una injusticia que Charlotte apenas podía soportar. No haría sino ratificar lo que siempre habían pensado de ella y confirmar sus peores sospechas sobre sí misma: ni siquiera sabía masticar como se debe.

¿Qué le quedaba sino castigarse todavía un poco más? Así que se tumbó de espaldas, desplegando los brazos y las piernas, configurándose exactamente al perfil de la silueta, en un gesto de derrota. Como una especie de ángel de nieve mórbido.

Y sólo por un instante todo le pareció incluso un poco gracioso. Cruel e irónicamente gracioso. La última y más oportuna de la larga serie de bromas embarazosas que le habían jugado, y ella salía en el chiste. El profesor Widget tenía razón. El destino había intervenido en su día, su vida, aunque no exactamente de la manera en que ella lo había deseado. Ni por casualidad.

"Dios debe tener un gran sentido del humor", pensó levantando la mirada.

Entonces, al mencionar a "Dios", le pasó por la mente una idea no tan divertida. No había visto ni tenido noticia alguna del Gran Tipo, o Gran Tipa, como quiera que fuera el caso. "Mejor ser políticamente correcto", pensó con cautela, "puesto que ahora todo cuenta".

La habían juzgado toda la vida. ¿Acaso las cosas podían ir peor? La idea de que su suerte pudiera empeorar fue motivo más que suficiente, no obstante, para empujarla a levantarse del suelo del aula.

Charlotte se enderezó, se demoró circunspecta ante la silueta, como uno lo haría ante una tumba, y caminó muy despacio hacia la puerta. Al salir al pasillo, vio a Pam señalando algo de forma inquietante, como una especie de fantasma de la Navidad como-se-llame de ésos. Era su locker. El número siete.

—Sí, *vaya número de buena suerte* —dijo Charlotte con toda ironía.

El locker estaba perfectamente sellado con cinta de "peligro". Ni rastro de que los otros chicos la hubieran forzado, lo cual era bastante insultante, la verdad. Significaba que a nadie le interesaban lo suficiente sus cosas —*ella*— como para robar algo. Se alejó, con un pedazo de cinta adhesiva de peligro pegado al pie igual que un caprichoso trozo de papel higiénico.

—Esto *no* está pasando —gimió Charlotte, y cerró los ojos queriendo borrarlo todo de su mente. Cuando los volvió a abrir, Pam reapareció, pero Charlotte se sobresaltó un poco menos que las veces anteriores—. ¿Cuánto hace que... me fui? —vaciló.

—No lo sé con exactitud —contestó Pam con indiferencia—. Aquí el tiempo no importa gran cosa.

—¿Me estás diciendo que podría llevar... ausente... algo así como mil años? —reflexionó Charlotte.

—Probablemente no —dijo Pam, y volvió a señalar en silencio, en esta ocasión hacia una ventana—. Mira.

Charlotte se asomó al estacionamiento que estaba enfrente de la escuela, donde un grupo de compañeros de clase se estaba reuniendo en torno de un microbús, cuando por un altavoz se escuchó un nuevo anuncio.

"¡Atención, alumnos! Los que quieran asistir al acto en memoria de Charlotte Usher, por favor acudan al patio. El autobús saldrá en breve".

Charlotte no creía lo que veían sus ojos. Si hubiera creído, habría dejado escapar una lágrima. Un reducido grupo de gente aguardaba a subir al autobús para asistir al acto en memoria *suya*.

¿Acaso la muerte la había hecho más popular de lo que jamás había imaginado? En su mente empezaron a sucederse de manera frenética un millar de posibilidades. ¿Qué dirían sobre ella en el acto? ¿Derramaría alguien —se atrevió a desear— lágrimas por ella? ¿Produciría su muerte un estallido de dolor en la comunidad? Días de luto oficial. Estaba rebosante de expectación. De pronto todo resultaba tan... emocionante.

Un acontecimiento aún más asombroso sacó a Charlotte de su ensoñación. Allí, en medio de la muchedumbre, estaban Petula y las Wendys ¡llorando! Charlotte no daba crédito. ¿Estaba en el cielo, después de todo? Tal vez ahora ella fuera como todos esos escritores y artistas ignorados en vida pero reverenciados al final. Había alcanzado la perfección en la muerte. Canonizada, incluso, por sus mayores detractores. Puede que hasta Damen la extrañara ahora.

Estos reconfortantes pensamientos duraron lo que Charlotte tardó en sacar con orgullo su pecho plano. No era el duelo colectivo lo que había atraído a Petula y a las Wendys, al fin y al cabo, sino las cámaras y libretas del equipo de reporteros del periódico de la escuela, y la promesa de salir antes de clases. Charlotte hizo de tripas corazón y prestó oído, a través de la ventana abierta, a las preguntas del reportero... y a las respuestas de Petula.

—Ayer mismo me comí medio osito de goma en el almuerzo —dijo Petula entre "sollozos", mientras se retocaba aplicadamente la raya del ojo con la punta de la uña con manicura francesa del dedo índice y comprobaba de reojo el estado de su maquillaje en el monitor de video de Sam Efecto Retardado—. Pudo haberme pasado a mí.

—¡Es una superviviente del efecto osito de goma! —canturreó Wendy Anderson a los reporteros, como una publicista junior, mientras ella y la otra Wendy abrazaban a Petula, en un desesperado intento de consolarla.

¡Allí estaba Petula luchando por robar cámara, tan egoísta, haciéndose la víctima y succionando el aire a costa del acto en su memoria! Y por detestable que le resultara, Charlotte admiró su descaro. Lo envidió, incluso. Charlotte no estaba muy segura de si Petula era incapaz de ceder el protagonismo a otro o si, por el contrario, no podía dejar escapar tan fabulosa oportunidad para promocionarse. De todos modos, el resultado era el mismo en ambos casos, pensó. Se trataba de Petula y nada más que de Petula.

Agotada la oportunidad con la prensa, y mientras los camarógrafos recogían el equipo y Petula dirigía a las Wendys al TiVo, el canal local de televisión por cable, Charlotte observó cómo los demás holgazanes se echaban las mochilas al hombro como paracaídas y chocaban las manos en el aire, señal inequívoca de que daban por concluido el día. Claro que les importaba: les importaba saltarse las clases.

—O sea —recapituló Charlotte dando la espalda a la ventana—, que estoy muerta *y* olvidada.

Pam observó cómo se venía abajo y no dijo nada. Charlotte se lamentaba de su suerte, era normal, pero también comenzaba a presentar un desequilibrio inusual. Al menos Pam no tenía que preocuparse por que Charlotte extrañara a su familia. Los adolescentes muertos no lo hacen. Están *demasiado* envanecidos.

El mantra "¿por qué yo?" de Charlotte se transformó en un "¿y por qué yo no?", mientras retazos de su personalidad grotesca y fracasada reafloraban a la superficie. Ya no había necesidad alguna de reprimirla. El verano era cosa pasada y todo, literalmente todo, estaba perdido.

—¿Por qué no podía haberle ocurrido algo malo a Petula? —se quejó Charlotte con rencor—. Aunque todavía podría pasarle algo —deseó—. Pero, claro —continuó, interrumpiéndose a la mitad de la frase—, si le hubiera sucedido algo así a alguien como Petula, entonces la noticia recorrería el mundo entero. Los ositos de goma serían retirados de los estantes de todos los comercios. Se emitirían avisos en todo el país advirtiendo sobre el peligro de los ositos de goma. La CNN convertiría los ositos de goma en la nueva gripe aviar. Se daría "cobertura especial" a la crisis de los ositos de goma. Para no hablar de actos conmemorativos televisados todos los años. Damen enviaría de forma anónima rosas rojas a su tumba cada semana durante el resto de su vida. Hawthorne High sería rebautizado en su honor. Las iglesias tañerían las campanas para conmemorar el momento exacto de su expiración, no por lo que hubiera hecho en vida, sino por quién era. Se convertiría en una heroína.

Charlotte siguió parloteándole a Pam y quejándose lastimeramente.

—¿Y yo? —meditó Charlotte—. Yo soy una silueta de tiza que los demás *pisan*, y no evitan. Una molestia para las autoridades. Un montón de papeleo, que ni siquiera merece un minuto de silencio.

Se sentía estafada.

—¿Ya terminaste? —preguntó Pam.

—Casi —dijo Charlotte.

—Tómate tu tiempo —contestó Pam, con las primeras notas de condescendencia en su voz.

Pero fueron las otras notas que escuchó Charlotte las que en realidad captaron su atención. Un leve silbido. Similar al que había escuchado en la oficina. Esta vez no albergó dudas sobre la fuente de la que brotaban tan melancólicos acordes.

—¿Qué rayos es el ruido ese que te sale de la boca? —preguntó Charlotte.

—Permite que me presente formalmente —dijo al tiempo que le tendía la mano a Charlotte—. Soy Piccolo Pam.

—¿Piccolo? —dijo Charlotte con una risita.

—Es mi nombre de muerte —contestó Pam.

—¿Nombre *de muerte?* —preguntó Charlotte, mientras se daba cuenta de que ella no tenía uno y volvía a sentirse excluida una vez más.

—Sí, es una especie de apodo que recibimos algunos de nosotros, y que suele estar relacionado con la forma en que morimos —dijo Pam—. No siempre se adquiere de buenas a primeras. No te lo tomes como algo personal.

¿Cómo no iba a hacerlo? Charlotte pensó en cuál podría ser su "nombre de muerte" y sintió cómo la invadía el desánimo ante el potencial que un estúpido nombre de muerte podía llegar a tener a la hora de someterla a una humillación perpetua.

—Yo soy Piccolo Pam porque mientras alardeaba de mis supuestas dotes con el flautín en el desfile de bandas del condado, tropecé y me lo tragué.

—Oh, lo siento —dijo Charlotte.

—Sí, yo también, pero al menos acabé mis días haciendo algo que adoraba y que me salía realmente bien —contestó Piccolo Pam.

—Ya... —dijo Charlotte con un hilo de voz.

—Y fallecí mientras tocaba mi solo, así que nadie lo olvidará jamás. Eso es lo que cuenta —añadió Piccolo Pam con orgullo.

—Ya... —repitió Charlotte, ausente. Se sentía abrumada por completo, y trataba desesperadamente de encontrarle algún sentido a todo aquello.

Piccolo Pam sonrió y abrazó a Charlotte por los hombros. Le dio unos cuantos apretones, en un intento de animarla.

—Tampoco es para tanto —bromeó Pam—, ¡al menos no tienes que depilarte nunca más!

Charlotte todavía no estaba muy segura de si Dios tenía o no sentido del humor, pero era evidente que Pam sí.

—¿Que no es para tanto? —dijo Charlotte con los ojos desorbitados de indignación—. ¡Me conocerán como una "atorada" para toda la eternidad!

La simple idea agravó su irritación y la garganta de Charlotte se contrajo e hizo que tosiera varias veces seguidas, como a propósito.

—No te agobies con eso del nombre —dijo Pam intentando aliviar la inseguridad de Charlotte—. Ahora lo que necesitas es que te orienten.

Pam agarró a Charlotte de la mano y la jaló para alejarse de allí.

5

Muerte para principiantes

Un fantasma es alguien que no lo ha logrado.

–Sylvia Browne

El tiempo dirá.

El pasado carecía ya de importancia —una puerta cerrada—, salvo por el hecho de que había sido éste el que la condujo al presente. El presente era terriblemente incierto, un lugar de temores y dudas, inquietante. Pero el futuro estaba allí para despejar aquellos temores y hacer soportables pasado y presente. El futuro era el lugar donde Charlotte tenía depositados todos sus sueños y esperanzas. Y ahora el futuro estaba totalmente fuera de su alcance.

Era tanto lo que Charlotte todavía deseaba hacer, tanto lo que deseaba lograr... Deseaba ver una nevada más, ver las mejillas rosadas de Damen tras un partido improvisado de futbol después de clase, recibir otra boleta de calificaciones. Pero, claro, todos morimos con una lista de cosas pendientes, admitió. Nunca se tiene suficiente.

Una nevada más no sería suficiente, y ver a Damen una última vez, bueno, eso tampoco le bastaría jamás. Toda esta tristeza y demás le nublaban la mente mientras seguía a Pam por el pasillo.

—¿Quién eres tú... en realidad? —le preguntó Charlotte.

Pam parecía bastante normal, pero ¿y si era una especie de demonio mutante enviado para escoltarla a las Tinieblas? Entonces quizá tuviera que afrontar una eternidad empujando una roca montaña arriba o algo por el estilo.

—Estoy aquí para ayudarte —le aclaró Pam—. Al principio, todos necesitamos que nos echen una mano con la adaptación, y la transición de "allá" para "acá" es la peor parte.

—¿Y dónde o qué es *acá*? —preguntó Charlotte.

—Hallarás las respuestas a todo lo que quieres saber en Orientación —le reveló Pam.

—¿Orientación? —preguntó Charlotte, irritada, alzando las manos en un gesto de frustración.

Antes de que Charlotte tuviera oportunidad de insistir en el tema, Pam se detuvo y le hizo una señal con la cabeza, contestando a Charlotte con el gesto. Señaló hacia un leve resplandor que irradiaba detrás de la puerta de un aula, pero no pronunció palabra.

Pam se dirigió hacia la puerta, pero Charlotte estaba clavada en el suelo. Contempló pasmada cómo Pam desaparecía gradualmente en el aura, y cómo volvía la cabeza hacia Charlotte con una sonrisa compasiva justo antes de que la luz se la tragara entera, dejando a Charlotte totalmente sola.

—¡Pam! —gritó nerviosa—. ¿Qué tengo que...? —dijo Charlotte con voz temblorosa, y sus palabras quedaron suspendidas en el aire.

Ante semejante adversidad, Charlotte, como casi siempre, adoptó una actitud completamente racional. Podía aplazar el dolor si no perdía de vista la verdadera dimensión de las cosas. No era más que la manifestación del instinto de autoprotección del espíritu científico y matemático que llevaba dentro.

“Se acabó”, pensó Charlotte, mirando hacia el fondo del pasillo. *El* momento había llegado. Estaba M-U-E-R-T-A, seguro; por mucho que le costara pronunciar la palabra. Había visto la prueba en la plancha de la oficina y a través de la ventana, en el patio. Había conocido a Pam, su guía espiritual o ángel de la guarda o comoquiera que uno desee llamarlo. Y ahora la señal más reveladora de todas: la Luz. Se parecía mucho a como le habían contado que sería, lo cual le resultó insólitamente reconfortante. Estaba asustada, pero el factor sorpresa se había desvanecido, contribuyendo considerablemente a minimizar el factor miedo.

Es más: hasta empezaba a sentir cierta satisfacción personal. Todo el mundo tiene curiosidad por saber qué ocurre después de la muerte, y ahora ella lo sabía. Por fin era miembro de un club exclusivo, bueno, semiexclusivo. "Todos morimos, pero muy pocos lo hacen tan jóvenes", teorizó, insistiendo en sentirse especial. Éste era su momento.

Sin embargo, lamentablemente no había nadie a quién contárselo. No había forma alguna de intercambiar la información por algún chismorreo, una invitación a una fiesta ni siquiera por una identificación falsa. El secreto sería enterrado con ella para siempre, como con toda probabilidad había sucedido con quienes la precedieron. No había nadie que, tras afrontar lo que ella estaba a punto de afrontar, viviera para contarlo; a excepción, claro, de toda esa gente con experiencias próximas a la muerte que no deja de parlotear sobre "la otra vida" y hacia la que de pronto sintió una profunda aversión.

"Si es tan genial estar muerto, ¿por qué no se matan y dejan de hablar del asunto de una vez por todas?", pensó. Qué no daría ella a cambio de un billete de vuelta por cortesía de las paletas de un desfibrilador y un enfermero o médico entusiasta de Urgencias.

—¡Perdedores! —Charlotte se rio con sarcasmo para sí, fantaseando con que aquella sería su última carcajada—. Gracias, amigos —murmuró—. Estaré aquí... para siempre.

Y con ese intento de chiste fácil, una oleada de soledad como nunca hasta entonces había sentido atravesó su cuerpo. Pam se había ido hacía sólo un instante, pero fue tiempo suficiente para que Charlotte reviviera, como en una cinta rebobinada, cada decepción, cada error, cada fracaso, cada oportunidad perdida que experimentó a lo largo de su vida. De pronto, las gastadas escenas de lecho de muerte omnipresentes en las películas de sobremesa de las que tanto se había reído le parecieron no tan gastadas.

Naturalmente, la última instantánea constituía la mayor y peor pérdida de todas: Damen. La palabra "fin" bien podía haberse superpuesto sobre su conciencia. Ahora supo con absoluta clarividencia cuán diferentes hubieran podido ser las cosas, pero ya era demasiado tarde para cambiar lo pasado. Como desde luego no se sentía era "en paz".

—La vida se desperdicia con los vivos —dijo, y caminó por el pasillo, despacio, indecisa, con las rodillas temblorosas, hacia "la Luz".

Al aproximarse, Charlotte se vio bañada por la luminiscencia de la Luz, por su pureza. Se sintió como un sobre levantado a contraluz en un soleado día de verano. Translúcida. El resplandor la cegó por completo y habría jurado que escuchó un coro de voces celestiales cantando sólo para ella. La amargura se esfumó.

"Es tan hermoso... tan apacible", pensó, gozando de aquel intante de nirvana.

Vio partículas de polvo brillando como diminutos fragmentos de diamantina, flotando vaporosas en los rayos. Conforme se aproximaba, comprobó que veía con más claridad. Distinguió el contorno de una puerta, ligeramente entornada. Cerró un ojo con fuerza pero dejó el otro entreabierto, espiando por la rendija como si estuviera mirando una película de terror, y cruzó el umbral, temerosa pero intrigada.

Su momento zen se vio interrumpido de pronto cuando tropezó con una cuerda o algo similar y cayó al suelo de espaldas. Al caer, la Luz que tan mágicamente la atraía se precipitó también al suelo. Ahora se reflejaba en el techo y había dejado de cegarla.

Allí estaba de nuevo, tirada en el suelo boca arriba, asimilando lo sucedido. Abrió los ojos muy despacio y parpadeó varias veces, tratando de enfocar la vista.

Al ladear la cabeza descubrió que la Luz emanaba de un viejo proyector de 16 milímetros atornillado a un carrito metálico. Charlotte no había visto una reliquia semejante salvo en una ocasión, cuando le encargaron que ayudara a Sam Wolfe a ordenar el viejo cuarto de material del club audiovisual, situado en el sótano de Hawthorne.

Alzó la cabeza levemente sobre el nivel del suelo y se topó con una visión completamente inesperada: un mar de pies engalanados con etiquetas identificativas. Charlotte abrió los ojos como platos al darse cuenta de que la etiqueta que le habían entregado en la oficina, la que ella se había encajado a la fuerza en la muñeca, era, de hecho, su etiqueta identificativa. Se encontraba en un aula repleta de compañeros muertos.

Antes de que tuviera tiempo de salir despavorida, una voz masculina adulta la distrajo.

—Mike, enciende la luz —pidió.

Un chico que estaba cerca de la puerta encendió las luces; tampoco es que importara mucho, porque veía bastante bien sin luz, pero ahora pudo fijarse en otros detalles. Como el aula, por ejemplo. Con las luces encendidas, pudo verla en toda su... obsolescencia.

Era arcaica, literalmente; gris y anticuada, a medio camino entre una tienda de segunda mano y un centro para veteranos de guerra. Las mesas y sillas de madera clara daban la sensación de estar talladas a mano y ser perfectamente sólidas, pero todas estaban disparejas. Sobre la pizarra había colgados mapas obsoletos con territorios que hacía tiempo habían desaparecido. Unas estanterías, disimuladas en parte por raídos cortinajes de terciopelo, cubrían la pared del fondo desde el techo hasta el suelo, atestadas de libros de texto anticuados y obras enciclopédicas incompletas. Fragmentos de fósiles y criaturas extintas conservadas en formol se hallaban expuestos en largas repisas de mármol negro.

Plumas, tinteros, lacre y papel de pergamino ensuciaban la rayada tarima del suelo. Una máquina de escribir con ventanilla lateral de vidrio y cinta de tela, una regla de cálculo, una báscula de precisión, un compás y un ábaco compartían estante con una vitrola de cuerda y varias pilas de discos de 78 revoluciones rayados.

Se volvió hacia atrás y miró el espacio encima de la puerta, donde seguramente habría un reloj, pero no había tal. El único instrumento a la vista que calculara el tiempo era el reloj de arena que descansaba sobre la mesa del profesor, pero la arena no caía. Charlotte recordó cómo Pam había comentado que "aquí" el tiempo no tiene sentido, y por lo que se veía no bromeaba. Le dio la sensación de que ya… nada en la habitación tenía sentido. Aquella aula estaba decorada como si por ella no hubiera pasado el último siglo o algo así.

"¿Cómo? ¿No hay reloj de sol?", pensó Charlotte.

Lo que le impactó no fue que la decoración estuviera ajada, sino que estuviera... caduca. Todos los objetos en los que se había fijado, incluido el proyector, habían sido, en algún momento u otro, auténticas novedades tecnológicas, incluso vitales, pero hacía mucho que habían sido mejorados, reemplazados o, sencillamente, *olvidados*. Sólo había visto esos objetos en los documentales de la PBS o en la venta de trastos viejos en el garaje de alguna abuelita difunta.

El conjunto daba una insólita especie de sentido horrible a las cosas. Todos los desechos descartados de la vida cotidiana parecían encontrarse allí expuestos. Por ponerlo con palabras bonitas, el lugar se describiría como "atemporal", pero todo y todos podían ser descritos con mayor precisión como "extemporáneos", dolorosa, obvia y totalmente "extemporáneos". Ella incluida.

—Gracias, Mike —dijo la voz masculina con sinceridad, y esta vez Charlotte se volvió para ver de quién se trataba.

Una mano pálida se extendió hacia ella para saludarla y ayudarle a ponerse de pie. Ella alargó su mano, no muy convencida, y la apretó.

—Ah, la nueva alumna —afirmó estrechando con suavidad sus dedos, mientras ella se levantaba, completamente pasmada—. Bienvenida. Soy el profesor Brain —dijo, pronunciando su nombre con una buena dosis de orgullo—. Te estábamos esperando.

Charlotte no tuvo tiempo de registrar la palabra "alumna" en su mente, antes ya se había distraído por completo con el aspecto de Brain. Al igual que en el aula, había algo atemporal en Brain que resultaba desconcertante y reconfortante a la vez. Era alto, delgado y atento, y estaba vestido meticulosamente, como si estuviera a punto de salir a cenar en lugar de impartir clases en la escuela. Es más: tenía cierto parecido con un empresario de pompas fúnebres, con su traje negro, camisa blanca almidonada y corbata color vino.

—Toma asiento —invitó a Charlotte con hospitalidad.

Charlotte miró a Brain con ojos inquisidores y escudriñó la habitación en busca de un lugar donde sentarse. La única silla y pupitre desocupados se encontraban al fondo del aula. Y, a diferencia de lo que había ocurrido con la hoja de inscripción para animadoras, aquel lugar parecía reservado para ella y nadie más que ella.

—Claro —dijo Charlotte con entusiasmo, recordando que sólo los más populares se sientan en la parte de atrás. Orgullosa, caminó hasta el fondo y se sentó.

—Y ahora, alumnos, permítanme que les presente a Charlotte Usher. Por favor, denle la bienvenida a la asignatura de Muertología o, como a mí me gusta llamarla, *Cómo ser un muerto y no fallecer en el intento* —bromeó.

—Bienvenida, Charlotte —coreó la clase, algo mecánicamente.

Brain se rio tanto de su propio chiste, incluso durante el saludo de la clase, que el "tupé" —es decir, una buena parte de su cuero cabelludo y su cráneo— se le despegó y escurrió de la cabeza, quedando colgado del más ínfimo y frágil hilo de piel y dejando expuestas las esponjosas crestas exteriores de su cerebro ante toda la clase. Visiblemente avergonzado, sofocó su risa con rapidez y se lo echó hacia atrás para colocárselo en su sitio (más o menos), se estiró la chaqueta con nerviosismo, se acomodó la corbata y se aclaró la garganta como si nada. A juzgar por la nula reacción de los demás, los meneos de cabeza de Brain debían de ser de lo más común.

—Claro... *Brain*... —murmuró Charlotte para sí cuando resolvió al menos una parte de aquel rompecabezas post mórtem.

Brain se acercó a la pizarra como una mantis religiosa, ligero de pies pero un tanto encorvado —por las vértebras C-5 y C-6, constató específicamente Charlotte—, y dio inicio a la clase escribiendo de manera atropellada una frase en la pizarra.

Non sum qualis eram (no soy el que fui.)

Cuando completó la frase, el profesor Brain la subrayó con tiza y luego se dirigió a la clase como un director de orquesta al inicio de una pieza. A la señal, una vez más, todos los estudiantes entonaron a coro:

—*Non sum qualis eram.*

Charlotte no había estudiado nunca latín pero, sin saber cómo, lo supo. Horacio, otra vez.

—Profesor muerto. Compañeros muertos. Poeta muerto. Lengua muerta —murmuró—. Tiene lógica.

Intentó establecer contacto visual con sus compañeros, pero la mayoría miraba fijamente a Brain, incluida Pam. La mayoría excepto una persona: una chica con gesto enfurruñado que tenía una corta melena negra y un flequillo perfectamente escalonado, labial descolorido y un arrugado vestido rojo repleto de manchas, y que estaba sentaba justo delante de ella. Charlotte juraría haber oído a la chica decir "perdedora", pero los demás seguían mirando hacia delante, con los labios sellados.

"¿Quién? ¿Yo?", pensó Charlotte en silencio, mirando de un lado a otro en busca del origen de la burla.

"*Sí, tú*", la réplica retumbó con estruendo en la cabeza de Charlotte. Para remachar la respuesta, la chica giró el rostro por completo y le lanzó a Charlotte la mirada más perversa que ésta había visto jamás, y eso que había visto unas cuantas extremadamente perversas.

Paralizada, Charlotte, bajó la mirada hacia los pies de la chica para consultar su nombre en la etiqueta identificativa, donde leyó “Prudence”; sin embargo, lo más notable era que sólo llevaba un zapato. Observó la desgastada sandalia e hizo memoria de todas las noticias terribles que había visto en su corta vida. Aquellas en las que, tras un fatídico atropellamiento y fuga, la única imagen que se mostraba era la de un zapato solitario tirado en el asfalto, mientras un reportero relataba los horribles detalles del accidente. Ese zapato, “el zapato”, era la imagen que hipnotizaba a la gente. La que encendía una luz en su mente. Aquel zapato pertenecía a alguien. Ese alguien había escogido ese zapato para pasar el día. Se lo había puesto esa misma mañana. Iba a algún lugar con ese zapato, ese zapato iba a llevarlo hasta donde necesitaba ir, y ahora, ahora yacía huérfano en medio de la carretera. Una lápida temporal.

—Bueno, como verás, estaba preparando el proyector de cine para cuando llegaras; una breve película de orientación, digamos que para ¿edificar el espíritu? —explicó el profesor Brain.

Cuando se dirigía a recoger el proyector del suelo para terminar de colocar la película, sonó la alarma de incendios de la escuela.

El timbre ensordecedor impulsó a Charlotte a salir corriendo instintivamente hacia la puerta, pero los demás siguieron en sus asientos, imperturbables. Mike, que tocaba frenéticamente una guitarra imaginaria, extendió la mano y sujetó a Charlotte por la muñeca antes de que pudiera huir. Ella se asustó, pero al instante percibió que era más para protegerla que para detenerla. Llevaba unos audífonos embutidos en los oídos, pero no estaban conectados a ningún aparato.

—Ya abandonaste el edificio —dijo Mike, marcando el ritmo con los pies, como si estuviera tocando una batería de doble pedal.

—La fuerza de la costumbre —repuso Charlotte—. ¿Puedes oírme con esas cosas retumbándote en los oídos?

—Sí —contestó Mike, aunque casi a gritos.

Mike detuvo a Charlotte, pero nada podía detener la marea de tristes recuerdos que de repente había empezado a inundar su mente. Tal vez fuera la alarma de incendios, recuerdo de una ínfima parte de su vida cotidiana, pero las punzadas de dolor, al igual que las del miembro fantasma de un amputado, permanecieron.

Piccolo Pam se acercó a ella y le presentó formalmente a Mike.

—Éste es Metal Mike. Llevaba el estéreo a todo volumen mientras hacía el examen para conducir —explicó Pam—. Se... distrajo. La cosa no acabó bien.

—Ah, entonces ¿su nombre de muerte tiene que ver con que escucha heavy metal? —preguntó Charlotte.

—No —la corrigió Pam—, le pusieron ese apodo porque escucharla lo mató... Y porque, además, literalmente tiene esquirlas de metal en la cabeza a causa del accidente —añadió.

—¿Aprobé? —le preguntó Mike a Pam, simulando que punteaba un imaginario bajo eléctrico de doble mástil.

—No deja de preguntar lo mismo una y otra vez. Se quedó estancado en eso, así que yo le digo que sí —le susurró Piccolo Pam a Charlotte—. Sí, Mike, *aprobaste* —dijo Piccolo Pam con su tono de voz más condescendiente, el cual, en apariencia, tuvo el efecto deseado en Mike, y también en Charlotte.

Mike soltó la muñeca de Charlotte y Piccolo Pam la escoltó de vuelta a su pupitre. En el camino iba mirando al suelo, a los pies de los demás compañeros, en busca de nombres, y se enteró de más cosas de las que hubiera querido enterarse por su calzado.

"Mike" llevaba botas gastadas, claro, con sus gruesos dedos gordos al aire. "Jerry" llevaba unas sandalias Birkenstock muy hippies. "Abigail", chorreando agua sucia, llevaba chanclas, las venas verdiazuladas claramente visibles en los empeines y en sus pálidas piernas desnudas; Charlotte no pudo abstenerse de levantar un poco la vista y observar que la chica llevaba un traje de baño de la escuela. "Suzy" iba descalza y tenía el cuerpo cubierto de pies a cabeza de rasguños; con nerviosismo, se cercioraba de que ninguno de los compañeros la mirara y a continuación clavaba una afilada uña en sus costras. Charlotte fingió no haberla visto.

Cada uno era más repulsivo que el anterior, pero en el contexto de la clase todos encajaban a la perfección. "¿Cómo me verán a mí?", se interrogó. "¿Acaso *encajo* yo también?".

La verdad, no es que ella se sintiera para nada diferente desde que "llegó", salvo por la "voz de rana" que le brotaba de la garganta. ¿Seguía siendo la misma chica rara, alta y delgada que había sido en vida? ¿Con la misma mata de pelo rebelde que sólo había sido capaz de dominar con toda una estantería del supermercado llena de acondicionadores, suavizantes y fijadores?

—Como decía, seguro que se están haciendo muchas preguntas... —dijo el profesor Brain, como si le hubiese leído el pensamiento, al tiempo que volvía a encender el haz de luz del proyector.

—Sí, yo tengo una —interrumpió Jerry antes de que Charlotte pudiera formular la suya—. ¿Tenemos que ver esta película otra vez?

—Pues sí, chamuscado —espetó Prudence—. ¿Acaso tienes algo mejor que hacer? La veremos una y otra vez hasta que se te grabe bien en ese cerebro muerto que tienes, tú y todos los demás.

Prudence, o Prue, como al parecer la conocían sus compañeros, puso así punto final al asunto, no sólo para Jerry sino también para el resto de la clase. Excepto para Charlotte, claro. Charlotte tenía una pregunta específica dando vueltas en su mente obstinada, y antes de que pudiera evitarlo se le escapó.

—¿Sabe cómo va a afectar esto a mi clase de Física? —preguntó—. Hoy mismo me asignaron a mi pareja de laboratorio y detestaría tener que dejarlo colgado.

La clase entera se echó a reír desenfrenadamente ante la ingenuidad de Charlotte; todos salvo Prue, quien a duras penas pudo contener su indignación.

—Ay, Dios... Tenemos una "viva" por aquí —se burló, poniendo los ojos en blanco.

Charlotte se hundió en su silla, consciente de que lo que acababa de decir debía de haberles sonado a todos como una necedad. Pero ¿y qué? No la conocían. No conocían su situación. Ella todavía estaba interesada en saber de Damen. Curiosamente, era lo único que le interesaba.

—Hagamos una cosa: veremos la película y si ocaso —otra vez se detuvo para soltar una risita y celebrar su ingenio—, perdón, si *acaso* queda alguna duda, podemos discutirlo después...

El profesor Brain le hizo llegar un libro hasta el fondo. Se titulaba *Guía del muerto perfecto.*

—Es para ti, Charlotte —dijo amablemente—. Para que te vayas poniendo al día con tus estudios.

—¿Estudios? —preguntó ella.

Charlotte abrió el libro y echó un vistazo al índice. Leyó para sí los títulos de los capítulos, mientras el profesor Brain ponía en marcha el proyector.

¿"Levitación"? ¿"Telequinesia"? ¿"Intangibilidad"? ¿"Teletransporte"? No podía creer lo que estaba leyendo, pero no había duda de que le intrigaba, y mucho; además, a estas alturas ya estaba curada de espanto. Hojeó rápidamente el libro mientras Mike atenuaba la luz, y la película, una parpadeante proyección de cine industrial al más puro estilo de los años cincuenta, con cuenta atrás 5-4-3-2-1 y narración moralista de fondo y toda la cosa, empezó.

Deadhead Jerry —el chico de las sandalias Birkenstock— ya estaba dormido, sólo que con los ojos abiertos. Mientras roncaba, Charlotte vio por el rabillo del ojo cómo Piccolo Pam extendía su mano con suma delicadeza y le cerraba los ojos del mismo modo en que se le haría a una persona que acaba de morir.

"Qué encanto", pensó Charlotte, reconociendo la gentileza de Pam.

La sala quedó entonces completamente a oscuras y, de nuevo, el iracundo rugido de Prue sobresaltó a Charlotte.

—Más te vale prestar atención, Usher —le advirtió Prue, dando ruidosos golpecitos con el pie en el suelo—. Si estamos viendo esto otra vez, es por ti.

—Ya lo noté —contestó Charlotte, y tosió. Por su mente pasó la idea de pedir que la excusaran para ir a enfermería, pero le pareció que no tenía mucho sentido.

Pam le lanzó a Charlotte una mirada muy seria, como si le advirtiera que más le valía no irritar a Prue. Pero al parecer ya era demasiado tarde. Era evidente que "aquí" Prue era la abeja, o peor aún, la avispa reina de Muertología, y Charlotte ya había probado su picotazo.

Lo que Charlotte no tenía aún muy claro era la *razón* de que Prue la odiara tanto. Prue apenas había tenido tiempo para fijarse en ella y ya la detestaba. En Hawthorne hubo compañeros que tardaron hasta un cuatrimestre entero en rechazarla por completo. Era una pequeña estadística de la que estaba muy orgullosa. Pero con Prue, el odio había sido instantáneo y parecía motivado por algo mucho más profundo que su simple apariencia o las cosas que decía.

En la pantalla apareció una insignia en forma de corona acompañada de una anticuada sintonía escolar.

Una adolescente como salida de los años cincuenta, con pelo corto y rizado, falda azul marino, balerinas y blusa blanca almidonada, apareció en escena.

La voz masculina del narrador la llamó: "¿Susan Jane?, ¿Susan Jane?".

Susan Jane miró a su alrededor buscando la procedencia de la voz y pareció que la desorientaban el aula en la que se encontraba y los libros que sostenía en la mano.

"Susan Jane descubrirá enseguida que a pesar de estar muerta todavía tiene que graduarse", dijo el narrador.

Susan Jane se mostró decepcionada.

Charlotte no pudo evitar reaccionar del mismo modo.

—¿Estudiar? —preguntó Charlotte—. Genial, la vida es un asco, luego te mueres, y vuelve a ser un asco.

—Estoy muerto, no sordo —la regañó el profesor Brain, invitándola a que permaneciera callada.

Charlotte se arrellanó en la silla y continuó viendo la película.

"¿Cómo te sientes, Susan Jane?", preguntó el narrador a Susan Jane.

"Pues creo que bien, ¿no? Aunque ahora que lo menciona, me siento un poco rara", contestó.

"Hay razón para ello, Susan Jane", dijo el narrador.

Entonces, apareció una imagen partida con dos Susan Jane: una viva y una muerta. Su aspecto era el mismo en ambos estados.

"Aquí tenemos dos imágenes de Susan Jane", indicó el narrador, y mientras lo hacía, una diminuta flecha roja señaló las imágenes correspondientes al "antes" y al "después".

"Visto desde afuera, se diría que casi no hay diferencias, pero en el interior, su cuerpo ha experimentado muchísimos cambios", continuó el narrador.

En la pantalla, los cuerpos fueron reemplazados de pronto por siluetas; una mostraba la circulación y el movimiento internos con cientos de diminutas flechas rojas, y la otra no.

"El cambio más evidente es que el cuerpo físico de Susan Jane dejó de trabajar, pero que su cuerpo no trabaje no significa que ella no tenga trabajo que hacer", anunció.

La cámara se acercó entonces a un manual de la *Guía del muerto perfecto*, cuya cubierta se abrió arrastrando con ella las primeras páginas. El título del capítulo "Aproximación a la muerte" saltó a primer plano. En el libro aparecían las imágenes de dos chicos esbozados con sencillez. Billy, se diría que un educado, obediente y bien vestido adolescente de los años cincuenta, con pelo engominado, y Butch, otro adolescente de los años cincuenta con aire más rebelde, desarreglado, algo torpe y desobediente.

"Éste es Billy —dijo el narrador presentando a los 'compañeros'—. Y éste, bueno, éste es Butch. En vida, Butch y Billy eran individualistas. Tenían que ser los que más puntos marcaran, los favoritos del entrenador, las superestrellas del equipo; ahora tienen que aprender a 'jugar en equipo', una transición muy dura, y más si se tiene en cuenta que están muertos".

La película mostraba a los dos "compañeros" en el patio de un colegio. Se apreciaban dos grupos jugando al kickball, uno de vivos y otro de muertos. La cámara ofreció un primer plano del partido de los vivos, y el marcador reveló un empate en la última entrada.

"Hoy, Butch y Billy están aprendiendo a dominar la *telequinesia* —cuando el narrador pronunció esa palabra, apareció en la pantalla una entrada de diccionario correspondiente a la palabra *telequinesia*—, una de las principales habilidades espirituales, a través de un sencillo partido de kickball".

La pelota rodó hacia la posición del pateador, quien la golpeó con todas sus fuerzas, sacándola del campo. Mediante telequinesia, Butch impulsó la pelota por encima de la cabeza del jugador exterior para poder atraparla él, pero sólo logró que el equipo contrario anotara una carrera. El equipo perdedor, enojado con el jugador exterior, se retiró del campo rápidamente, amargado y triste, mientras Butch se quedaba plantado con la pelota en la mano, sintiéndose fatal. Butch arrojó la pelota y apretó a fondo el acelerador de su motocicleta, enojado y avergonzado.

"¿Qué pasa, Butch? Parece que eso estuvo un poco fuera de lugar", le reclamó el narrador, al tiempo que Butch se alejaba a toda velocidad.

Mientras tanto, el jugador exterior que había fallado la captura se sentó en el banco solo, llorando.

"Y ahora observen a Billy. Está jugando con los otros chicos muertos", anunció el narrador con entusiasmo.

En el campo muerto la situación del partido era la misma. Billy jugaba en tercera base. La pelota rodó hacia la posición del pateador y éste la golpeó con fuerza hacia el espacio del campo interior situado entre la tercera base y el jugador medio. Billy se giró hacia la pelota y empleó sus poderes para colocarla en manos del jugador medio, cediéndole la jugada. ¡El medio logró eliminar a dos jugadores del equipo contrario! ¡El partido concluyó y el equipo de Billy salió victorioso! La muchedumbre gritaba entusiasmada. Sus emocionados compañeros de equipo lo rodearon con los brazos levantados entre gritos de júbilo, y Billy fue cargado en hombros.

"¡Así es, Billy! ¡*Así* se hace!", dijo el narrador.

"¿Por qué no le salieron bien las cosas a Butch y a Billy sí? Bueno, Butch recurrió a las artimañas de siempre y empleó sus poderes para intentar seguir conectado a los vivos, mientras que Billy... bueno, Billy superó su egoísmo y empleó sus poderes para conducir a su equipo a la victoria".

Los dos "compañeros" fueron reemplazados de nuevo por Susan Jane, sentada ante su viejo pupitre de madera.

Susan Jane se encogió de hombros cuando los "compañeros" aparecieron a su lado. Billy se había graduado, Butch sostenía en la mano una boleta marcada con un enorme y negro "Insuficiente".

"No lo olviden, estas habilidades especiales deben ser empleadas solamente con el propósito de alcanzar la resolución que les permitirá cruzar al otro lado. Su profesor se encargará de entrenarlos, pero es responsabilidad de ustedes emplearlas como se debe", dijo.

La música subió de intensidad y la *Guía del muerto perfecto* se cerró. En la contraportada se podía leer "fin".

La cinta aleteó contra el metal del proyector y Mike encendió de nuevo las luces.

—¿Alguna pregunta? —indagó el profesor Brain, dirigiéndose a Charlotte.

—¿Cómo sabemos cuál es nuestra meta? —preguntó Charlotte.

—Toda la clase está aquí por alguna razón —dijo el profesor Brain—. Todos tienen un asunto pendiente que deberán resolver antes de seguir adelante.

Sonó el timbre, pero Charlotte no se movió de la silla. No sabía si al levantarse volvería a hacer el ridículo como cuando había sonado la alarma de incendios. Cuando los demás estudiantes empezaron a salir de clase, ella reunió sus cosas y los siguió sin dejar de darle vueltas a lo que Brain acababa de decir.

—¡Atención todos! Tarea. Esta noche hay reunión en Hawthorne Manor. ¡A las siete en punto y no es opcional! —gritó el profesor Brain a sus espaldas, mientras se apresuraban a recuperar la libertad.

"¿Tarea?", pensó Charlotte.

6

Sobre muertes y citas

And there was a beautiful view
but nobody could see.
'Cause everybody on the island was saying:
Look at me! Look at me!
–Laurie Anderson

Y había una hermosa vista, / pero nadie la pudo ver. / Porque todos en la isla decían: / ¡Mírenme! ¡Mírenme!

Identifícate.

Charlotte no sabía muy bien quién era ella en realidad, ni antes ni menos aún ahora. Pero sabía muy bien quién quería ser. El caso es que, en la escuela, a nadie le interesa saber quién eres, sino más bien quién no eres. Es mucho más fácil clasificarte y encasillarte de ese modo. A ella la habían encasillado bajo el epígrafe "Nadie", pero eso estaba a punto de cambiar si la dejaban. Estaba dispuesta a ver el mundo a través de otros ojos. De todos, salvo los suyos.

Scarlet, la hermana pequeña de Petula, recibió un inesperado encargo de la redacción del periódico de la escuela: escribir una nota necrológica, la primera de toda su vida, sobre "una chica que había muerto en la escuela". Se dirigió a la oficina hecha un manojo de nervios, tanto por el encargo como por la perspectiva de tener que tratar con el profesor Filosa, el estricto vejete que dirigía el panfleto, perdón, el *periódico* de la escuela como si se tratara del *Daily Planet*.

—¿Dónde diablos se había metido, Kensington? —le espetó el profesor Filosa con impaciencia—. Se nos acaba el tiempo y hay que publicar esta necrología.

—Pues sí que es gracioso —bromeó Scarlet—: acabarse el tiempo... nota necrológica...

A Filosa no le impresionaron ni el sentido del humor ni la evasiva de Scarlet.

—No parece interesarle mucho, ¿verdad?

—Pues, ahora que lo dice, ¿qué tengo yo que ver en esto? —preguntó Scarlet—. Se supone que soy la crítica de música.

—Está bromeando, ¿no? —la reprendió, mirándola de arriba abajo—. Le queda como anillo al dedo.

—Nunca he tenido que escribir una nota de ésas —dijo Scarlet con sorprendente inseguridad—. Además, no es mi fuerte hablar bien de la gente que no *conozco*, y tampoco de la que *conozco*, para qué negarlo.

—Pues aguántese, Kensington, y haga algo bonito por alguien por una vez en su vida —ladró Filosa—. Aquí tiene las fotografías del acto en memoria de... esteee... cómo se llamaba... Usher, claro: del acto en memoria de Usher que hubo esta mañana. La página de composición está en la computadora —agarró el sombrero de paja y la chamarra de mezclilla y salió dando un portazo.

Scarlet se sentó ante la computadora, la mirada fija en el cursor intermitente. No se le ocurría nada. En busca de inspiración, se encasquetó su sombrero de fieltro con el ala claveteada de piercings, abrió la carpeta JPG con las fotografías del acto conmemorativo y observó que en ellas no había ni un alma.

—¿Dónde está la gente? —dijo Scarlet, con un levísimo tono de compasión en la voz.

Scarlet sacó el informe de la policía y leyó por encima la escasa información que ofrecía la ficha oficial. Al llegar a su retrato escolar se quedó petrificada.

—Oh, no —soltó Scarlet—. Es la chica con la que me porté tan pesada el otro día.

Estudió la fotografía detenidamente durante un minuto, como en un acto de reconocimiento hacia la persona que había tratado con tanto desdén. Y decidió que la mejor disculpa sería una bonita necrología, incluso aunque se tratara más de una lista que de otra cosa.

—Supongo que ahora tengo tu vida en mis manos —dijo, y empezó a escribir.

ଓଃ

A Charlotte le reconfortaba saber que si no había más remedio que ir a clase, al menos también había tiempo de recreo. Tiempo para salir de aquella aula y darse un respiro. Tiempo para dejarlo todo "a un lado" y asimilar la primera parte del día, todo excepto la jerarquía universal cuya evidencia no puede quedar más al descubierto que en las mesas del comedor de una escuela.

Una realidad que Charlotte no pasó por alto cuando ella y Piccolo Pam entraron en la cafetería. Charlotte apenas pudo contenerse cuando vio pulular por allí a todos los chicos vivos, disfrutando de su semilibertad.

La cafetería del Hawthorne siempre le recordaba a un supermercado, tan ostentosamente dividido en secciones. Era imposible perderse. Nada de surtidos. Los Populares aquí, los Cerebritos ahí, los Deportistas acá, los Buscapleitos allá. En clase, la integración era casi inevitable, puede que hasta obligatoria incluso, debido a la asignación de lugares por orden alfabético. Pero en la cafetería podías elegir, y qué mejor expresión de tu capacidad de elección que el lugar y la gente con la que te sentabas.

Una vez decidido quién era uno o, para ser más exactos, cuando Petula decidía quién era uno, entonces resultaba fácil encontrar tu sitio. Mirándolo bien, lo que antes le parecía tan intencionado y cruel, le resultó ahora completamente natural. Después de todo, a lo mejor era cierto eso de que "Dios los cría y ellos se juntan". O podía ser que la muerte hubiera amortiguado su envidia.

—Las personas no son como imanes —dijo Charlotte en voz alta, y luego, percatándose de su exabrupto, se puso rápidamente la mano en la boca para contener sus palabras.

—No te preocupes —dijo Pam—. No te oyen.

—Nunca lo han hecho —contestó Charlotte con sarcasmo.

Al examinar el comedor, observó que todos los que estaban allí tenían asignado el séptimo turno de comedor. Era increíble. Cuando estaba viva, comía en el sexto turno, y ahora estaba en el séptimo. El exclusivo séptimo turno del comedor. El turno de Damen. ¡Oh, dulce muerte! Al menos tenía algo de bueno.

Por estar distraída con sus pensamientos, Charlotte "chocó" accidentalmente con un chico que pasaba por allí con su bandeja. De hecho, fue más como si lo atravesara. Sin perder un instante, Piccolo Pam agarró a Charlotte del brazo para evitar la interacción.

—¡No! —gritó Pam. Pero ya era demasiado tarde.

Una expresión del más puro terror nubló el rostro del chico, que se quedó paralizado un momento, miró a su alrededor como un conejo asustado, dejó caer la bandeja y echó a correr hacia la salida. Tenía la cara tan desencajada que casi daba risa. Tan pronto la bandeja se estrelló contra el suelo, la cafetería entera irrumpió en carcajadas y aplausos, para asegurarse de humillarlo como sólo los escolares saben hacerlo.

—¡*Jamás* atravieses a los vivos! —dijo Pam, increpando a Charlotte.

—¿Perdón? —contestó ella, sin comprender.

—La interacción con los vivos está estrictamente prohibida —le advirtió Pam—. *Casi todos* lo sabemos por instinto cuando llegamos.

A Charlotte le dolió el inesperado golpe bajo de Pam.

—¿Por qué? —preguntó inocentemente—. Nosotros podemos *verlos*. Podemos *oírlos*. ¿Por qué ellos no pueden *sentirnos?*

—Nosotros coexistimos con ellos, aunque en realidades distintas —explicó Pam con voz cortante—. No son nada para nosotros y viceversa.

—Para mí sí son algo —dijo Charlotte.

—¿Acaso no viste lo que acaba de pasar? —preguntó Pam—. Tus sentimientos te los guardas para ti, Charlotte.

—Está bien —dijo ella tímidamente.

Mientras jalaba a Charlotte para apartarla de las mesas del comedor, Pam continuó:

—Nosotros estamos *aquí*.

"Aquí" era una fila de cafetería distinta que nunca hasta entonces había tenido que hacer. Una fila reservada a los estudiantes muertos. Invisible para los vivos.

—¿Y esto no es una forma de segregación o algo así? —preguntó. Pero Pam no contestó. Estaba demasiado ocupada llenando su bandeja con comida chatarra.

De pronto, una chica intentó colarse.

—Perdona, Kim —murmuró.

—Quítate —dijo Kim en tono agresivo.

De aspecto estirado, brillante pelo largo y bonito perfil, Kim lucía todo un arsenal de agendas electrónicas. Por su aspecto y su forma de hablar se diría que estaba preocupada y tenía mucha prisa, lo cual resultaba chocante, dadas las circunstancias. La lentitud de Charlotte la alteró todavía más.

—¿Quieres hacerte a un lado? —le espetó Kim—. ¡Tengo prisa y espero una llamada muy importante!

Mientras Kim se abría paso a empujones, Charlotte vio caer algo en su bandeja. No era un pelo, no: era un pedazo de carne. Carne quemada y putrefacta. Charlotte retrocedió y dejó que Kim disfrutara de todo el espacio que pudiera necesitar, mientras mostraba sus dientes en una de esas enormes sonrisas forzadas a las que uno recurre para no vomitar, por ejemplo.

Las náuseas de Charlotte se disiparon cuando, de pronto, empezó a sonar un teléfono celular. Miró a su alrededor y en un acto reflejo metió las manos en los bolsillos, sorprendida ante la posibilidad de que en aquel lugar pudiera darse semejante sonido.

—¿Acaso no piensan contestar? —bromeó Charlotte.

—Es para mí —dijo Kim, quien al volverse reveló en el lado opuesto de su cabeza un teléfono celular que sobresalía de una herida abierta que iba desde la sien hasta la mandíbula inferior. Aparentemente, la radiación le había erosionado parte de la cabeza y el cuello, donde ahora exhibía una importante lesión en carne viva.

—Vaya, eso es lo que yo llamo tener un lado "malo" —le susurró Charlotte a Pam.

—Para Call Me Kim, todas las llamadas son urgentes —le musitó Piccolo Pam a Charlotte—. No hizo caso de las advertencias sobre su obsesiva utilización del celular y mira cómo acabó. Su asunto pendiente es prestar atención cuando se le dice algo y tratar de reprimir su impulsividad.

—Pensaba que lo de la "radiación del celular" era un cuento —dijo Charlotte mientras hacía un auténtico esfuerzo por no mirar directamente hacia Kim.

—Pues parece que no —dijo Pam, señalando y sacudiendo la cabeza hacia Kim, que no dejaba de parlotear.

Charlotte trató de cambiar de tema, pero no podía dejar de mirar a la chica.

—Espera —Kim interrumpió bruscamente a su interlocutor, se volvió hacia Charlotte y le lanzó una mirada furibunda—. ¿Te puedo ayudar en algo?

—No, no creo que puedas —contestó Charlotte muy seria.

—Nuevos... —dijo Kim poniendo el ojo en blanco y retomando su conversación unidireccional.

—No acabo de entender eso del "asunto pendiente". ¿Será que yo no tengo ninguno? —le preguntó Charlotte a Pam.

—Los asuntos son como el trasero: todos tenemos uno —dijo Pam con voz cortante.

—¿Todos? —preguntó Charlotte, especulando qué les podría quedar por resolver a Petula y las Wendys que no fuera anular una cita previa para ir a depilarse.

—Fíjate en DJ, por ejemplo —dijo Pam apuntando con la barbilla hacia la mesa de los chicos muertos—. Parece supertranquilo y entero. Nadie diría que tenga muchos asuntos que resolver.

—Pues sí —admitió Charlotte.

—Pues no —aclaró Pam—. Se creía todo un artista y se negó a poner temas de moda en una fiesta para la que lo contrataron, en casa de unos pandilleros.

—Así que no bailaba ni un alma y... —dijo Charlotte con voz entrecortada.

—Alguien se puso nervioso. Hubo una pelea y DJ quedó atrapado en el fuego cruzado —continuó Pam—. Recibió diez tiros, uno más que 50 Cent.

—Pues vaya récord —dijo Charlotte con lástima.

—Ni lo digas —convino Pam—. Su arrogancia lo mató.

—Se acabó el breakdance para DJ —concluyó Charlotte, que había entendido perfectamente a qué apuntaba Pam.

Mientras avanzaban en la fila, Charlotte examinó la oferta de dulces, fritos y ácidos grasos. Papas fritas con salsa, pizza de pimentón, macarrones con queso, tortitas, hamburguesas, perros calientes, cubitos petrificados de gelatina Jell-O con crema batida, papas de bolsa, fritos de maíz, bizcochos rellenos, Twinkies, malvaviscos, litros de salsa de chocolate, sirope de arce y crema de queso fundido Velveeta. Comida chatarra de la mejor. Un auténtico McWilly Wonka Hut. Prácticamente todo lo que acaba engrosando la cintura estaba allí, friéndose en la plancha.

Las camareras muertas llevaban redecillas de cuerpo entero, en lugar de las tradicionales redecillas de pelo de las vivas, supuso que para "mantenerse enteras" y evitar que cayera algún pedazo de carne en la comida durante la elaboración de aquellos platos tan decadentes. Las bebidas eran todas carbonatadas: Fresca, Shasta, marcas imposibles de encontrar ya, excepto en las camisetas de los chicos modernos. Muy buenas, sí, pero... olvidadas. Desde luego, nada parecido al pan de pita integral relleno y el bufé de ensaladas de la sección viva del comedor.

Charlotte se llevó un buen cargamento de comida y culpabilidad. ¿Qué habrían pensado Petula y las Wendys, los anoréxicos modelos que quería imitar? Estaban muy obsesionadas con su IMC,* como otros lo están con las notas del examen final de aptitud.

Además, ¿qué importaba ya? ¿Qué mal podía hacerle? ¿Matarla? Digamos que a estas alturas el control de raciones no era una prioridad.

Sintió cómo una oleada de depresión post mórtem la invadía de nuevo. ¿A quién le importaba nada ya? Desechó toda precaución y aceptó cada cucharón de comida que le ofrecían las camareras. La única razón para mejorar, hacer dieta, practicar ejercicio, bla, bla y demás, era Damen, y éste era ya, literalmente, una causa perdida. Después de todo, ¿de qué le servía un cuerpo perfecto a una chica muerta?

—No es que ya nada importe, Charlotte. Lo que pasa es que ahora tienes otras prioridades. Una meta distinta —le explicó telepáticamente Pam, que se encontraba bastante adelantada en la fila.

—¿Como *cuál*? —preguntó Charlotte en voz alta, perdiendo los estribos y girando completamente para localizar a su amiga.

Charlotte empezó a pensar que deseaba poner fin a todo aquello, especialmente al rollo de que le leyeran la mente. Era toda una intrusión. Primero Prue, luego Brain y ahora Pam. Trató desesperadamente de no pensar en ello, porque no quería ofender a Pam y porque había que agradecer el buen juicio con que Pam abordaba la situación. Pero mientras más vueltas le daba, más le costaba evitar pensar que odiaba a Pam y a todos los demás por entrometerse de aquel modo en sus pensamientos privados. Percibiendo el malestar de Charlotte, con un gesto de la mano Pam la invitó a acercarse y la tranquilizó.

—Oye, es tu primer almuerzo como chica muerta, así que ¡yo invito! —bromeó, frenando el paralizante y obsesivo torbellino

* IMC: Índice de Masa Corporal.

de pensamientos que rondaba la mente de Charlotte, mientras la guiaba hasta una mesa situada en un rincón. Pam se sentó, pero Charlotte vaciló.

—¿Está ocupado? —preguntó Charlotte refiriéndose al sitio que quedaba libre junto a Pam.

—Sí —dijo Pam con una sonrisa—. Por *ti*.

El hecho es que Charlotte no estaba acostumbrada a respuestas tan cordiales. Con frecuencia no hallaba un lugar dónde sentarse y se quedaba plantada de pie durante un lapso penoso, bandeja en mano, buscando sitio. Pam percibió la desazón con que Charlotte intentaba asimilar y aceptar cuanto estaba ocurriendo. Decidió que lo mejor que podía hacer era ser su amiga.

—No te angusties. Ya verás cómo acabas encajando —dijo Pam mientras Charlotte rodeaba la mesa.

—La última vez que lo intenté acabé muerta —contestó.

Ambas asintieron y al levantar la mirada se percataron de la presencia de una chica que estaba sentada sola en la mesa de al lado, toda encorvada, y que se subió las mangas del suéter de cuello alto para inspeccionar los cortes que tenía en muñecas y antebrazos.

—¿Y ésa? —preguntó Charlotte con sorna—. ¿Se murió de tanto rascarse o qué?

—¿Suzy? —explicó Pam—. Era una *"scratcher"*. Ya sabes, se cortaba, aunque no lo bastante profundo como para hacerse daño.

—O eso creía, supongo —dijo Charlotte.

—Sí. Una "llamada de atención", o algo así, que acabó por salirle fatal —continuó Pam—. Al final se pasó con los cortes y acabó en el hospital. Murió de una de esas infecciones por estafilococos resistentes a todo.

—Parece tan reservada —dijo Charlotte—. Y triste.

—Tiene que aprender a comprometerse, para eso está aquí —dijo Pam—. Hacer las cosas a medias puede resultar peligroso.

Ambas asintieron y volvieron a concentrarse en sus respectivos almuerzos, sin percatarse de otra chica que acababa de plantarse delante de ellas. Era un palillo. Una muñequita rebosante de accesorios, con enormes lentes de sol, vestido vintage y collar de Chanel. En la bandeja llevaba un bote diminuto de frutos secos variados y un café tamaño extragrande.

—Qué hay, CoCo —dijo Pam—. Tú siempre tarde para estar a la moda, ¿eh?

—Es mi sello —le recordó CoCo—. ¿Hay espacio para una más? —preguntó retóricamente, con voz afectada y casi sin abrir la boca.

—Una auténtica *fashion victim* —le susurró Pam a Charlotte.

—¿Y? ¿La pisotearon en una venta de liquidación o qué? —preguntó Charlotte.

—Muy buena, pero no, fue mucho peor —dijo Pam, acercándose a Charlotte—. Se emborrachó en una fiesta, vomitó en su bolso extragrande, se desmayó sobre él y se ahogó en su propio vómito. Lo grande no siempre es sinónimo de mejor. Descanse en Prada —afirmó con sorna mientras CoCo tomaba asiento.

Inmediatamente, CoCo empezó a devorar su ración impresa diaria de blogs de chismes al tiempo que abría un Red Bull y rellenaba su taza de café.

—Entonces ¿qué te pasó a ti, exactamente? —le preguntó Pam a Charlotte.

CoCo fingió indiferencia, oculta tras sus lentes de sol, pero no pudo resistir la tentación de escuchar disimuladamente un nuevo y jugoso chisme. Llevaba siglos sin hacerlo.

—Pues lo que pasó es que mis sueños empezaban a hacerse realidad... —empezó Charlotte.

—¿Y? —repuso Pam.

—Me emparejaron con Damen Dylan, el chico más encantador de la escuela, para las prácticas de laboratorio. Estaba convencida... de que si llegaba a conocerme de verdad, pues, bueno, que tal vez él... —Charlotte se quedó callada un instante, molesta por una necesidad imperiosa de aclararse la garganta.

—¡Vamos, sigue! —exclamó CoCo, quien recibió sendas miradas asesinas de Pam y Charlotte.

—... me pediría a mí que lo acompañara al baile de otoño en vez de a su novia, Petula —continuó Charlotte, tosiendo un poco.

—¿Y ya? —dijo CoCo decepcionada, y se levantó dejando atrás la bandeja para que otros la recogieran.

Pam también miró a Charlotte con ojos inquisidores, como diciendo "seguro que hay algo más". Pero no había nada más.

—¿Así que tiene novia? Qué remedio: no estaban predestinados a estar juntos —dijo Pam como si nada.

En ese momento, Damen pasó junto a Charlotte para dejar su bandeja y ésta no tuvo tiempo de quejarse del golpe bajo de Pam. La carcajada espontánea que soltó él en respuesta al chiste de su amigo distrajo a Charlotte por completo.

—Mira, Pam, a mí eso del destino siempre me ha parecido una estupidez —dijo Charlotte, elevando el tono de voz palabra tras palabra—. No es más que una tomadura de pelo. ¡Hagas lo que hagas es imposible equivocarse!

—Pues no exactamente —contestó Pam—. El destino no es ciento por ciento circunstancial. Es algo predeterminado. El resultado no se puede cambiar. Punto. Por eso se llama... destino.

—¡Pues claro! —exclamó Charlotte entre tos y tos.

—¿Cómo que claro? —preguntó Pam, absolutamente confundida.

—Me sonrió justo antes de que yo muriera... Estábamos a punto de conectar. Era mi oportunidad para que él me conociera y para que, al final... puede que hasta... me pidiera que lo acompañara al baile —divagó Charlotte—. El destino —proclamó.

—Pero ¿de qué hablas? —preguntó Pam, que no salía de su asombro y se esforzaba por comprender qué pretendía Charlotte con todo aquello.

—Hablo de que... Damen... y yo... —dijo Charlotte, que empezó a toser estrepitosamente. Pam le dio un manotazo en la espalda, ávida por escuchar la gran revelación— ...estamos predestinados a estar juntos —dijo Charlotte a duras penas.

—¿No dices que eso del destino es una estupidez? —le recordó Pam, tratando de asimilar tan insólita revelación.

—¿No dices tú que no lo es? —dijo Charlotte anotándose un punto.

De regreso a su mesa, Damen pasó junto a ellas de nuevo y Charlotte lo siguió con los ojos, como un decidido postor observando un bolso de Chloé en eBay.

—¿Y no has contemplado la posibilidad de que el destino haya intervenido precisamente para *separarlos* al dejarte morir? —intervino Pam—. ¿De que tu destino sea *éste?*

Charlotte no contestó; estaba sumida en sus pensamientos. La negativa de Charlotte a aceptar su situación ya tenía muy preocupada a Pam, así que decidió tomar cartas en el asunto.

—Además, Charlotte, tienes otro problema, y gordo —dijo Pam, quien se puso de pie sobre la silla y empezó a gritar, a hacer caras y a agitar los brazos en dirección a Damen—. ¡¡¡Damen!!! —gritó Pam con todas sus fuerzas.

—¡Pam! ¡Por favor! —suplicó Charlotte.

Mientras más le rogaba Charlotte que se detuviera, más insistía ella. Y mientras más se exaltaba, mayor era la intensidad con que el sonido del flautín brotaba de su garganta.

—¡¡¡Soplagaitas!!! —le gritó Pam a Damen señalándose la laringe.

Charlotte esperó a que Damen se acercara hecho un basilisco, pero no hizo nada parecido. Es más, no reaccionó en absoluto. Nadie lo hizo.

—Las cosas han cambiado, Charlotte —dijo Pam tomando asiento—. Ya no es cuestión de si Damen te pide salir o no. Es que ni siquiera te ve.

Dicho esto, la frustración en la voz de Pam se metamorfoseó en un tono más suave.

—No te queda otra que aceptarlo —dijo, y extendió el brazo para apoyar la mano sobre el hombro de su amiga—. Por algo lo llaman *vida* sentimental. Los sentimientos amorosos son para los vivos.

En vez de mostrarse defraudada o desalentada, la mirada de Charlotte adquirió un brillo inusitado, como si Pam acabara de descifrar el enigma de la Esfinge.

—Tienes razón... —proclamó Charlotte, y abrazó a Pam y le plantó un beso de agradecimiento en la mejilla—. ¡Ni siquiera me ve!

7

Ni siquiera sabe que existo

This is going to take a long time...
Can't take no more
Wonder if you'll understand
it's just the touch of your hand
Behind a closed door.
–Vince Clarke

Esto llevará su tiempo... / No lo soporto más / me pregunto si entenderás / que no es más que el tacto de tu mano / tras una puerta cerrada.

Enamorarte de alguien que ni siquiera sabe que existes no es el fin del mundo.

De hecho es todo lo contrario. Casi como entregar un examen que reprobaste y, sin embargo, disponer de ese lapso en el que todavía no te han dado la nota —la clase de alivio que sientes al no haber sido rechazado, aunque sabes muy bien lo que pasará al final—. En lo referente a Damen, Charlotte quería retrasar al máximo la devolución del examen. Pero aguardar hasta la muerte puede que sea, digamos, demasiado... O puede que no.

Charlotte decidió sacar ventaja de este "periodo de gracia". La "iluminación" que había experimentado en la cafetería con Pam resultó, por lo menos, motivadora. Tenía planeado convertir su peor desventaja —estar muerta— en ventaja, y utilizarla para acercarse a Damen. Si de verdad no podía verla, tampoco podía poner peros a que ella invadiera su espacio vital. En resumidas cuentas, podía ir adonde quisiera y hacer cuanto se le antojara sin ser detectada. Podía "meterse" en la vida de Damen, literalmente.

—¡Meterme en sus clases, su locker, su automóvil, hurgar en sus calzoncillos! —gritó, y entonces se detuvo bruscamente—. Bueno, no *en los calzoncillos*... en *los cajones* de los calzoncillos y otras cosas... en la cómoda de su dormitorio... o donde sea —se ruborizó, en la medida en que una chica muerta puede hacerlo, ligeramente sorprendida y avergonzada de descubrirse tan calculadora. Estaba ansiosa por contarle a alguien su ingenioso plan, pero no podía.

Charlotte se sentía poderosa de un modo hasta entonces desconocido para ella. Se sentía "renacida". Es más, la infinidad de posibilidades, aunque atosigantes, era prácticamente abrumadora; "prácticamente" era la palabra clave. Desechó la crisis momentánea de culpabilidad por tan repugnante invasión de la intimidad de Damen, y decidió, de forma egoísta y descarada, poner en práctica su plan en el mismo momento en que Damen apareció por la esquina del corredor.

Allá adonde fuera Damen, Charlotte iba también: a su locker, en cuyo interior ella se instalaba (no tan incómoda como se podría pensar); a la sala de estudio, donde lo observaba quedarse dormido desde la silla de al lado, la cabeza apoyada en su hombro hasta que él despertaba sobresaltado ante el gélido contacto; a los lockers del vestidor —lugar sagrado de los chicos—. Sabía que era así como remataba el día: con un entrenamiento de futbol y un poco de pesas y, si Dios quiere, una ducha. Se aseguró de llegar antes que él para conseguir un buen lugar. La muerte se ponía cada vez mejor en lo que a gratificación instantánea se refiere.

Charlotte aguardó pacientemente afuera del gimnasio por razones que ni ella misma podía explicar del todo. Podía haberse colado por la rejilla metálica de ventilación o incluso haber traspasado las puertas del vestidor, así, sin más, pero no lo hizo. En vez de eso, siguió de cerca a unos musculitos que llegaban temprano a entrenar. Entró en el vestidor con una mezcla de temor y curiosidad. Después de todo, para ella aquel era territorio virgen.

No es que quisiera verlo desnudo, no necesariamente, pero sí quería ver un poco más de él. Damen llegó y dejó caer su bolsa de deportes Adidas blanca y negra sobre el banco. Charlotte se sentó junto a ella y aguardó, como una novata espera el comienzo de su primer concierto de rock. Quería ver bien de cerca sus brazos, sus hombros, su torso.

El factor bochorno se había desvanecido, pero se quedó quieta. Sólo quería ver cómo era en un ambiente más informal e íntimo.

—¿Y qué tiene de malo, de todas formas? —se preguntó en voz alta—. Como si se fuera a enterar —ya habían "dormido juntos" en la sala de estudio—. O casi... —se sintió obligada a precisar para que constara.

Ni siquiera el olor a calcetines sucios, vaporosos y enmohecidos y a sobaco sudado lograron disuadirla, aunque estuvieron a punto de hacerlo.

Damen abrió el cierre de su bolsa de gimnasia, se volvió hacia el candado de combinación, hizo girar el rodillo un par de veces y lo abrió de un tirón. Quizá fuera el sonido del cierre al abrirse, pero de pronto se puso extremadamente nerviosa cuando él cruzó los brazos delante del cuerpo y se quitó la sudadera con capucha por la cabeza, dejando a la vista la camiseta interior de tirantes. La llevaba tan ajustada que pudo distinguir cada curva de sus perfectos abdominales, bellamente esculpidos.

Era alto, delgado y fornido, ancho de torso y espalda, suficiente para desmayar a cualquier chica. Sus brazos eran fuertes, aunque no voluminosos, de ésos en los que una puede sentirse segura y cómoda. Nada deseaba más que apoyar la cabeza sobre su pecho, pero temió que, al hacerlo, tal vez él volviera a sentir su fría presencia y se apresurara a ponerse de nuevo la sudadera. Ajeno a todo, Damen continuó desvistiéndose, para deleite de Charlotte, que lo miraba con ojos como platos. Estaba tan acostumbrada a fantasear con él, que casi sintió la necesidad de cerrar los ojos para poder experimentar lo que acontecía ante ellos.

Damen se quitó los zapatos y, al agacharse, los músculos de los hombros se flexionaron de tal forma que en ese instante deseó verse envuelta en ellos. Sacó los pantalones de deporte de la bolsa y se desabrochó los botones del pantalón de mezclilla. Charlotte estaba completamente ida.

—¿Boxers o pantaloncillos? —se preguntó, haciendo rebotar nerviosamente las piernas sobre las puntas de los pies.

La respuesta no se hizo esperar. Al resbalar sus holgados pantalones hasta el suelo y sacar él la pierna izquierda y luego la derecha del montón que ahora formaban en torno de sus tobillos, quedaron al descubierto sus boxers a cuadros. Amplios pero, por fortuna, no tan anchos como los tipo hip-hop. Eran sencillos y modestos, se diría que austeros, incluso. Justo como Damen.

El encanto se rompió cuando vio a un par de deportistas acercarse al locker contiguo al de Damen y escuchó un sonoro quejido.

—Inspección de suspensorios —oyó que gritaba Bradley Grayson, un arrogante jugador novato de Lacrosse, mientras que, sin previo aviso, le estampaba el antebrazo a Sam Wolfe en la entrepierna.

Sam, desnudo, se dobló en dos y se agarró la entrepierna, plantándole su enorme y pálido tresero peludo de oso lleno de granos ante la nariz.

Fue como si la peor pesadilla de toda chica se hiciera realidad. Se habían abierto las puertas del infierno. Pensó que jamás la dejarían disfrutar de un instante de placer sin tener que padecer a cambio una eternidad de sufrimiento. A cambio de un poco de Damen, tendría que soportar *mucho* de Sam. La metáfora no le pasó inadvertida a Charlotte.

Y fue a peor. Mientras se agarraba la entrepierna se le escapó una leve e involuntaria ventosidad de gas sulfuroso. Por primera vez se alegró de estar muerta, dado que su trasero olía tan mal como feo era su aspecto... ¿Se puede uno morir dos veces?

Se sintió pésimo por Sam; lo mismo que Damen, por la cara que puso, pero Brad siguió andando y riéndose. Charlotte, asfixiada, salió corriendo por la ventana que permanecía abierta encima del locker de Damen, agitando el húmedo vapor que llenaba la estancia lo suficiente como para que Damen se diera cuenta. Éste se estremeció levemente, parpadeó, sacudió la cabeza y concluyó que la aparición que creía haber visto no era más que la poscombustión del pedo de Sam. Tomó su protector bucal y se dirigió al gimnasio.

Charlotte estaba disgustada, aunque no descorazonada. Aguardó afuera a que finalizara el entrenamiento, con la esperanza de poder regresar a casa en automóvil con Damen. A casa de él. Damen salió del gimnasio rumbo al estacionamiento, se echó la bolsa al hombro y extrajo de su bolsillo las llaves de su Viper descapotable rojo. Antes de que él pudiera abrir el automóvil, Charlotte ya se había acomodado en el asiento del acompañante. Agarró el cinturón de seguridad, cayó en la cuenta de que ya no lo necesitaba y lo soltó despreocupadamente.

—El lado bueno de la mortalidad —razonó—. ¿Qué?, ¿a tu casa o a la mía? —le preguntó Charlotte a Damen con sarcasmo mientras él se abrochaba el cinturón.

Obviamente, Damen no podía oírla, pero no por ello dejó de dolerle un poco que no contestara. A pesar de todo, la estaba pasando en grande con toda la situación. Iba de copiloto en el deportivo de Damen, circunstancia que sin duda habría disparado el coeficiente de celos entre las demás chicas a niveles astronómicos. Y en el caso de Petula, era muy probable que a niveles homicidas.

Sí, cualquier chica habría dado la vida por ocupar su lugar. La única diferencia era que, en su caso, ella había tenido que dar la vida, en sentido literal, para conseguirlo. Charlotte desechó por el momento tan dolorosa revelación para seguir desempeñando el papel de "novia".

—¡Bomboncito! —dijo Charlotte mientras Damen sacaba el automóvil de su lugar reservado.

Damen extendió el brazo derecho —el mismo que ella había admirado en el vestidor— sobre el respaldo del asiento del acompañante mientras conducía. Charlotte imaginó que lo hacía sobre sus hombros, se enderezó un poco y se recostó contra él. Estaba ocurriendo de verdad. Al acercarse un poco más, pareció que el antebrazo y la mano de él descendían un poco, estrechando el hombro de ella y pegándose a su pecho. Jamás lo había tenido tan cerca ni había gozado de tanta intimidad con nadie.

—¿Acaso quiere meterme mano? —dijo Charlotte, esperanzada, con una risita.

Echó la cabeza atrás, disfrutando de la brisa, pero un silbido rompió bruscamente el ambiente romántico y los ojos de Charlotte se llenaron de temor.

—¡Por Dios, Pam! —gritó, mientras se volvía hacia el asiento trasero.

Allí estaba Piccolo Pam, mirándola como un padre que acababa de encender las luces del sótano para interrumpir un maratón de besos y revolcones.

—¿Qué pasa? De alguna forma tengo que comunicarme con él, ¿no? —le dijo a Pam con su tono de voz más persuasivo—. Bueno, ya sabes, a lo mejor esto de la muerte logra unirnos.

—Vaya. ¿Así que crees que estar muerta te *ayudará* en el terreno sentimental? —refunfuñó Pam—. Ya verás cuando se enteren las que se operaron las tetas.

Como Charlotte no daba muestras de ceder, Pam puso los ojos en blanco y desapareció tan rápido como había aparecido. Estaba claro que no iba a desperdiciar su muerte actuando como chaperona.

Charlotte estaba tan obsesionada con ver dónde dormía Damen y curiosear entre sus cosas que ni por un instante se le ocurrió que tal vez no se dirigía directamente a casa. Cuando el automóvil se detuvo junto a la acera enfrente de una gran mansión, Charlotte se percató de que la entrada al garaje estaba vacía. Aquella no era su casa. Se trataba, no obstante, de una casa por delante de la cual Charlotte había pasado con su automóvil en muchas ocasiones, sólo para ver su rutilante deportivo rojo estacionado enfrente tardes y a veces incluso noches enteras.

No, no era un caserón cualquiera. Era la casa de Petula.

Y por si no fuera suficiente, allí estaba Petula para confirmarlo: bajó a toda prisa el largo y cuidado camino de piedra para recibir a Damen y frenó de golpe contra la puerta del acompañante.

—¡Apresúrate, mis padres están a punto de llegar! —dijo, instando a Damen a salir del automóvil a la velocidad de la luz y correr tras ella camino arriba.

La idea no era muy brillante, pero Charlotte los siguió a toda prisa camino arriba, hasta llegar ante la casa, sin hacer caso a la agitada parvada de mirlos que ahora revoloteaba sobre su cabeza. Llegó a la puerta una milésima de segundo tarde —de nuevo— y vio cómo Petula, sin saberlo, le daba con la puerta en la nariz.

—Esto ya lo he vivido antes —se dijo.

Dio media vuelta para irse y observó cómo los pájaros se alejaban, aunque no sin antes dejar caer una lluvia de excrementos justo encima de su cabeza. Cerró los ojos y esperó resignada el impacto. Pero éste no se produjo. Los excrementos la atravesaron de la cabeza a los pies y fueron a estrellarse sobre el porche de entrada, mientras sentía crecer una inesperada ola de optimismo.

—Pues claro —se recordó a sí misma—. ¡Estoy muerta!

Charlotte pensó en la clase de Orientación y en los primeros capítulos de su libro de texto, *la Guía del muerto perfecto,* mientras se volvía de nuevo hacia la puerta de la casa de Petula. Nada más lo había hojeado y no había tenido tiempo de practicar, pero la desesperación a veces engendra confianza, y Charlotte era, a fin de cuentas, un espíritu entusiasta.

—¿Cómo era? —se preguntó retóricamente—. Invisibilidad. No, tonta, no. ¿Mutación? No técnicamente... —no acordarse hizo que creciera su frustración—. ¿Intangibilidad? Sííí. Eso es. ¡Atravesar cosas!

Charlotte se colocó en posición, con valentía, de cara a la puerta. Sus conocimientos básicos sobre las propiedades de los sólidos, por no hablar de su experiencia como fantasma, le ayudarían a atravesar la puerta, o al menos eso esperaba.

—De acuerdo —empezó—, mientras más denso es el objeto, más juntas están las moléculas y menor es su capacidad de movimiento. Pero ¿y si me quedo atorada? —dijo—. Sería un desastre. Un gran desastre.

Pasara lo que pasara, concluyó Charlotte, aquél no era el mejor momento para formular teorías sobre los aspectos más sutiles de la densidad molecular.

Así que hizo reunió todo su valor y empezó a concentrarse.

—Sé que puedo hacerlo... —dijo, y evocó las palabras del gran filósofo Bruce Lee: "Vacía tu mente, libérate de las formas, como el agua". Eso profesaba. Claro que él no entraba en el índice de Muertología, y mucho menos era profesor de ciencias, pero era lo mejor que podía invocar para salir del apuro. Además, él también estaba muerto—. Sé la puerta, sé la puerta, sé la puerta... —recitó Charlotte mientras extendía la mano abierta hacia la puerta de madera maciza y cristal de plomo.

Para su sorpresa, ¡las puntas de sus dedos, seguidas inmediatamente de los nudillos, la palma de la mano, el codo —el brazo entero— estaban atravesando la puerta! Luego la pierna. La cosa iba de maravilla, hasta que llegó al hombro. Y ahí se atoró. Medio cuerpo dentro de la casa y medio afuera. Estaba atrapada, atrapada en una puerta. Charlotte forcejeó para terminar el movimiento, pero sin éxito.

"Mierda" fue la palabra que se le ocurrió que definía mejor su situación mientras se hallaba parada en un charco de excremento fresco de pájaro.

Mierda, sí. Permanecer medio atrapada en una puerta para el resto de la eternidad no era una perspectiva muy atractiva que digamos, y el inconveniente del dichoso asunto de la intangibilidad era que tenías que entrar y salir muy, pero muy rápido.

—¡Esperemos que la cosa se vaya poniendo más fácil! —gruñó Charlotte mientras jalaba lentamente el resto de su cuerpo hacia el otro lado de la puerta.

Charlotte subió las escaleras y buscó a Damen y Petula. Escuchó unas voces al otro lado de una puerta en el pasillo y se dirigió hacia ella. Este allanamiento le pareció, al igual que la visita anterior al vestidor, muy emocionante. Era como leer el correo electrónico de otra persona. Aun así, el sentimiento de culpabilidad no era tan profundo como para retroceder. Asomó la cabeza a través de la puerta, que en esta ocasión presentó menos resistencia.

La habitación era un auténtico santuario de Petula a sí misma. La modestia brillaba tanto por su ausencia que daba miedo, pues estaba repleto de fotografías suyas y otras no tan favorecedoras de sus amistades. Ella eclipsaba al resto, con toda intención. Después de todo, era *su* habitación. Damen estaba tirado en la cama mientras Petula revolvía el vestidor, cambiándose de ropa.

—Oye, y qué me dices de la chica ésa que se murió en la escuela... —le gritó Damen a Petula.

—Se acordó —dijo Charlotte, con la cabeza asomada a la puerta como la de un alce en la pared de un cazador.

Petula no contestó. Imposible saber si no escuchaba o no le importaba lo más mínimo. Como fuera, Damen se levantó para acercarse al vestidor y se detuvo ante un maniquí en el que Petula había estado diseñando y probando su vestido para el baile de otoño. Jaló un par de hilos sueltos e insistió en el tema:

—Es... Bueno: *era* mi compañera de laboratorio. Qué mal rollo, ¿cierto? —le preguntó a Petula, con una ligera tristeza.

Y nada.

Entre tanto, Charlotte terminó de atravesar la puerta y se acercó al maniquí, ante el cual se encontraba Damen. Rodeó el modelo y se plantó cara a cara ante el hombre de sus sueños, sin nada que los separara excepto el torso del maniquí y el vestido que éste tenía puesto. Con sólo un paso, Charlotte hizo desaparecer la distancia entre ambos, introduciéndose en el maniquí, y también en el vestido.

—Bonito vestido —murmuró Damen, inspeccionándolo más de cerca.

—Gracias —susurró Charlotte con una sonrisa.

Sintiéndose algo extraño, Damen se entretuvo un segundo más examinando detenidamente el maniquí, y a continuación se dirigió hacia el vestidor.

Cuando se alejó, Charlotte vio el reflejo del maniquí en el espejo de cuerpo entero que él le había estado tapando de la vista. Se sintió hermosa por primera vez en su vida, tal como siempre había imaginado que se sentiría ataviada con un fabuloso y carísimo vestido a la medida —justo como Petula—. Se sintió tan feliz y, al mismo tiempo, tan, tan triste... Entonces observó que Damen tenía los ojos clavados en el espejo y la mandíbula desencajada. ¿Acaso podía ver su reflejo?

Decidida a aprovechar la oportunidad, corrió hasta el espejo, sopló y escribió "¿Puedes verme?" sobre la superficie empañada. Como por arte de magia, la expresión de Damen cambió por otra de pura felicidad mientras se acercaba.

Pero no era el mensaje de Charlotte lo que miraba. Era Petula, allí en el vestidor, a medio vestir, quien lo hacía babear. Cuando se desempañó el espejo obtuvo una clara imagen de Damen y Petula besándose en el vestidor. Aturdida, Charlotte contempló petrificada cómo Petula pasaba a su lado prácticamente arrastrando a Damen del vestidor a la cama.

Damen sujetaba a Petula por uno de sus mechones de pelo rubio platino y a cada beso lo jalaba más, forzándola a pegarse más y más a él, insaciable.

La tórrida escena dejó a Charlotte sin aliento. Todo era tan... físico. La única pincelada romántica la aportó Damen, que mantenía los ojos cerrados, lo que probablemente debía de ser algo bueno, puesto que Petula no lo estaba haciendo. Mientras se besaban ella examinaba cada milímetro de su cuerpo en el espejo, no tan pendiente del beso como de la *sexy* imagen que ofrecían en conjunto.

Charlotte fijó la mirada en los párpados cerrados de Damen e imaginó cada pensamiento que estaría pasando por su mente. Se veía insólitamente relajado en medio de aquel frenesí. Podía ser que pensara en otra persona. Petula estaba justo allí; ¿qué necesidad tendría de fantasear con ella? Quizá pensara en ella, "la chica que había muerto en la escuela".

Aunque quizá no fuera así. Tal vez se trataba de una reacción involuntaria, semejante a la que nos impide mantener los ojos abiertos al estornudar. Quizá aquélla era su forma de besar, y nada más.

El único modo de averiguarlo era estando con él, en ese instante, como Petula debería estar. Y eso era imposible. Resultaba irónico que ahora que estaba muerta y tenía la libertad de moverse a su antojo, no pudiera meterse concretamente en dos lugares: entre sus brazos y en su mente.

Charlotte cerró los ojos e imaginó que eran los suyos, no los de Petula, los labios que se deslizaban sobre los de él mientras sus manos la acariciaban. Y cuanto más se dejaba llevar por su fantasía, más borrosa se hacía la presencia de Petula y mayor intensidad ganaba su beso "virtual".

Sintió sus manos. Su calor. Sintió deseo y pasión por primera vez. No volvería a tener que imaginar cómo era él cuando estaba con una chica. Lo sabría de primera mano. Bueno, de segunda mano. Digamos que gracias a una experiencia extracorpórea.

Charlotte continuó respirando su aliento, sintiendo su tacto. Se pasó la lengua por los labios y echó la cabeza atrás en el mismo instante en que Petula echó atrás la suya, y cerró los ojos de nuevo. Solamente los abrió de manera esporádica y por unos segundos para echar una ojeada a lo que ya estaba sintiendo. Si se quedaba mirando, su fantasía se desvanecería.

Cuando volvió a abrir los ojos buscando una actualización, se encontró con que Petula estaba despatarrada a todo lo largo de Damen, muy al estilo de una auténtica animadora. Charlotte siempre había albergado sentimientos encontrados hacia las animadoras. Le parecía que su principal tarea era reforzar el ego masculino valiéndose de estúpidos saltitos y ridículos pasos, auxiliados por pompones y toneladas de maquillaje. Pero a la vez deseaba que también a ella se la devoraran con la mirada. Deseaba ser un regalo para la vista.

Charlotte comprendió al instante las ventajas de ser animadora y por qué los chicos las aprecian tanto. Quizá Petula no fuera la chica más lista de la habitación, pero probablemente sí era la más flexible, olímpicamente, y esa habilidad le estaba reportando grandes beneficios. Poco a poco empezó a comprender la realidad de lo que sucedía. Aquello no era una película ni un videojuego: era real y estaba ocurriendo delante de su nariz. Incapaz de soportar los celos, salió al pasillo, corrió hasta el baño contiguo y se encerró dando un portazo, sollozando de forma incontrolable.

—Ni siquiera sabe que existo —gimoteó, hundiendo la cabeza en el lavabo y olvidando que no era así.

Tras de lamentarse unos instantes, levantó la cabeza para mirarse al espejo. Charlotte estaba tan acongojada y distraída, que no supo si las gotas que se deslizaban por la empañada superficie eran el reflejo de sus lágrimas o no, y tampoco se percató de la nube de vapor que llenaba la habitación.

—Debe ser así como ocurre —dijo, mientras el reflejo de su rostro se desvanecía entre el vapor—. Voy a desaparecer, así, como si nada. Pluf.

Extendió la mano hacia la cortina de la ducha y se agarró a ella como una niña a su mantita inseparable. Enterró el rostro en el plástico opaco y respiró tan hondo como pudo. Era una chica muerta y estaba sufriendo el peor ataque de pánico de su vida. Y no porque tuviera miedo a morir, sino porque sabía que no volvería a vivir nunca más.

Durante un segundo, la cortina húmeda se le quedó pegada al rostro como una bolsa para cadáveres, y entonces, casi automáticamente, su rostro la atravesó y se asomó a la ducha. Dejó a un lado las lamentaciones por un momento y se fijó en una botella de champú que tenía la indicación "Para cabellos apagados y sin vida".

—Apagada... Sin vida... —dijo en tono de derrota absoluta.

Lo siguiente que vio entre la asfixiante neblina fue a alguien que en ese momento se daba una ducha. De haber podido sonrojarse, lo habría hecho. Con el pelo negro teñido, cortado a navaja, mojado y jabonoso pegado a la cara, Scarlet se enjuagó lo que quedaba de champú y abrió los ojos muy despacio, para encontrarse con la cabeza de Charlotte asomada a la ducha a través de la cortina.

Scarlet gritó con todas sus fuerzas mientras trataba de cubrirse con brazos y codos, sorprendiendo a Charlotte, que respondió gritando también.

Charlotte hacía todo lo que podía para liberarse de la cortina, pero a cada giro y a cada tirón que daba, sólo lograba enredarse más en ella.

Aterrorizada, Scarlet se percató de lo que a todas luces parecía un reguero de sangre que se escurría por uno de los lados de la bañera esmaltada de blanco y descendía hasta el desagüe. No pudo evitar pensar en la escena de la ducha de *Psicosis*. Se miró de arriba abajo en busca de heridas, se encogió en un rincón de la bañera y esperó el golpe mortal. No eran más que los restos de su lápiz de labios "rojo decadente urbano", pero Scarlet, aficionada a los cines baratos que ofrecen sesión doble, era propensa a dramatizar.

Entre tanto, Charlotte, que había conseguido zafarse de la cortina, se apartó tambaleándose de la ducha en el mismo instante en que Damen entraba como un rayo en el baño para averiguar el motivo de tanto escándalo. Éste sorprendió a Scarlet saliendo de la ducha desnuda, y no se percató de la presencia de Charlotte, quien, encaramada en el retrete, temblaba de miedo.

—¿Y tú qué diablos haces aquí? —preguntó Scarlet mientras alcanzaba rápidamente una toalla negra y se envolvía en ella.

—Oí gritos —farfulló él.

Damen se esforzaba por no "fijarse" en Scarlet, pero le costaba hablar. Era la primera vez que la veía sin maquillaje ni ropa ni accesorios. Estaba desnuda en todos los sentidos. Vulnerable.

—Tú no... Ella —espetó.

—¿*Ella*, quién? —preguntó él.

Señaló a Charlotte, pero él sólo vio el retrete.

—¡Ella! —dijo Scarlet con tono de frustración total en la voz.

—Yo —dijo Charlotte completamente desesperanzada.

Scarlet se dio cuenta de que Damen no podía ver a Charlotte, así que volvió a soltar un grito, esta vez de miedo e impotencia, y salió corriendo. A Damen le confundió su extraño comportamiento, pero se encogió de hombros y volvió con Petula.

Scarlet entró corriendo en su dormitorio y cerró de un portazo. Se enfundó como pudo en un vestido vintage de seda color magenta delicadamente bordado con cuervos negros y reanudó su precipitada carrera rumbo al vestidor contiguo, cuya puerta cerró también de golpe como protección extra.

La habitación parecía una salita privada del club punk y new wave neoyorquino CBGB, con poemas, dibujos y letras de canciones pintarrajeados en la pared. La taza del baño y el tocador estaban forrados de adhesivos de grupos de música, todos con algún mensaje. Scarlet buscó frenéticamente entre sus cajones en busca de algo, lo que fuera, con lo cual defenderse del demonio de la ducha.

En décimas de segundo se escucharon unos suaves golpecitos en la puerta. Agarró su collar con la cruz negra de plástico y la levantó en actitud defensiva al más puro estilo Buffy.

—No. ¡Tiene que ser una de verdad! —dijo, mientras arrojaba la de plástico, como quien desecha un pececillo, a un mar de cruces.

Cogió una cruz de plata de ley y corrió hasta la puerta con ella, adoptando una vez más la pose de la cazavampiros.

—¿Qué quieres? —preguntó ante la puerta cerrada.

—Puedes verme —susurró Charlotte.

—Espera un momento: sé quién eres —respondió Scarlet con nerviosismo, y entreabrió la puerta.

—¿De verdad? —preguntó Charlotte, gratamente sorprendida de que alguien la reconociera.

—Eres la chica que quedó frita en la escuela —dijo Scarlet—. La de la clase de Física de Petula.

—¡Sí! ¡La misma! —respondió Charlotte, loca de contento. Al parecer, la muerte sí que le había otorgado cierta popularidad.

—¿Qué? ¿Entonces vienes a vengarte por lo grosera que fui contigo? —se quejó Scarlet.

—No, para nada —le aseguró Charlotte.

—¿O por mi porquería de nota necrológica? —preguntó Scarlet, pasándole el periódico por debajo de la puerta.

—¿Salí en el periódico del colegio? —trinó Charlotte.

Posó los ojos en el diario y leyó con avidez. Su vida entera había quedado reducida a dos oraciones junto al icono de Internet de "foto no disponible".

CHARLOTTE USHER, ESTUDIANTE DE HAWTHORNE HIGH, FALLECIÓ EL DÍA DE HOY TRAS UN INCIDENTE ABSURDO CON UN OSITO DE GOMA. SE HA CELEBRADO UN ACTO EN SU MEMORIA.

—¿Eso es todo? —preguntó Charlotte, abatida.

—No tuve tiempo de entrar en detalles —balbuceó Scarlet, convencida de que no había necesidad de mencionar la escasa asistencia al acto ni que el personal del anuario no disponía de fotografías archivadas bajo su nombre ni que nadie había contestado a sus solicitudes de comentarios.

Scarlet abrió la puerta muerta de miedo y con la cruz siempre por delante.

—Es de verdad —dijo Scarlet muy seria, como si apuntara con una pistola a un ladrón de bancos.

—Vaya, pues sí que Jesús debía ser pequeñito —dijo Charlotte.

Scarlet no pudo evitar soltar una risita.

—No soy un vampiro —le dijo, mientras tomaba el crucifijo de la mano de Scarlet.

Scarlet se quedó plantada mientras Charlotte caminaba por la habitación. Miró a su alrededor y se fijó en los viejos carteles de películas de culto, como *Harold y Maude*, *La noche de los muertos vivientes* y *Delicatessen*, que colgaban de las paredes, y entre los cuales aparecían unos pintorescos cuadros-objetos que ponían los pelos de punta debido a las grotescas figurillas que exhibían en su interior. Un CD con una grabación de William Burroughs leyendo el *Libro tibetano de los muertos* y un planificador de funerales ilustrado por Edward Gorey descansaban sobre el escritorio negro profusamente tallado.

—Vaya, me parece que se murió la persona equivocada —dijo Charlotte mientras examinaba sus cosas.

—La eterna dama de honor —murmuró Scarlet para sí.

La situación se estaba haciendo cada vez más surrealista, pero Scarlet ya casi había superado su miedo. Casi. Incapaces de contenerse, las dos chicas empezaron a lanzarse preguntas simultáneamente.

—¿Cómo es estar muerta? —preguntó Scarlet.

—¿Cómo es ser la hermana de Petula? —preguntó Charlotte.

La pregunta de Charlotte dejó estupefacta a Scarlet.

—Estás bromeando, ¿verdad? —preguntó Scarlet.

Charlotte prosiguió con una pregunta un poco más apropiada.

—¿Por qué puedes verme? Ninguna otra persona viva puede hacerlo. Bueno... exceptuando perros y bebés, tal vez —dijo.

—¡Y yo qué sé! —respondió Scarlet con sarcasmo.

—Tiene que haber alguna razón lógica —dijo Charlotte sin dejar de pasear la mirada por la habitación—. ¿Qué tienes tú que haga posible que me veas? —examinó el crucifijo celta y otras reliquias góticas diseminadas por la habitación. Luego fue hasta el vestidor de Scarlet, que era un enorme armario diáfano equipado con una araña antigua chorreante de lágrimas de cristal coloreadas. Había una silla tapizada de terciopelo negro salpicado de lo que parecían diminutos lunares blancos, que examinados de cerca resultaron ser, de hecho, pequeñas calaveras. Y había un viejo espejo veneciano pegado a la puerta, del cual colgaban amontonadas varias joyas antiguas.

El vestidor estaba repleto de ropa, bolsos, joyas, bufandas y demás, todo *vintage*. La mayoría era negro, aunque aquí y allá una explosión de color chillón lograba destacar en el siniestro mar de lentejuelas y encajes. Se parecía más a una boutique de moda de vanguardia o, quizá, al camerino punk-gótico-cabaretero de The Dresden Dolls, que al vestidor de una chica adolescente.

—Todo con moderación —dijo Scarlet al observar cómo Charlotte admiraba su colección.

Scarlet se acercó y sacó una raída camiseta del grupo Strawberry Switchblade, que combinó con una falda escocesa y unas mallas de color negro iridiscente.

—¿Dónde y cómo has conseguido todo esto? —dijo Charlotte con un tono de voz casi acusatorio.

—De mis víctimas —espetó Scarlet.

Charlotte pareció levemente apabullada.

—En verano trabajo en Clothes Minded, la tienda *vintage* de la ciudad —aclaró Scarlet mientras se vestía, al notar la incomodidad de Charlotte.

—Qué bonito —dijo ésta, al tiempo que deslizaba la mano sobre un vestido de lentejuelas azul noche.

—¿Te gusta? —dijo Scarlet emocionada, pero se contuvo al instante—. Sí, bueno, no está mal.

Charlotte hurgó entre unas blusas de *chiffon* negras, unas camisetas *vintage* de colores chillones mientras Scarlet terminaba de vestirse.

—Eso de que puedas verme, ¿será porque...? No sé... bueno... porque eres... ¿diferente... o algo así? —se preguntó Charlotte.

—Vaya: ya te habías tardado en ponerme una etiqueta —la acusó Scarlet.

—No era mi intención hacerlo. En serio. Es que si logro descubrirlo, me ayudará con... bueno, con una cosa que tengo que hacer —dijo Charlotte, tratando de calmar un poco a Scarlet.

—Además, ¿qué haces aquí? Podrías estar en cualquier otro lugar —preguntó Scarlet con recelo.

—Vine por... por tu hermana —respondió Charlotte.

—Pues no te entretengo: ¡al fondo del pasillo a la derecha! —dijo Scarlet sin vacilar.

—Tampoco soy la Parca —dijo Charlotte, arruinando las esperanzas de Scarlet de que su hermana fuera eliminada de un plumazo.

—Ah... —dijo Scarlet, completamente desilusionada—. Entonces ¿por qué no estás en el *backstage* de algún concierto o en el Cielo o algo así? No sé, en un sitio genial —preguntó—. Estás desperdiciando tu... otra vida.

—Pero, ¿qué dices? ¡Vi el vestido que Petula llevará al baile!

—Nooo, ¡¡¡¿¿¿en serio???!!! —se burló Scarlet, dando saltitos con fingido entusiasmo—. ¡Qué ilusión!

—¿Con quién irás tú? —preguntó Charlotte, ignorando su aire de suficiencia.

—¿Ir? ¿A dónde? —preguntó Scarlet.

—Al baile de otoño —dijo Charlotte con vehemencia.

—Por si no te has dado cuenta, yo no formo parte de ese rebaño de cabezas huecas que son los estudiantes de Hawthorne High —le espetó Scarlet.

Charlotte desistió.

—¿Sabes que no tienes mucho aspecto de muerta? Ni siquiera te comportas como una muerta de verdad —dijo Scarlet mirando a Charlotte de arriba abajo—. Pareces más una muerta de pacotilla.

Charlotte hundió la cabeza, decepcionada. Los antiguos sentimientos de fracaso regresaron de golpe.

—Genial: ni siquiera soy capaz de morir como se debe —dijo Charlotte, y se dejó caer sobre las sábanas de satín rojo sangre de Scarlet.

—Espera, a lo mejor te puedo ayudar. Ya sabes, a que al menos parezcas muerta, ¿no? —dijo Scarlet.

Agarró a Charlotte del brazo y se dirigió al baño.

—Toma asiento —dijo amablemente, y la sentó en el retrete, junto al lavabo. Abrió el cajón de cosméticos y se puso manos a la obra de inmediato.

—¿Qué haces? —preguntó Charlotte, mientras Scarlet revoloteaba a su alrededor.

—Necesitas un arreglo de cara. Ya sabes: vive deprisa, muere joven y tendrás un bonito cadáver... —dijo Scarlet mientras colocaba su instrumental sobre un trapo junto a Charlotte, como si fuera un cirujano preparándose para una operación de vida o muerte.

—Todos para uno —murmuró Charlotte, arrellanándose y entregándose a la magia de Scarlet.

Ésta se mostró concentrada y resuelta, una chica con una misión, mientras reordenaba los cosméticos por tonos y aprovechaba para aplicarse labial rojo mate en los labios y cepillar su corta melena de pelo liso negro y su flequillo perfectamente corto. Se aplicó una base de maquillaje pálido y polvos blancos para completar el efecto, consciente de que no había necesidad alguna de desperdiciarlos en la tez ya de por sí cenicienta de Charlotte.

Scarlet miró a Charlotte con la intensidad de una maquilladora profesional y planeó su labor. Desplegó la colección de brochas y pinceles que guardaba en un estuche de cosméticos, y los extendió ante sí para tenerlos más a la mano.

"Esto es absurdo", pensó Charlotte, mientras ayudaba a Scarlet sujetándose el pelo hacia atrás.

Antes de que pudiera pronunciar palabra o pregunta algunas, Scarlet se había puesto a calentar la punta de un lápiz de Kohl con un encendedor, pero cada vez que la acercaba a la piel fría e inerte de Charlotte, la punta se congelaba. Al volver a intentarlo, acercó demasiado la llama a Charlotte y se asustó.

—No te preocupes: ya no soy inflamable —dijo Charlotte, dándole ánimos.

Scarlet acabó por mantener la llama encendida, como si se tratara de un minisoplete, mientras aplicaba simultáneamente el lápiz a los ojos de Charlotte.

—Oye, ¿y no te doy… no sé, como algo de cosa o un poco de miedo? —preguntó Charlotte mientras Scarlet escudriñaba su extensa paleta de sombras para ojos, esforzándose por escoger la combinación correcta de tonalidades. Aplicó la sombra sobre el párpado de Charlotte, quien mantenía un ojo completamente abierto mientras hablaba.

—¿Y *tú*?, ¿no te doy yo algo de cosa o incluso de miedo? —preguntó Scarlet.

—Bueno, supongo que me da algo de cosa que no te dé miedo —dijo Charlotte.

—Sí, a mí me pasa lo mismo —dijo Scarlet con una sonrisita al prepararse para el siguiente procedimiento.

Scarlet introdujo una espátula en un recipiente morado, la embadurnó de cera caliente y procedió a aplicarla cuidadosamente sobre la ceja de Charlotte. Al cabo de unos segundos, puso un pequeño pedazo de tela sobre la cera, la presionó con los dedos y se la retiró de un tirón, esperando una reacción de dolor de Charlotte, pero ésta ni siquiera parpadeó.

—He ahí una de las grandes ventajas de estar muerta —dijo Charlotte, mientras Scarlet se echaba a reír y asentía: estaba de acuerdo.

Scarlet continuó el acicalamiento, cabello incluido, y Charlotte disfrutó con cada una de sus atenciones. Lo mejor de todo fue comprobar que Scarlet estaba realmente encantada con su compañía. Charlotte no estaba acostumbrada a recibir tantos cuidados, pues había pasado buena parte de su vida bajo la custodia de un tutor legal.

Al cabo de un rato las interrumpió el viejo reloj de Scarlet, del cual surgió un cuervo negro que graznó un vigoroso JDT, JDT, en lugar del consabido "cucú".

Charlotte vio que se le hacía tarde y se levantó para irse.

—¿A dónde vas? ¡No he terminado todavía! —gritó Scarlet a su espalda, que no había finalizado su obra.

—Llegaré tarde a una reunión de residencia... ¡Nos vemos en la escuela mañana! —contestó Charlotte gritando.

Recorrió el pasillo a toda prisa, echando un último vistazo a Damen, que dormía plácidamente en la cama de Petula, en apariencia agotado por la sesión de besuqueo, mientras Petula continuaba prendiendo alfileres en su vestido. Abandonó la casa como un retrato de Mark Ryden —pelo rizado, ojos superperfilados, labial rojo y las uñas pintadas de negro— a la luz de la luna llena.

Charlotte continuó caminando a ritmo frenético por la acera, internándose en la oscuridad, en dirección a la luna, mientras los mismos pájaros negros que habían sobrevolado su cabeza aquella tarde volvían a revolotear a su alrededor.

"¿Una reunión de residencia? ¿Mañana en la escuela? Quizá después de todo la muerte no sea tan genial", pensó Scarlet mientras observaba, desde la ventana de su habitación, cómo Charlotte desaparecía en la oscuridad, y se preguntaba qué diantres le acababa de pasar.

—¡Espera! —le gritó de nuevo a Charlotte, pero ella no contestó; ya estaba bien lejos, casi fuera de la vista—. Genial. No es sólo que vea muertos, no; es que para colmo estoy obsesionada con ellos —dijo Scarlet, dando otro portazo.

8

El corazón de las tinieblas

Last night I dreamt,
That somebody loved me
No hope no harm
Just another false alarm.
—The Smiths

Anoche soñé / que alguien me amaba / sin esperanza, sin daño, / sólo otra falsa alarma.

El hogar está donde está el corazón.

Un lugar para ser uno mismo, desmelenarse y bajar la guardia. Pero, como siempre, Charlotte no daba con su sitio. Hawthorne Manor estaba bien para alojarse, pero no era un lugar donde ella pudiera "vivir". Y ahora, lo que necesitaba era encontrar un hogar para su corazón más que para su alma. Quizá Charlotte ya no tenía un corazón que latiera, pero era evidente que seguía teniendo corazón.

La residencia muerta": así llamaban los chicos muertos a Hawthorne Manor. Quizá a algunos les pareciera deprimente, pero para Charlotte era como una comunidad. Ya nunca tendría la oportunidad de vivir en una residencia universitaria y ésta, para ella, era lo mejor y lo más parecido.

¿Tendría una compañera de habitación? ¿Pasarían la noche en vela charlando sin parar? ¿Estudiarían juntas y tendrían códigos secretos por si alguna de ellas invitaba a un chico a pasar la noche? ¿Compartirían la ropa y sufrirían incontrolables ataques de risa? ¿Pedirían una pizza cuando se hiciera tardísimo mientras estudiaban, para pasar el día siguiente entero quejándose de los kilos de más? No. En el fondo sabía que no sería así y que eran cosas a las que debía renunciar, pero al fin y al cabo se trataba de una "residencia", y eso significaba que no estaría sola. Eso, para ella, era más que suficiente.

Éstos y otros pensamientos ocupaban su mente mientras se dirigía a toda prisa a la reunión. Era extraño, pero aun cuando era la primera vez que iba a Hawthorne Manor, el instinto la guió hasta allí, igual que un GPS del mundo espiritual. No había ningún flautista de Hamelin y, en especial, ninguna Piccolo Pam que la guiaran, pero sentía de todas formas la llamada.

Al dar vuelta en la esquina de la calle larga y solitaria, supo instantáneamente a qué casa dirigir sus pasos. Se trataba de una destartalada mansión victoriana, todavía hermosa en su decrepitud, una de esas propiedades caras que fueron el orgullo del barrio hasta que las mansiones de mal gusto de los nuevos ricos y el tiempo erosionaron su grandeza.

No obstante, vista desde la nueva "perspectiva" de Charlotte, tenía un gran carácter: una estructura formidable aún, cubierta de hiedra, con imponentes remates puntiagudos, miradores apoyados sobre ménsulas ornamentadas y ventanales de arco de medio punto con cristales inmaculados. La profusión de detalles de mampostería parecía haber salido de un cuento de hadas gótico.

Ornamentados farolillos adornaban el perímetro del porche, con postes como bastones de caramelo. A diferencia de la oficina de admisiones del sótano, tan estéril, y del aula de Muertología, tan fea y anticuada, Hawthorne Manor era mágica.

—Hogar, dulce hogar —dijo sombríamente, mientras apoyaba la mano sobre el pestillo y la dejaba deslizar por la barandilla que ascendía hasta la maciza y oscura puerta doble.

Charlotte subió los escalones hasta el porche, se asomó por la ventana vidriada y contempló la gigantesca araña que colgaba del techo del vestíbulo, al estilo del *Fantasma de la ópera*. Entró y se quedó plantada en la estancia, enlosada con grandes baldosas blancas y negras de mármol.

Le maravilló la profusión de tallas ornamentales en madera de cerezo que adornaban los arcos de las puertas de toda la casa. Era hermoso, distinto de todo los que había visto hasta entonces, y todavía mejor, porque despedía calidez. Incluso el vestíbulo señorial resultaba acogedor. Deseó que los dormitorios fueran igual de confortables, porque se sentía cansada. Había sido un día largo, muy largo.

Antes de que Charlotte pudiera darse cuenta, Pam bajó silbando por la alfombra color rojo oscuro de la majestuosa escalera de madera tallada.

—¿Dónde estabas? —preguntó Pam, con más reproche que curiosidad. Ya sabía la respuesta a su pregunta, y naturalmente Charlotte sabía que lo sabía.

—Oh, pasándomela en grande, nada más —dijo Charlotte medio en broma.

—Pues aquí es donde "vives" ahora y llegas tarde a la reunión. ¡Acelera! —dijo, mientras agarraba a Charlotte de la mano y la jalaba escaleras arriba—. ¡Prue no está muy contenta que digamos!

Charlotte no había visto nunca a Pam tan acelerada. Es más, Charlotte ni siquiera sintió los escalones bajo sus pies cuando la transportó escaleras arriba como a un globo de helio.

Pam y Charlotte se dirigieron a la sala de reuniones del final del pasillo, que parecía un aula de literatura de un colegio de la Ivy League, como sacada de *La sociedad de los poetas muertos*. Prue daba comienzo a la reunión justo en el momento en que Charlotte entró en la sala como una exhalación.

Aunque podía sentir la mano de Pam en la suya, jalándola, le sobresaltó encontrarse a Pam allí sentada cuando llegó a la gran sala como si no hubiera movido un músculo.

Antes de entrar, Charlotte paseó rápidamente la mirada por la estancia y alcanzó a ver diseminados por toda la sala decenas de artefactos y reliquias propias de las hermandades. Había un estandarte con la insignia "zeta", la letra con que los griegos representaban la muerte, colgado de la pared sobre "retratos estudiantiles" color sepia cuyos marcos semejaban uróboros, esas serpientes monstruosas que se muerden la cola. Estaba encantada de hallarse en un lugar tan señorial, como si perteneciera a una sociedad secreta, aun cuando todavía no se sentía plenamente un miembro activo.

Al entrar con timidez en la sala, sus compañeros de residencia recibieron su nuevo *look* con risas apagadas; bueno, todos excepto Prue, que estaba visiblemente enojada.

—¿Te parece gracioso? —espetó Prue.

Charlotte, que con las prisas había olvidado su cambio de imagen, trató con desesperación de alisarse el pelo lamiéndose las manos y pasándoselas por los rizos. Quiso eliminar parte del maquillaje también, pero le faltó saliva, por los nervios... y porque estaba muerta, claro.

—Y cuando vendan la casa, qué, ¿también te parecerá gracioso, eh? —preguntó Prue, quien acaparó la atención de todos los presentes robándole el protagonismo a Charlotte y humillándola a la vez.

Charlotte se abrió paso hasta la única cara amigable de la sala, Piccolo Pam, y se sentó.

—Pero bueno, ¿y qué pasa si no conservamos la casa? —le susurró inocentemente Charlotte a Pam al oído.

—¿Que qué pasa? —gritó Prue antes de que Pam pudiera articular palabra—. Pues *pasa* que éste es nuestro hogar. El lugar donde existimos.

—Pero si hay montones de casas viejas por todas partes, ¿no? —preguntó Charlotte tímidamente.

—Y hay montones de chicos muertos por todas partes, ¿o no? —espetó Prue, devolviéndole de mala manera la pregunta a Charlotte—. Las demás casas no importan. Importa esta casa, porque nos la han confiado a *nosotros* hasta que llegue el momento.

—¿Qué "momento"? —preguntó Charlotte, entrecomillando el aire para hacer énfasis.

Pam, consciente de lo que se avecinaba, decidió intervenir.

—Bueno, calma, calma —se interpuso—. Charlotte es nueva.

El dato no pareció tener suficiente peso para Prue.

—*Necesitamos* estar aquí, Charlotte, hasta que llegue el momento y podamos cruzar todos juntos —le explicó Pam.

—¿Adónde? —preguntó Charlotte—. Si acabo de llegar *aquí*.

—Ninguno de nosotros lo sabe con certeza —contestó Pam—. Resolver nuestros asuntos personales es sólo parte del proceso. Evitar que vendan esta casa es algo que tenemos que lograr en equipo. Nuestro deber es trabajar juntos y olvidar las necesidades y deseos propios.

—Generosidad y compromiso, Usher —la regañó Prue—. Dos cosas que tú, como es obvio, desconoces por completo.

Charlotte se enfureció por la acusación de Prue porque era completamente falsa; al menos eso pensaba ella. Después de todo, ¿no había intentado inscribirse como animadora? Llevaba la palabra "equipo" escrita en la frente.

—Si queremos salvar esta casa, todos tendremos que poner nuestro granito de arena. Con que uno no lo haga, el esfuerzo de los demás no habrá servido de nada —dijo Prue con severidad, golpeándose sin parar la palma de la mano con una varita de madera—. Y no pienso permitir que eso ocurra —concluyó lanzando una mirada amenazadora a Charlotte.

Todos los semblantes se pusieron serios; bueno, todos menos los de Metal Mike y Deadhead Jerry, que trataban de animar el ambiente haciendo gestos lascivos a Abigail, la ahogada, quien, curiosamente, seguía en traje de baño a pesar de sus várices, su nauseabunda piel pálida y transparente y sus ojos saltones.

—Me gustaría bucear en eso —le dijo Deadhead Jerry a Mike, refiriéndose a Abigail; Jerry expulsaba una bocanada de humo cada vez que abría la boca.

—Es difícil creer que se haya ahogado con semejantes boyas —Mike soltó una risita, aunque no tan bajo como hubiera querido.

Charlotte trataba desesperadamente de concentrar su atención en Prue.

—Así que, ¿qué podemos hacer para salvar la casa? —preguntaba ésta.

Se hizo un silencio de ultratumba y Prue empezó a mirar de hito en hito a todos y cada uno de los estudiantes de la asignatura de Muertología allí presentes.

—¿Alguna sugerencia? —ladró como un perro rabioso.

Entre el auditorio, Charlotte trataba desesperadamente de evitar la mirada de Prue.

"Que no me pregunte a mí, por favor... Que no me pregunte a mí…", imploró para sí, mientras intentaba salir de su campo visual lo más posible, escondiéndose detrás de Simon y Simone, los fraternales gemelos que compartían pupitre delante de ella. Eran recelosos y esquivos, siniestros y retorcidos, y se movían al mismo tiempo con escalofriante elegancia. Charlotte daba gracias de que fueran inseparables y confió en que constituirían un escudo protector de la mirada acusadora de Prue.

—Pero, ¿a quién tenemos aquí? Si es nuestra querida ganadora del premio Darwin —dijo Prue, interrumpiendo el mantra de Charlotte—. Ya que te hace tantísima gracia, ¿por qué no nos cuentas cuál es tu plan, eh?

—No, no, si a mí no me hace gracia —dijo Charlotte, acobardada.

—Pues nadie lo diría —dijo Prue, refiriéndose con la mirada una vez más al nuevo *look* de Charlotte.

—No, no; esto, esto era sólo... —dijo Charlotte buscando desesperadamente una excusa.

—¿Y bien? —dijo Prue en su empeño por presionar a Charlotte y forzarla a responder.

Justo en ese momento, Abigail hizo saltar sus ojos de las órbitas, directamente hacia Jerry.

Charlotte lanzó un alarido.

—¡Dios mío! —gritó con toda la fuerza que le permitieron sus ya arrugados pulmones.

Charlotte sobresaltó a toda la clase con su reacción.

Al oír el grito, Abigail se encajó de golpe los ojos en su sitio y su rostro recuperó su aspecto habitual.

—Tú estás mal —le dijo asqueado Metal Mike a Abigail.

Abigail sonrió satisfecha, mientras trataba de cubrirse la boca con sus pálidas manos violáceas.

—*¡Dios mío!* —se burló Prue de Charlotte con un agudo chillido—. Ni Dios en persona va a poder ayudarte si lo echas todo a perder.

—¡No, espera! Creo que se le acaba de ocurrir algo —intervino Piccolo Pam, tratando de salvar a Charlotte de la vergüenza.

Charlotte asintió nerviosamente con la cabeza.

—Podemos proteger la casa ahuyentando a todo el que se acerque... —añadió Pam dándole un codazo a Charlotte—. ¿Verdad, Charlotte?

—Sí, ¿por qué no nos limitamos, como dice ella... ? —dijo Simon.

—¿... a ahuyentar a los posibles compradores? —terminó Simone.

—¡Ya sé! ¡Podemos decorar toda la casa de "Stuff by Duff"! Con eso bastaría —dijo CoCo estremeciéndose.

Charlotte se puso a improvisar; empezaba a captar lo que los demás ya sabían de sobra.

—Estamos muertos. ¿Por qué no… bueno, ya sabes: "explotarlo"? —le dijo a Prue, recuperando un poco la confianza.

—¿Ése es tu plan? —preguntó Prue tratando de mortificar a Charlotte.

—O sea, ya sé que es obvio, pero vale la pena intentarlo... —contestó Charlotte.

—Bueno, no podemos embrujar la casa, no vaya a ser que el tiro nos salga por la culata. Podría acabar convirtiéndose en atracción turística y diversión para universitarios borrachos, o bien ocasionar que la demuelan para convertirla en un estacionamiento —la atajó Prue.

—Bueno, yo creo que como mejor podríamos ahuyentar a los posibles compradores es haciendo que la casa resulte inhabitable —sugirió Buzz Saw Bud, un chico que había muerto tras sufrir un horrible accidente en la clase de talleres y que ahora lucía heridas de sierra y un brazo parcialmente amputado.

—De acuerdo, entonces, ¡divídanse en brigadas de intimidación! —dijo Prue, no totalmente de acuerdo con el plan de Charlotte, pero deseosa de darle espacio suficiente donde cavar su propia tumba.

Charlotte se lanzó inmediatamente hacia donde estaba Pam para hacer pareja con ella, pero tan pronto se aproximó, Prue agarró a Pam del brazo como una violenta profesora de primaria arrastrando a un alumno desobediente al pasillo.

—Pam, ponte con Silent Violet —ordenó Prue, apartando a Charlotte de un golpe y colocando a Pam junto a la tétrica solitaria a la que ninguno de los demás chicos de la clase de Muertología recordaba haber oído emitir sonido alguno jamás.

—¡Suzy Manosdetijeras! —ordenó Prue—. Tú conmigo.

Suzy ocultó las manos bajo las mangas y cerró los puños mientras se situaba al lado de Prue. Charlotte se quedó sola, igual que en la clase de Física.

—¿Y con quién se supone que voy yo? —preguntó Charlotte.

—Y a mí qué me preguntas —le espetó Prue—. Puede ser que la próxima vez llegues a tiempo y te tomes esto más en serio.

Charlotte trató de explicarse, pero sus palabras resonaron contra las paredes de la sala vacía.

Volvía a estar sola, aunque esta vez no solitaria. Tenía muchas cosas que asimilar. Charlotte salió cabizbaja en busca de su dormitorio, sin la plática ni la compañera de habitación que había deseado. Ni códigos secretos ni entradas a hurtadillas tras una noche de desenfreno ni ataques de risa ni chismes sobre muchachos ni pizza. Tampoco es que importara mucho. Enfrentarse a

Prue era agotador, tanto emocionalmente como en los demás sentidos. Nunca se había sentido tan despreciada, ni siquiera en vida.

Subió el siguiente tramo de la escalera, en la planta inmediatamente superior a aquella en la que se hallaba la sala de reuniones, y caminó hasta la primera puerta que encontró abierta. Era de madera y estaba profusamente tallada, igual que las demás de la casa. La abrió de un empujón, no sin antes haber comprobado que no molestaba a nadie, y entró.

La habitación estaba vacía, y al instante ella se sintió como en casa. Supo instintivamente que se trataba de su dormitorio. Las paredes estaban revestidas con una tela afelpada, estampada con delicados motivos florales, y Charlotte, que pensó que a primera vista sus ojos la engañaban, se percató de que a cada rato algunos de los pétalos se caían de las flores de la tela, produciendo un efecto surrealista y onírico. Un candil, hermano pequeño del que había en el vestíbulo, colgaba hasta muy abajo desde el techo abovedado con vigas a la vista.

Estanterías de caoba recorrían las paredes, y un fabuloso tocador como el de Scarlet, que tanto le había gustado a Charlotte, ocupaba un rincón junto a su cama de dosel. Estaba tan agotada que apenas podía fijarse en todo ni reunir la emoción necesaria para que el conjunto la impresionara debidamente. Se acercó a la cama y se derrumbó sobre ella.

—La muerte me está arruinando la vida —dijo mientras se envolvía en una colcha de terciopelo arrugado.

Al primer contacto con la almohada, el sueño se disipó y su mente empezó a discurrir de manera atropellada. No lograba relajarse, y de pronto la idea de dormir le pareció aterradora.

Mientras permaneciera despierta, razonó, estaría "viva", quizá no técnicamente, pero al menos sí estaría consciente. El presente. ¿Quién sabía qué le depararía el sueño?

Entonces recordó cómo Deadhead Jerry se había quedado dormido con los ojos abiertos en Muertología, y la imagen la aterró aún más. Pesadilla en Hawthorne Street. Revisó frenéticamente la habitación buscando algo con que mantenerse ocupada y despierta.

El libro que le quedaba más a la mano era su *Guía del muerto perfecto*, así que empezó a hojearlo. Quizá había respuestas en el libro. Tal vez había alguna esperanza oculta entre sus viejas páginas.

Mientras pasaba las hojas, se fijó en un capítulo que había pasado por alto en clase. En el encabezamiento se podía leer "Posesión".

Charlotte se enderezó en la cama.

—¡Posesión! exclamó.

Ojeó las ilustraciones de estilo años cincuenta en las que un tipo poseía a una chica y se empapo de cada palabra de los pies de foto.

—Parece bastante sencillo — se dijo con delirante confianza.

Charlotte acabó de leer el capítulo bajo la luz de los rayos de la luna que atravesaban los enormes ventanales de su habitación, cerró el libro y se dejó vencer por el cansancio que la había perseguido toda la tarde. Ya no no estaba triste ni asustada.

—Si no me puede ver para pedirme que lo acompañe al baile, entonces poseeré a la persona con la que tiene planeado ir... —murmuró en el momento en que la vencía el sueño.

Charlotte se llevó las manos a los ojos y se cerró los parpados, por si a caso, mientras la suave brisa otoñal que se colaba por la ventana hizo revolotear las hojas de su libro hasta la última página del capítulo; una que no había leído todavía . Advertía: "¡Úsese con precaución!".

9

Al volante

And I could purge my soul perhaps
For the imminent collapse
Oh yeah, I'll tell you what we could do
You be me for a while
I'll be you.
–Paul Westerberg

Y tal vez podría purgar mi corazón / para la inminente caída / oh sí, te diré lo que podríamos hacer, / sé yo por un tiempo / y yo seré tú.

Pegar aquí.

Apegarse a algo o a alguien es sinónimo de aferrarse a la creencia de que algo o alguien concreto colmará nuestra existencia. El apego nos mantiene vivos. Nos induce a luchar para conservar lo que ya tenemos o para conseguir lo que deseamos. Pero en ocasiones también puede dejarnos en punto muerto, dando vueltas y sin llevarnos a ninguna parte. Charlotte estaba atascada, de eso no cabía duda.

Petula y las Wendys entraron en el baño con aire despreocupado, como si fueran las dueñas del lugar. Hicieron una entrada coreografiada al milímetro, como era su costumbre, por si acaso alguien las observaba. Se trataba de la sesión que tenían después de Orientación y primera-hora-de-clase. Polvos, brochas y brillos de labios empezaron a emerger de cada bolsillo y estuche de sus carísimos bolsos a una velocidad superior a la del parpadeo de un ojo con varias capas de RevitaLash en las pestañas.

Su camino hacia el espejo se vio momentáneamente bloqueado por un grupo de despistadas novatas andrajosas que, como era evidente, no habían sido aleccionadas todavía sobre el protocolo ante el espejo. Wendy Anderson se encargó del asunto sin decir una sola palabra, rompiendo la bandada con una mirada gélida y señalando la puerta con severidad. Las novatas captaron la indirecta a la primera y desfilaron rápido y en silencio, sin protestar.

—Wendy-aspirantes —gruñó Wendy Anderson mientras las tres ocupaban su legítimo lugar ante el espejo.

Petula miró de reojo a Wendy Thomas, a su izquierda, y se puso a pensar. Desenvainó una barra de maquillaje y dibujó una pequeña línea en el tabique nasal de Wendy, como un futuro cirujano plástico realizando un dibujo preoperatorio.

—¿Ves?, si te limas esto y luego te levantas la punta, te quedará una bonita caída, justo como la mía —dijo Petula dando un paso atrás y admirando su obra—. ¿Lo ves? —le preguntó a Wendy, a la vez que la hacía volverse hacia el espejo para que pudiera verse.

—Sí, ya veo —dijo Wendy Thomas con una risita, contemplando la diminuta pero perfectamente visible marca.

Para Petula y las Wendys esta clase de autocrítica brutal y desvergonzada era más una afición que un juego. Y no se sintieron para nada incómodas cuando escucharon a sus espaldas un susurro en el retrete.

De haberse molestado en apartar la mirada de sus reflejos en el espejo, quizá habrían advertido el tosco par de botas negras de motociclista que asomaban por debajo de la puerta del baño. Se oyó cómo descargaban el depósito del agua y un instante después apareció Scarlet remetiéndose la camiseta mostaza y colocando en su sitio la camiseta de tirantes negra y la falda vintage de chiffon.

Cuando Wendy Anderson advirtió en el espejo que se trataba de Scarlet, torció el gesto con desdén, actitud con la que sólo logró provocar a Scarlet. Esta arrancó la barra de maquillaje de la cuidada mano de Wendy.

—Yo me inclinaría por el estilo María Antonieta —dijo Scarlet trazando una línea punteada de un lado al otro del cuello de Wendy—. Lo que necesitas es una amputación radical de cabeza.

—¿Qué haces, que no andas por ahí sintiéndote excluida? —le dijo Wendy Anderson con condescendencia.

—Disculpa, no hablo zorrañol —contestó Scarlet, y subrayó lo último levantando con vulgaridad el dedo corazón, en un gesto tan amenazador como el que Wendy había empleado con las pobres novatas. Wendy captó la directa.

Petula pasó rozando a su hermana, ignorándola por completo, y cruzó la puerta en el preciso instante en que sonaba el timbre.

Scarlet se quedó atrás, reflexionando acerca de cómo era posible que estuvieran emparentadas. De pronto sintió frío y paseó la mirada por la habitación vacía.

—¿Charlotte?

No hubo respuesta. Charlotte estaba fuera, esperando a que salieran Petula y las Wendys. Sabía que las tres tenían Educación Vial a primera hora con el profesor González, y no quería dejar pasar su oportunidad.

Charlotte echaba una última ojeada a la página sobre posesiones de su libro en el instante en que el triunvirato salió por la puerta de la escuela. Éstaba nerviosa; al fin y al cabo era su primera vez, y trató de calmarse convenciéndose de que sólo tenía que actuar con naturalidad. A pesar de todo, no dejaba de ser un gran momento. Estaba a punto de meterse en Petula Kensington, de ver el mundo a través de sus ojos, de sentir con sus dedos, posiblemente de besar con sus labios. De bajar la mirada y contemplar un cuerpo perfecto con las curvas en su lugar.

Quizá estuviera de moda entre las guapas conductoras de los noticiarios enfundarse en trajes de gorda e irse de excursión a las zonas marginadas para experimentar "el prejuicio", pero Charlotte buscaba justo lo contrario: una oportunidad de sentirse aceptada. Admirada. Popular. Petula era el traje perfecto, con su vida perfecta y su novio perfecto, y era toda suya. Por primera vez tenía la oportunidad de agarrar la sartén por el mango y hacer realidad sus sueños.

Entre tanto, Petula había ocupado el asiento del conductor y se retocaba el maquillaje en el espejo lateral con el motor en neutro. Dejó la puerta abierta para ofrecer a quienes quisieran verla una buena perspectiva de sí misma instantes antes de abandonar el recinto de la escuela. En ese sentido era muy generosa. Wendy Thomas y Wendy Anderson se acomodaron en el asiento trasero, dejando abierta la puerta del acompañante para el profesor, que estaba charlando con un colega.

Petula, harta de esperar a que González diera por concluida su conversación, decidió empezar sin él la clase de Educación Vial. Solamente ella podía abandonar las instalaciones de la escuela en un automóvil de Educación Vial, sin profesor y sin permiso para conducir, y tener la certeza de que saldría bien librada.

—En honor al profesor González, vamos a Taco Hell —les sugirió a las Wendys, como si tuvieran alguna opción.

—Suena bien —dijeron ambas, totalmente conformes.

—Pues claro que suena bien; lo dije yo.

Petula pisó el acelerador y salió disparada, rechinando los neumáticos, con la puerta del acompañante todavía abierta.

—¡'Ta luego, nene! —le gritó Wendy Thomas al profesor por la ventanilla.

—Wendy, también es nuestro profesor de español... *¡En español, por favor!* —dijo Wendy Anderson con sorna.

—*¡Hasta la vista, nene!* —gritó Wendy Thomas.

El profesor González gritó tras el automóvil en fuga, completamente humillado delante de su colega; es que Petula era una experta en humillar a la gente, y a los profesores en particular.

Al instante, Charlotte hundió la cabeza y corrió con todas sus ganas hacia la puerta abierta del acompañante, que Petula trataba de alcanzar para cerrarla. Embistió directamente contra Petula, y quedó mitad dentro y mitad fuera, como en el incidente de la ducha. La intrusión de Charlotte provocó un inesperado acto reflejo en Petula, como un ataque matinal de piernas inquietas, que impulsó su pie contra el pedal del acelerador y el del freno.

El automóvil daba sacudidas espasmódicas mientras Charlotte luchaba por "robarle el automóvil" a Petula. Entonces, de un bandazo, Charlotte salió despedida de Petula y atravesó la ventanilla del conductor.

Al hallarse Petula momentáneamente libre de Charlotte, el automóvil disminuyó la marcha y por un segundo Petula creyó que recuperaba el control. En el asiento trasero, las Wendys estaban encantadas con Petula y su decisión de largarse sin el profesor, pero les entusiasmaba menos tanto meneo. Petula siguió como si nada, adoptando al volante la posición "dos menos diez" que recomendaba el manual de conducir, y aceleró hacia la salida del estacionamiento.

Charlotte se recuperó también y atravesó el parabrisas para sujetar las manos de Petula. Ésta dio sendos volantazos a izquierda y derecha. Las piernas de Charlotte atravesaron la cubierta del motor, penetraron en el interior del automóvil y se embutieron en las piernas de Petula. Estaba pegada a Petula como un chicle a la suela de un zapato.

El automóvil volvió a zarandearse fuera de control y el movimiento arrojó a Charlotte contra el parabrisas, de cara a Petula, que, como ella, tenía los ojos desorbitados de miedo. Charlotte, que nunca había estado tan cerca de su ídolo, estaba completamente fascinada, a pesar incluso de lo peligroso de las circunstancias.

—Lo siento, Petula —dijo con total sinceridad.

Petula, ajena a su presencia, apretaba los dientes y miraba hacia el frente, tratando de no golpear nada. Para entonces las Wendys ya mostraban señales de evidente nerviosismo mientras eran zarandeadas de un extremo a otro del asiento trasero.

—Los accidentes en vehículos motorizados constituyen la primera causa de mortalidad entre los adolescentes —gimoteó débilmente Wendy Thomas.

—Según los estudios, se debe a que muchos adolescentes son incapaces de regular su conducta de alto riesgo porque el área del cerebro que controla los impulsos no alcanza la madurez hasta los veinticinco años... —balbuceó nerviosa Wendy Anderson, impartiendo, cosa rara en ella, una necedad de alguna de sus revistas, memorizada accidentalmente.

Wendy Thomas y Petula enmudecieron de asombro ante el discurso de Wendy Anderson. Hasta Charlotte se quedó momentáneamente impresionada. El veloz zigzagueo del automóvil las devolvió rápidamente a la realidad.

—Petula, no podrías disminuir...

Antes de que Wendy Tomas pudiera terminar su petición, Petula la interrumpió.

—¡Agárrense bien, par de zorras! —gritó Petula—. ¡Al menos esta es la manera más popular de morir!

Charlotte se sintió dolida.

Petula estaba actuando con la arrogancia y la temeridad habituales, pero para nada deseaba morir. No tenía ni la más remota idea de lo que estaba ocurriendo y necesitaba infundirle confianza a la tropa hasta que lograra detener el automóvil. Y eso tiene un nombre: liderazgo.

Y es que Petula también iba vestida para el liderazgo. Jamás olvidaba ponerse su uniforme de animadora cuando asistía a Educación Vial. En una ocasión sorprendió al profesor mirando de reojo sus, ejem, pompones, y había llegado a la conclusión de que con cada gota de sudor pedófilo que brotaba bajo sus cuatro pelos repeinados durante la clase ella estaba más cerca de convertirse en la primera de su clase que obtenía el permiso de conducir.

Charlotte se zambulló en Petula una vez más, torpe y agresiva, obligándola a pisar a fondo el freno.

El automóvil se detuvo con un chirrido y las chicas salieron propulsadas hacia adelante y después hacia atrás. De nuevo, Charlotte salió despedida de Petula, esta vez de cabeza, contribuyendo a dotar a la expresión "atravesar el parabrisas" de un significado completamente nuevo.

—Espero, por tu bien, que eso no me haya dejado cicatriz —dijo Wendy Anderson, que se desabrochó el cinturón y se subió la sudadera de animadora para examinarse el pecho en busca de alguna marca.

—Demasiado tarde —afirmó Charlotte al ver la cicatriz de un implante que asomaba bajo la varilla del sostén de Wendy. Volvió a introducir la cabeza y los hombros en el vehículo mientras Wendy se estiraba hacia abajo la sudadera.

Petula resopló y trató de restarle importancia a la situación.

—Son los zapatos; con lo caros que me costaron no me extraña que tengan vida propia —dijo, volviéndose hacia el asiento trasero, refiriéndose a sus Nike iD.

Las Wendys, tiesas como ranas en formol, se rieron de la broma de Petula con sendas carcajadas serviles, mientras el automóvil se aproximaba a la caseta del Drive-In.

—Habría que incluir una advertencia: "No manipule maquinaria pesada mientras intenta una posesión" —afirmó frustrada Charlotte. Convencida de que la tercera sería la vencida, se encaramó en la ventanilla del acompañante, como si fuera el Hombre Araña, e intentó meterse dentro de Petula una vez más, lo que provocó que el automóvil se abalanzara hacia la ventanilla y se subiera a la acera.

—¿Qué te pasa? —preguntó Wendy Anderson, incapaz de obviar ya el extraño comportamiento de Petula.

—No... lo... sé —contestó Petula, francamente confundida por su forma de actuar.

—Yo sí —anunció Wendy Thomas con cierta malicia—. Oí al entrenador Burres decir que si Damen no consigue al menos una nota aprobatoria en el examen de Física, no lo dejará ir al baile de otoño.

Al escuchar la noticia, Charlotte sintió que caía en picada. Después de permanecer en suspenso un segundo, sufrió un ataque de pánico.

—¡¡¡No!!! —gritó Charlotte, mientras trataba de introducirse en Petula a empujones. El automóvil salió disparado una vez más, derribando el cartel del menú de oferta y todo lo que encontró a su paso.

Iniciaron entonces una aterradora y espeluznante carrera de obstáculos, en la que el automóvil atravesó en reversa el estacionamiento de la escuela completamente fuera de control. El último y desesperado intento de Charlotte de llevar a cabo la posesión pareció un insólito combate femenino de Ultimate Fighting, con los brazos, hombros, rodillas y pies —visibles e invisibles— de Charlotte y Petula volando en todas direcciones.

Mientras se precipitaban en reversa de regreso a la escuela, la banda de música practicaba a la entrada su arreglo de *The Beautiful People*, de Marilyn Manson. Claro, hasta que el automóvil atravesó a toda velocidad la cerca metálica y cruzó chirriando el campo de prácticas, dispersó a la banda y se estampó contra el mástil de la bandera, dejando en la hierba la rodada más impresionante de la historia. Una tuba, que había salido despedida de las manos de su dueño, fue a estrellarse en el toldo del automóvil.

—¿Qué demonios es eso? —preguntó Petula, completamente asqueada.

—Creo que es una... una... tuba —repuso Wendy Anderson.

—¡Esas cosas están llenas de saliva! —gritó Petula, que por si fuera poco le tenía fobia a las bacterias—. ¡¡¡Los músicos de la banda escupen saliva!!!

Una vez restablecidas sus prioridades, las tres se apresuraron a abandonar el automóvil como si estuviera en llamas. Sacaron ropa de deporte de sus respectivas bolsas y, envolviéndose la mano en varias prendas, accionaron el mecanismo de sus respectivas puertas para salir. Hubieran preferido esperar que llegara un grupo de tipos enfundados en trajes especiales y cargados de tanques de jabón antiséptico para exterminar todo organismo viviente que se hubiera posado en ellas.

Charlotte se quedó allí sentada, en el automóvil abollado y recalentado, completamente decepcionada. No tanto por lo que había logrado, sino más bien por todo lo contrario.

Mientras la abollada tuba se mecía sobre la tapa del motor y las chicas salían como podían, el sistema de altavoces de la escuela anunció:

—Petula Kensington, preséntese en la secretaría.

10

Últimos escritos

Y como a la muerte yo esperar no pudiera,–
Ella, amable, a mí me esperó.–
En la Carroza, nuestras almas tan sólo–
Y la Inmortalidad.
–Emily Dickinson

Renunciar puede ser, para cualquiera, en cualquier momento, lo más difícil.

Para algunos, además de algo deprimente constituye una aceptación de la derrota, del fracaso. Y Charlotte era de ésas. Renunciar significaba que había llegado el momento de desistir de cuanto había deseado y soñado conseguir. Que sus esfuerzos habían sido inútiles. Que la vida era un juego de dados y ella había sacado un siete. No podía ser. Y su única misión pasó a ser su misión del alma.

El tiempo de prórroga "paciencia con la chica nueva" se agotaba, y Charlotte sabía que debía seguir el programa. Pero ¿qué era exactamente el programa? Había estado demasiado concentrada en sus cosas, y no tenía ni idea. De regreso en Muertología, la clase del profesor Brain había empezado y Charlotte llegaba tarde, de nuevo. Se coló aprovechando que Brain estaba de espaldas.

—Era tan joven —dijo el profesor, que se inclinó sobre el pupitre de Silent Violet y la miró directamente a los ojos—. El chico tenía toda la vida por delante... —continuó volviéndose hacia Mike.

—¿Cómo? —contestó Mike, que no podía oír lo que decía Brain.

—La vida, para ellos, apenas estaba empezando —concluyó frunciendo el ceño a Simon y Simone—. ¿No empieza siempre así el elogio? —preguntó Brain, que regresó a la pizarra mientras Violet y los demás chicos asentían lentamente con la cabeza—.

Y sea quien sea el elogiante: cura, rabino, pastor, imán, padre, hijo, profesor, amigo; quien sea —dijo—... acierta, naturalmente. Morir en la adolescencia es mucho más triste. Es trágico. Pero no por las razones que ellos creen.

Piccolo Pam le echó a Charlotte una mirada asesina mientras ésta serpenteaba por el perímetro del aula, tratando de evitar que la descubriera el profesor Brain. Sabía que Charlotte, más que nadie, necesitaba escuchar esa lección en particular.

—Desde luego. Nadie lo creería si supiera que hay que seguir yendo a la escuela —dijo Jerry muerto de risa. Prue lo miró enfadada, y él se calló al instante.

—Muy bien, Jerry... —empezó a decir el profesor Brain, mientras Jerry le hacía caras a Prue y ella lo ignoraba—. La razón de que haya que ir a la escuela, incluso después de muerto, no es sólo para aprender sobre la vida después de la muerte, tal como describe la película de orientación —dijo Brain a los confundidos estudiantes—. Es para aprender lo que no tuvimos oportunidad de aprender en vida.

—¿Y qué es? —preguntó Charlotte un instante después de haber logrado sentarse en la silla que permanecía desocupada junto a Pam. Prue la miró enfurecida.

—Pues varía con cada persona, señorita Usher —dijo Brain, ajeno a su tardanza. Uno-cero para Charlotte—. Es algo que cada uno debe averiguar. Miren: los bebés y los niños son demasiado pequeños como para haber cometido equivocaciones graves, y la gente mayor vive lo suficiente como para aprender de las suyas e incluso para corregirlas —sermoneó el profesor Brain, más como un predicador que como un profesor—. Pero los adolescentes, como ustedes, sólo viven el momento, y a menudo actúan por egoísmo, impulsivamente y con graves consecuencias para ellos mismos o los demás.

—No hace falta que lo diga —dijo Pam, mientras el silbido que emanaba de su garganta ganaba intensidad.

Para recalcar sus palabras, Brain sondeó a la clase sobre el que debiera haber sido un tema muy delicado.

—Los que extrañen a su familia, que levanten la mano, por favor —solicitó.

Mike, Jerry, Kim, Pam y los demás se miraron unos a otros y negaron con la cabeza, sin alzar las manos. Ahora que lo pensaba, Charlotte no le había dedicado a su familia un solo pensamiento.

—Esto —dijo Brain— no es más que una prolongación de su estado natural. No les prestaban atención, ni a ellos ni a sus deseos, cuando estaban vivos. Es lo que los... "arruinó", por decirlo de alguna manera, lo que permanece con ustedes aquí y necesitan afrontar.

Charlotte no lograba comprender, pero concluyó que ese vacío de índole familiar podía tener tanto de bendición como de maldición. Sinceramente, no podía tolerar mayor apego a su vida que el que ya soportaba.

—Entonces, ¿estar aquí es una forma de castigo? —preguntó Charlotte—. ¿Se trata de eso?

—De ninguna manera —recalcó Brain—. Se les ha dado una oportunidad. La asignatura de Muertología es su segunda y, entiéndanlo bien, *última* oportunidad de comprender lo que les ha pasado y por qué, y de aprender a aceptarlo —advirtió el profesor rumbo a la pizarra—. De aceptar la muerte y, sobre todo, de aceptarse ustedes mismos. Una vez lograda esa aceptación, alcanzarán la resolución, y con ella obtendrán el descanso, la paz y...

—¡La graduación! —dijo Mike con un alarido, haciendo el ademán de "cuernos rockeros" sobre la cabeza.

—Exacto —dijo Brain.

"¿Graduación?", pensó Charlotte asombrada. Pero si ni siquiera tenía vestido para la ocasión.

—Lo más importante de todo el proceso es que necesitan unos de otros para lograrlo. Es la razón de que estén juntos en esta clase. La cadena sólo puede resistir lo que resista su eslabón más débil —dijo Brain.

Tan pronto como Brain mencionó el "eslabón más débil", los ojos de Charlotte escrutaron el grupo entero por si detectaban a alguien acusándola en silencio. Sólo Prue parecía tener la mirada fija en ella.

Brain jaló bruscamente de una arandela que colgaba de una cuerdecilla ruinosa sobre la pizarra, haciendo que se enrollara de sopetón un mapa de Mesopotamia y quedara a la vista lo que parecía ser una lista de instrucciones escrita sobre el tablero.

—Ya saben *qué* hay que hacer —continuó Brain, sustituyendo el tono de predicador por el de experto en charlas de motivación—; aquí les diré *cómo*.

Empezó a leer la lista, subrayando con el puntero cada palabra y cada línea escritas en la pizarra mientras leía.

1. Admitimos que no controlábamos nuestros impulsos egoístas y que, por esa razón, morimos.
2. Aprendimos a tener fe en que un poder superior podía restituirnos.

3. Decidimos hacer un cambio en nuestra voluntad y nuestra vida.
4. Realizamos un valiente inventario documental y moral de nosotros mismos.
5. Admitimos ante nosotros mismos y los demás la naturaleza precisa de nuestras faltas.
6. Expresamos nuestra absoluta disposición a erradicar por completo dichos defectos de carácter.
7. Pedimos con humildad librarnos de nuestros defectos.
8. Elaboramos una lista de todas las personas a las que hicimos daño, y expresamos nuestro deseo de enmendarnos.
9. Desagraviamos personalmente a dichas personas cuando fue posible, excepto cuando el desagravio implicara un agravio para ellas u otras personas.
10. Continuamos haciendo inventario y reconocimos cada uno de nuestros errores.
11. Nos empleamos a fondo en mejorar el contacto consciente entre nosotros y en comprender nuestras habilidades especiales.
12. Tratamos de tener presente este mensaje y poner en práctica estos principios en todos nuestros quehaceres, entre ellos la unión de nuestros esfuerzos para salvar nuestra casa y a nosotros mismos.

Todos miraron los doce pasos como si estuvieran escritos con jeroglíficos. Charlotte sintió una inquietud similar a la que lo invade a uno cuando le entregan las preguntas de un examen sorpresa de Trigonometría y las únicas palabras que le resultan familiares son "nombre" y "fecha".

—¡Vamos, chicos, tampoco es para tanto! En resumidas cuentas, se trata de admitir la razón por la que murieron, aceptar que fue su responsabilidad, y averiguar qué pueden hacer para cambiar y eliminar sus defectos o, como dice el programa, su adicción. Si lograran admitir sus errores ante los compañeros y, más aún, si lograran admitirlos ante ustedes mismos, ¡entonces conseguirían un boleto de ida a un lugar mejor! Definitivamente, esta clase sirve de rehabilitación para alcanzar la resolución —dijo Brain, tratando de animar a su equipo.

Nada de eso logró tocar la fibra sensible de Charlotte.

—¿Qué tal si sacan sus Muertarios e iniciamos nuestro viaje a ese lugar al que a mí me gusta llamar éxito? —dijo Brain con entusiasmo.

Ponerse de pie y admitir tus faltas delante de toda la clase ya era de por sí bastante duro, pero leer en alto los más íntimos y oscuros pensamientos recogidos en tu Muertario personal era especialmente humillante, incluso para un chico muerto.

—Anda, Mike, ¿por qué no empiezas tú? —sugirió o, más bien, insistió Brain alzando la voz.

Metal Mike sacó su Muertario del bolsillo y arrastró los pies hasta la tarima.

—Hola, soy Mike, Metal Mike, y adoro la música —dijo sin ningún entusiasmo, obviamente sólo para complacer a Brain.

—Hola, Mike —coreó la clase con el mismo ánimo.

—Me gustaría compartir con ustedes unas palabras sabias e inspiradas que me acompañan a dondequiera que voy —Mike se aclaró la garganta, consultó brevemente su Muertario con gesto serio, levantó la vista y recitó las líneas de memoria con mucho sentimiento.

Back in black
I hit the sack
I've been too long I'm glad to be back
Yes, I'm let loose
From the noose
That's kept me hanging about
I've been looking at the sky
'Cause it's gettin' me high
Forget the hearse'cause I never die
I got nine lives
Cat's eyes
*Abusin' every one of them and running wild.**

—Mike, eso es una canción —dijo DJ—, no una observación personal.

—La música es... era mi vida —confesó—. Claro que es personal. Me habla.

—Ése es el problema, Mike: que vivías por y para ella. Pero ya no estamos vivos —dijo Simone.

—¿Y cuál es el problema de querer aferrarse a lo que amas, a la razón de tu vida? —preguntó Mike a la defensiva.

---

* *Regreso de negro / Desconecté / Demasiado tiempo ha pasado, me alegra volver / Sí, ya me he librado / De la soga / Que me ha tenido por ahí colgado / No dejo de mirar al cielo / Porque me pone a cien / Olvida el coche fúnebre que yo no moriré jamás / Tengo nueve vidas / Ojos de gato / Agoto cada una de ellas y vivo al máximo.*

—Y la razón de tu muerte, Mike. La música te mató. ¿Ya lo olvidaste? —dijo Simon.

—La música es una asesina —dijo Deadhead Jerry con desgana.

—No, su amor por la música es el asesino —intervino Call Me Kim.

—¿Y qué? ¿Por qué voy a renunciar a algo que amo tanto que hasta morí por ello? —preguntó Mike.

—¿Y no será que no se trata de renunciar a nada? —preguntó Charlotte retóricamente.

—Exacto, demonios. Me importa una mierda cruzar al otro lado y hallar soluciones si eso implica tener que renunciar a mi música —dijo Mike con terquedad.

Con toda la clase sumida ya en una acalorada discusión, Pam aprovechó la ocasión y le dio un codazo a Charlotte.

—¿Dónde estabas? —le susurró, mientras Mike seguía despotricando.

—Ah. Mi vehículo se retrasó —dijo Charlotte con una mueca.

—Vamos, no otra vez —se quejó Pam.

—¿Les molestaría compartir su conversación con el resto de la clase? —el profesor Brain, perturbado por la charla paralela de Charlotte y Pam, formuló la vieja pregunta escolar.

—¿Por qué a mí no me sale ninguno de esos trucos? —espetó Charlotte, para sorpresa de todos, incluida ella misma. Faltaban sólo unas semanas para el baile de otoño y el reloj seguía avanzando. Sentía la presión.

El profesor Brain se giró en redondo, un tanto sorprendido de que Charlotte hubiera hablado en lugar de callarse, como él pretendía.

—¿Qué trucos? —le preguntó a Charlotte.

—Pues los trucos esos de la *Guía del muerto perfecto*. Es que no doy ni una —contestó.

—¡Qué raro! —dijo Prue sarcásticamente, riendo entre dientes.

—Silencio, Prudence —ordenó Brain con un tono serio inesperado en una sesión tan emotiva—. Los demás tuvieron su periodo de adaptación, ¿verdad? Bueno, pues ella apenas acaba de empezar —dijo el profesor Brain, meditando con gravedad sobre el comentario de Charlotte—. Y ya que hablamos de "periodos", quizá sean la mejor forma de explicarlo —continuó crípticamente.

Jerry, Mike y DJ reaccionaron con risitas a la palabra "periodo".

—La mente y el cuerpo maduran a un ritmo distinto. Sobre todo entre los adolescentes, ¿me equivoco, caballeros? —preguntó el profesor Brain, mientras Mike, Jerry, DJ y los demás refrenaban instantáneamente sus risas con toses incómodas. Cuando logró su objetivo, Brain continuó—: Sólo porque tu cuerpo esté programado hormonalmente para el primer peri... esteee, para la primera menstruación, es decir, el hecho de estar físicamente capacitada para la reproducción a partir de determinada edad, no implica que estés emocional o psicológicamente preparada para ello. En otras palabras, tu cuerpo es el de una mujer, pero sigue gobernado por la mente de una niña.

Al llegar a este punto, todos empezaban a sentirse un poco incómodos ante la profundidad y lo detallado de la lección de Brain.

Pam intervino entonces de manera inesperada.

—Lo que dice —aclaró Pam— es que estar muerta no forzosamente significa que estés preparada para renunciar a la vida. Mentalmente no te has desconectado.

—Y hasta que así sea —aconsejó Brain—, no podrás ejercer tus poderes plena o correctamente, lo que por otra parte es esencial para cruzar al otro lado. Es más: intentarlo puede llegar a ser peligroso para ti... y para los demás.

—¿Así que tengo que estar "mentalmente muerta" para que me funcionen trucos como la posesión? —preguntó Charlotte con ingenuidad.

El grupo entero tragó saliva cuando Charlotte pronunció la palabra que empieza con P.

—Te crees demasiado buena para estar muerta, ¿eh? —atacó Prue, entornando los ojos como un matón a punto de caerle encima a puñetazos.

—No estamos en clase de cine, Charlotte —dijo el profesor Brain, visiblemente enojado.

Charlotte se mostró confundida mientras el profesor Brain empezaba a escribir en la pizarra como un poseso.

—Yo no enseño posesión, porque apropiarse del cuerpo de una persona viva va en contra de la finalidad de la aceptación, que es lo que tratamos de lograr juntos aquí —continuó Brain, apuntando de nuevo hacia los doce pasos de la pizarra—. Es la expresión máxima del egoísmo.

Era evidente que Charlotte había tocado la fibra sensible de Brain e, incluso, la de sus compañeros.

—Además, la posesión es imposible salvo en circunstancias extraordinarias —dijo Brain, con la esperanza de desactivar la fascinación de Charlotte por el tema de manera similar a como lo haría un padre poco preparado enfrentándose al tema del sexo.

—¿Imposible? —preguntó Charlotte, mientras en sus ojos se apagaba el último brillo de esperanza.

—Se necesita un huésped bien dispuesto, y nadie puede vernos, así que ni siquiera es una opción. Tiene que ser de mutuo acuerdo —respondió, tratando de poner punto final al asunto.

—De mutuo acuerdo. Suena lógico —murmuró Charlotte, recordando la batalla con Petula en Educación Vial—. Entonces, ¿te tiene que ver para que consienta ser poseída? —recapituló Charlotte.

El timbre no pudo sonar más a tiempo para el profesor Brain y sus compañeros, que se apresuraron a recoger sus cosas para irse.

—Sólo una cosa más: recuerden que esta noche van a enseñar la casa. *Esta noche*, chicos. Necesitan esa casa tanto como el alma al cuerpo —gritó el profesor Brain mientras el grupo se dispersaba.

Charlotte se demoró, ensimismada, tratando de sacar algo en claro de todo aquello. Al pasar junto a la mesa de Brain se detuvo.

—¿Dijo que nadie puede vernos? —inquirió Charlotte.

—Charlotte, ¿acaso eres visible para alguien? —preguntó.

Charlotte, que no creía que hubiera llegado todavía el momento de sincerarse, se acomodó su Muertario bajo el brazo, dio media vuelta y salió de la clase, con la expresión "bien dispuesta" resonando en su mente.

11

Tan viva

Mi lema: "sans limites".

–Isadora Duncan

Soporte vital.

Respiradores, monitores, goteros y desfibriladores, aunque cruciales para enfermos y moribundos, sirven de poco a los muertos. El soporte que Charlotte precisaba no era técnico, precisamente. Necesitaba a alguien que tuviera la suficiente fe en ella como para entregarse por completo. No alguien en quien tan sólo apoyarse, sino alguien que le permitiera a Charlotte introducirse, alojarse, convertirse en ella. Un alma gemela.

Que quieres hacer qué??!! —Scarlet, atónita, escupió una cucharada entera de sopa de guisantes sobre la mesa de la cafetería. No podía creer lo que acababa de escuchar.

Charlotte dio un respingo, cerró los ojos como si fuera a alcanzarla la ráfaga de sopa y por un segundo sonrió ante el momento *exorcista*.

Piccolo Pam observaba el *tête à tête* desde la mesa muerta, sintiéndose un poco excluida.

—Entonces, ¿qué te parece? —preguntó Charlotte de nuevo, revisando su vestido en busca de restos de sopa para limpiarse y esperando obtener esta vez una respuesta un poco más favorable.

—Me parece que esta mañana brillaste por tu ausencia en el baño cuando te necesitaba y que ahora pretendes utilizarme —dijo Scarlet.

—Lamento no haberme presentado. Andaba metida en otro asunto —contestó Charlotte.

—¿Metida en otro asunto o en otra *persona*? —puntualizó Scarlet.

—Yo también tengo mi vida... O sea, bueno, ya sabes lo que quiero decir —repuso Charlotte a la defensiva.

—¿Y qué gano yo con eso? —preguntó Scarlet.

—Bueno, ¿acaso nunca has querido ser invisible? —dijo Charlotte.

—Todos los días —repuso Scarlet.

—Pues mira, eso es: ésta es tu oportunidad —insistió Charlotte.

Una sonrisa surcó el rostro de Scarlet de oreja a oreja, mientras Charlotte la tomaba de la mano y la sacaba de la cafetería.

—Espera, ¿a dónde vamos? Todavía tengo hambre —dijo Scarlet mientras Charlotte la arrastraba.

—Sí, pero, ¿no prefieres comer en la sala de profesores? —dijo Charlotte, insinuando un mar de posibilidades a una Scarlet que se moría de curiosidad.

Mientras buscaban una sala desierta, prosiguieron su conversación. A los estudiantes con los que se cruzaron por el pasillo les pareció que Scarlet hablaba sola. Como si a Scarlet le importara algo. Era una de las cosas que más le gustaban de ella a Charlotte: esa desfachatez en público, que exhibía como una condecoración, era algo que sin lugar a dudas compartía con su hermana, aunque de manera muy distinta. Petula era líder; Scarlet, una paria. Una buscaba el placer de sentirse idolatrada; la otra, el de sentirse ignorada. Charlotte no era ni una cosa ni la otra: ni tan maravillosa como para que la adoraran ni tan descarada como para que la odiaran.

Las chicas encontraron una sala vacía al fondo del pasillo. Charlotte entró primero para comprobar que no había ningún estudiante escondido en alguna esquina y luego le hizo una señal a Scarlet para indicarle que no había moros en la costa. Ella entró y cerró la puerta. Las luces estaban apagadas y la única luz provenía de las soluciones químicas fluorescentes que burbujeaban azules, rojas y moradas en el interior de vasos de precipitado colocados sobre mecheros Bunsen. Un sitio alucinante para tumbarse en el suelo a desconectarse, con el iPod a todo volumen, pero en las circunstancias actuales resultaba escalofriante.

Ambas estaban conscientes de que estaban a punto de intentar algo que nadie había hecho antes. Algo más allá de lo desconocido; más allá de la vida y la muerte. Ninguna sabía con certeza qué iba a ocurrir o cómo acabaría la cosa para ellas, pero estaban dispuestas a intentarlo porque, bueno, porque podían.

—¿Cuánto dura una sesión de posesión? —preguntó Scarlet.

—Lo que quieras —la tranquilizó Charlotte.

—Pues brindemos por que haya buena química —bromeó Scarlet con nerviosismo, mientras Charlotte consultaba por última vez en su libro el conjuro de posesión.

—El libro dice que sólo hay que hacer el ritual al comienzo de cada sesión —explicó Charlotte—. Luego, podremos intercambiarnos a nuestro antojo.

Scarlet estaba dispuesta, pero inquieta.

—No te preocupes —dijo Charlotte—. Me encargué de todo. Te apunté, quiero decir, me apunté como tutora de Física de Damen. Se reunirá conmigo en el campo de futbol para su clase particular —continuó Charlotte con la precisión de una planeadísima operación encubierta del FBI.

—Espero que funcione, porque... —Scarlet dejó la frase en suspenso, resistiéndose a añadir cualquier descripción de lo que podría suceder—... no tengo ni idea de Física.

—Una vez que esté dentro de ti, la tendrás —la animó Charlotte—. Confía en mí.

Pero las compuertas de la imaginación de Scarlet se abrieron de todas formas. No quería ni pensar en la posibilidad de quedar atrapada en otra dimensión, perdida para siempre. Quizá acabara sumida en un estado de narcolepsia, consciente de su situación pero incapaz de comunicarse. Una especie de infierno donde nadie podría oírla y donde ella no podría morir ni vivir del todo, atorada, por así decirlo, entre ambos estados. Tal vez quedara atrapada para la eternidad. Y eso era mucho, mucho tiempo.

—Todavía no entiendo por qué te preocupa tanto que apruebe o no —Scarlet hizo la pregunta en parte para ganar tiempo y en parte para satisfacer su curiosidad.

—Mi asunto pendiente es ayudar a Damen. Es lo que estaba a punto de hacer antes de morir —dijo Charlotte con franqueza, a sabiendas de que con Scarlet no podía andarse uno con tonterías y era necesario tomar todas las precauciones necesarias para no hacer sonar las alarmas.

—¿Darle clases de Física a un tipo es tu gran asunto pendiente? —preguntó Scarlet con recelo.

—Mira, eres la hermana de Petula... así que tiene sentido que puedas verme —dijo Charlotte mientras colocaba su *Guía del muerto perfecto* sobre la mesa del laboratorio para poder leer y mirar a Scarlet a la vez—. Eres mi único camino hacia la resolución.

—Me alegro de que estés tan segura... Mi cuerpo va rumbo al campo de futbol para dar clases particulares a un chico popular —dijo Scarlet con sarcasmo.

—Nadie te va a ver, te lo aseguro —dijo Charlotte. Tomó a Scarlet de los hombros y empezó a situarlos en línea con los suyos—. Nuestros corazones deben estar perfectamente alineados —dijo consultando su libro y moviendo a Scarlet tan delicadamente como podía.

—Ahórrame los detalles —dijo Scarlet, a quien la idea de que se metieran con su corazón palpitante llenito de sangre la hizo encogerse.

—Vamos, chica, además, ¿no dicen que la primera vez no se olvida? —dijo Charlotte, tratando de desviar la atención de lo que se traían entre manos.

—Sí, pero porque siempre es la más grotesca y horrible —contestó Scarlet.

—No tenemos que hacer nada que no quieras, y podemos detenernos cuando digas —aseguró Charlotte, tratando de que Scarlet se relajara y no se sintiera atrapada y sin ningún control sobre la situación.

—No hay nada más punk que una posesión —dijo Scarlet, haciéndole una señal a Charlotte para que iniciara el ritual.

—¿Estás lista? —dijo Charlotte, y empezó a leer su *Guía del muerto perfecto* en voz alta. Con su silueta recortándose contra los vasos de precipitado de colores, Charlotte leyó el conjuro—: "Tú y yo, nuestras almas son tres...".

Scarlet respiró hondo y miró a Charlotte a los ojos, mientras se agarraban fuertemente de las manos, sacando fuerzas y valor la una de la otra.

—"Yo y tú, nuestras almas son dos..." —dijo Charlotte mientras sus pálidas manos empezaban a fundirse en las de Scarlet como cera caliente.

Estaban atónitas por lo que estaba sucediendo ante sus ojos. Sus cuerpos continuaron fundiéndose en una suerte de ósmosis de otro mundo, de los pies al torso.

—"Somos yo..." —dijo Charlotte, encajando su corazón en el de Scarlet al tiempo que desaparecía en el cuerpo de ésta.

A los ojos de Scarlet se asomaban periódicamente, como una serie de sinapsis fallidas, retazos de Charlotte en el interior de su cuerpo.

—"... *dentro de ti*" —dijo Charlotte mientras hacía girar sus ojos castaños de ratón y éstos desaparecían en lo más hondo de Scarlet.

Los ojos de Scarlet parecían ausentes. Dos negros vacíos reemplazaban ahora el bonito color avellana en el interior de sus órbitas.

Un segundo después, el alma translúcida de Scarlet abandonó su propio cuerpo, cediéndoselo a Charlotte por completo. Los ojos de Scarlet reaparecieron, aunque con un brillo muy distinto. Su lenguaje corporal reflejaba ahora la personalidad de Charlotte, y no la suya.

Consciente de que la posesión había sido un éxito, Charlotte respiró hondo y palpó su nuevo cuerpo. Scarlet ascendió flotando hasta el techo, donde se demoró momentáneamente, miró hacia abajo y vio a Charlotte pasando las manos por todo su cuerpo.

—¡Oye, ya deja de manosearme! —chilló Scarlet, mientras su forma espectral empezaba a atravesar con facilidad los paneles blancos del techo.

—Perdona... —dijo Charlotte distraídamente en el momento en que Scarlet atravesaba por completo el techo y dejaba de oírla—. Es que me siento tan... viva.

12

Entrelazadas

Nada en el mundo es uno,
por una ley divina todas las cosas
se encuentran y funden en un mismo espíritu.
¿Por qué no yo con el tuyo?
–Percy Bysshe Shelley

Al revés.

Ocupar el cuerpo de otra persona es comparable a que le engrapen a uno el estómago como tratamiento contra la obesidad. Pierdes un montón de peso, pero la niña gordita e insegura de siempre sigue ahí dentro. El mismo fruto, sólo que en una cáscara distinta. Charlotte seguía siendo igual de rara. Igual de insegura. Igual de necesitada de atención, pero en el cuerpo de Scarlet, eso no contaba para nada.

Charlotte abrió la puerta del laboratorio de química y salió al pasillo con cautela. Estaba encantada de estar "viva" otra vez, y se notaba. El gesto malhumorado tan propio de Scarlet se veía ahora atenuado, transformado en una amplia sonrisa de esperanza más parecida a la de Charlotte, y los estudiantes la miraban dos veces mientras ella se dedicaba a repartir besos a diestra y siniestra, saludando a completos extraños con una vehemencia inusitada. Pero la metamorfosis no sólo se plasmaba en su actitud; bajo el control de Charlotte, el cuerpo de Scarlet también había empezado a adoptar un aspecto y una forma diferentes de moverse. Su postura se volvió más erguida, sus andar menos cansino, hasta su comportamiento —vaya por Dios— se tornó más femenino.

A Charlotte le maravilló comprobar que era mucho más fácil alojarse en Scarlet que en Petula. Recordó la charla de Brain y la importancia de una buena disposición en todo el proceso de posesión, y se lo agradeció en silencio.

"Él lo sabe todo", pensó, mientras acariciaba con los dedos de Scarlet las paredes de concreto pintado.

Palpó cada grieta y cada descascarado como una ciega leyendo Braille, empapándose de la sensación de la que había sido privada durante lo que le parecía una eternidad.

A pesar de la segunda oportunidad que tan generosamente le proporcionaba Scarlet, Charlotte no estaba totalmente convencida de su plan. Al fin y al cabo, la posesión de Scarlet era el Plan B. Aquellos no eran el cuerpo, el pelo, la ropa, el aspecto que Charlotte buscaba, y mucho menos eran rasgos que la mayoría de los chicos, y mucho menos el más popular de la escuela, encontraran agradables, por emplear un calificativo amable. Además, la posesión era temporal y —consideraciones morales aparte— no iba a ser nada fácil lograr que un chico dejara a su novia de revista para irse con su gótica hermana menor.

A pesar de todo, Damen había acudido al rescate de Scarlet en el incidente de la ducha, recordó. Y eso ya era algo, para empezar. De vuelta al punto de partida, Charlotte empezó a percibir cierto sentimiento de gratitud. ¿Quién era *ella*, después de todo, para criticar el atractivo de Scarlet? Ah, sí: ella era la estúpida niña rara que se había asfixiado con una golosina, según Petula.

Charlotte siguió avanzando por el pasillo, como si fuera el alma de la fiesta, dejando a su paso rostros atónitos y confundidos mientras se dirigía a las puertas traseras y de ahí al campo de futbol.

Entre tanto, Scarlet también se divertía. Tras atravesar el techo flotando y acceder con sorprendente facilidad al angosto espacio inmediatamente superior, vagó sin rumbo durante un rato hasta que escuchó retumbar la pedante voz de su arrogante profesor de Literatura en el aula de abajo. El profesor Nemchick parecía estar más interesado en humillar a los estudiantes que en enseñarles, y con muchas ínfulas escribía cada tema en la pizarra, como si estuviera dispensando los diez mandamientos. Scarlet no podía dejar pasar la oportunidad de fastidiarlo, aunque sólo fuera un poquito.

—Hoy —empezó el profesor Nemchick—, vamos a comparar a "T-r-u-m-a-n C-a-p-o-t-e" con "H-o-m-e-r-o" —ponía mucho cuidado en no hablar más deprisa de lo que escribía, lo que resultaba tremendamente irritante.

Cuando se volvió hacia la clase para iniciar el debate, Scarlet modificó los nombres para que pudiera leerse "Truman Camote" y "Yomero". La clase estalló en carcajadas, y Nemchick se quedó allí plantado, totalmente humillado y confundido.

A continuación, Scarlet atravesó una pared y se coló en la clase de Higiene Personal, donde dos cabezas de chorlito jugadores de futbol, Bruce y Justin, se burlaban de Minnie, una chica tímida e indefensa que se sentaba junto a ellos. Scarlet garabateó rápidamente una nota en un pedazo de papel y se lo embutió a Bruce en la mano, a la vista de la profesora.

La profesora arrancó la nota de los dedos gordos como salchichas de Bruce y procedió a leerla en alto a toda la clase.

—"Justin, me encanta meter..." —la profesora Bilitski hizo una pausa, reacia a continuar.

—En esta clase siempre hemos seguido la norma de que si pasas una nota y te atrapan, se lee en voz alta a toda la clase —le recordó Minnie con aplomo, convencida de que la nota era incriminatoria.

Incapaz de rebatir el argumento de Minnie, la profesora Bilitski prosiguió:

—"... me encanta meter las manos entre tus piernas robustas, calientes y sudorosas cuando me entregas la pelota. Luego saboreo tu olor en mis manos hasta el momento en que volvemos a encontrarnos. Nos vemos esta noche después del entrenamiento. Con cariño, tu colega, Justin".

—¡Demonios! —exclamó Bruce, asqueado, mientras Justin se apartaba de su amiguito lo más anatómicamente posible.

—Quizá les interese ahondar en el tema "La represión del impulso homosexual entre atletas escolares" para el trabajo de clase, ¿qué les parece? —preguntó la profesora, mientras los asombrados compañeros de clase volvían la cabeza con brusquedad y lanzaban miradas acusatorias a los sonrojados amigos, que se encogieron lentamente detrás de sus pupitres.

—Sal, sal, sal de donde estés —la débil voz de Minnie resonó en el incómodo silencio, acentuando la humillación más que merecida de los chicos. Scarlet rio de satisfacción, alzó el brazo para un choque de manos no correspondido con Minnie y se fue.

Entonces se dirigió al baño, la siguiente parada en su sedienta ruta de venganza. Sobre la cubierta del lavabo reposaba un café, que obviamente pertenecía a la chica que ocupaba uno de los retretes. Scarlet se asomó por debajo de la puerta y se encontró con que la chica era una pesada que siempre la elegía al último en la clase de Gimnasia.

Scarlet se dirigió con toda calma al retrete contiguo, que estaba desocupado, y recogió un pelo púbico del asiento del retrete. Se acercó al café de la chica y lo dejó caer dentro.

☙

Era un día perfecto para el entrenamiento de futbol: fresco y seco. El sol vespertino se preparaba para ocultarse, mientras los pitidos del entrenador cabalgaban sobre la brisa helada que soplaba contra los oídos de los jugadores y sembraba el campo de hojas rojas. Había grupos de chicos en todas las esquinas del campo, haciendo ejercicios de calentamiento y estiramientos, e incluso había algunos casos perdidos que daban vueltas de castigo al campo en lugar de quedarse adentro.

Charlotte recorrió la parte exterior de la pista de atletismo y encontró un tranquilo rincón debajo de una grada apartada, extendió la manta a cuadros que había embutido en la mochila de Scarlet y esperó a que llegara Damen. Obsesionada, le dio una y mil vueltas a cómo colocar la manta, como si fuera una adicta al sol buscando el mejor ángulo para ponerse morena, lo cual resultaba irónico porque a la piel de porcelana de Scarlet no parecía haberle dado el sol en años.

Finalmente decidió dejar la manta como cayera, y resultó ser la decisión correcta, porque fue a posarse sobre un mar de alegres flores silvestres que crecían a su antojo en la sombra, como una islita perfecta de lana y flores que esperara pacientemente a que una pareja naufragara en ella. Charlotte se acomodó muy despacio sobre las rodillas en el momento justo en que Damen bajaba por las gradas que quedaban sobre ella.

Estiró el brazo por el hueco y le agarró la pierna.

—Pero, ¿qué...? —gritó Damen sobresaltado, apartando la pierna de un tirón.

Bajó la vista, vio que era la mano de Scarlet que le agarraba del tobillo y se relajó.

—Casi me matas del susto —dijo, mientras saltaba al suelo y se agachaba para meterse bajo las gradas.

—Vaya, no se me había ocurrido —dijo Charlotte, casi hablando para sí.

—¿Cómo? —contestó Damen sin prestar demasiada atención.

—Bueno, pues eso: que entonces, este, no tendrías que hacer el examen de Física —improvisó Charlotte—. No es más que una pequeña broma privada mía —remató, ansiosa por cambiar de tema—. De todas maneras, perdóname por lo de la pierna. Pensaba que a lo mejor no me veías —añadió en un intento de comenzar desde cero.

—Te veo —dijo Damen, sin entender cómo alguien podría no fijarse en Scarlet: llamaba tanto la atención...

—Empecemos entonces —señaló Charlotte, adoptando un aire muy profesional—. Yo seré tu tutora de Física.

—Ajá; estás bromeando, ¿verdad? —dijo Damen—. Vamos, lo digo porque ya nos conocemos. Aunque haya sido de aquella manera.

—Sí, claro, por supuesto —respondió Charlotte—. Petula, la ducha, etcétera.

—Sí... —dijo Damen, convencido de que de esa manera ella estaba admitiendo que lo de la tutoría no era sino una broma.

—Sí; quiero decir: no, necesitaba esos puntos extra y tú eras el primero de la lista. Me apunté antes incluso de leer tu nombre, y luego me di cuenta de que había firmado con bolígrafo, así que... —dijo Charlotte, advirtiendo que no dejaba de tartamudear.

—¿Qué tal si empezamos desde el principio y dejamos los formalismos? —preguntó Damen educadamente. La agarró de los brazos y, aplicando una levísima presión, la obligó a sentarse en la manta. La suavidad y firmeza del gesto dejaron a Charlotte completamente atontada. Damen se dejó caer después que ella—. Bonita manta. Creía que traerías una toalla negra —dijo Damen, ensayando un chiste de su cosecha.

Charlotte, que al principio no estaba muy segura de a qué se refería, acabó por entender la indirecta.

—Ah... La toalla negra del baño... —dijo soltando una carcajada demasiado estrepitosa.

Damen se rio de su chiste de la toalla un instante, se puso cómodo y abrió su libro. Miró hacia Charlotte y notó que llevaba el libro forrado con una bolsa de papel café y una calcomanía que decía "LA GRAVEDAD TE DEPRIME" en la portada.

—Empecemos —dijo ella, señalando la calcomanía.

—No lo entiendo —dijo él mirando la calcomanía detenidamente.

El silbido que escuchó justo en ese momento pudo provocarlo el viento, pero Charlotte habría jurado que era el sonido de la ironía rozando la cabeza de Damen.

—Seguramente piensas que soy un completo idiota —dijo, demostrando inusitadamente estar al tanto de que, si bien era reverenciado por casi todo Hawthorne, existía un reducido porcentaje de chicos, él quería pensar que minúsculo y en el que se contaba Scarlet, que se burlaban de él sin piedad a sus espaldas.

El hecho de que la sesión de tutoría transcurriera en tan veladas circunstancias demostraba que Damen sentía que al menos tenía un secretillo que ocultar.

—Para nada —se apiadó Charlotte.

—Es un poco raro que me dé clase la hermana menor de mi novia —dijo, mientras miraba de reojo entre los huecos de las gradas a Petula, vestida de animadora, que se preparaba para las pruebas haciendo estiramientos en el césped—. ¿Qué te parece si mantenemos esto en secreto, ya sabes, sólo entre tú y yo?

—Todo lo que hagamos será estrictamente confidencial... —dijo ella dejando una puerta abierta a, bueno, a que se cumplieran sus sueños más salvajes—. Todo... —repitió.

Concluidos los formalismos, Charlotte y Damen se pusieron a trabajar. Por mucho que la impresionara Damen, Charlotte empezó la clase con soltura y seriedad. Estaba en juego el baile de otoño, y no iba a dejar que nada se interpusiera entre ella y el premio; nada, ni siquiera sus sentimientos.

Damen estaba inquieto y al cabo de un rato, con los ojos ya vidriosos, empezó a pasear la mirada de aquí para allá. Consciente de que el chico necesitaba hacer una pausa, Charlotte levantó la mirada para ver con qué se estaba distrayendo. Cómo no: eran las pruebas para animadora, que ya habían empezado en el campo de futbol.

—¿Sabes qué? Estaba pensando en presentarme a las pruebas —espetó Charlotte, tratando de reclamar la atención de Damen.

—Sí, seguro. Ni muerta te presentarías tú a las pruebas de animadora —contestó él, desechando por completo su comentario.

Sin mediar palabra, Charlotte cerró el libro de golpe y echó a andar hacia el campo de futbol. Al principio Damen se quedó paralizado, pero enseguida se echó a reír, pensando que Scarlet bromeaba o iba a hacer una de las suyas.

Las Wendys supervisaban las pruebas a animadora como auténticas funcionarias de prisiones, cotejando los nombres de la lista con las credenciales de la escuela y comprobando que ninguna candidata llevara ni un mechón de sus melenas oxigenadas fuera de su sitio. Atusaban y meneaban a todas las de la fila para que estuvieran perfectamente presentables cuando Petula les pasara revista.

Desde las gradas, Damen escrutaba la hilera de candidatas y hacía apuestas sobre cuáles pasarían la prueba, cuando vio a Charlotte-convertida-en-Scarlet situarse en un extremo de la fila. No parecía una buena apuesta. Allí plantada junto a las futuras Miss Jovencita de E.E.U.U., resultaba más gótica y fuera de lugar que nunca.

Charlotte se arrancó parte de la falda de Scarlet y rasgó la tela con la cuchilla de un solo filo que siempre llevaba en el bolsillo y hacerse unos pompones. La idea era sin duda innovadora, pero resultaba difícil que le fuera a procurar la amistad o el favor de las Wendys. Las demás chicas de la fila eran indistinguibles, rigurosamente uniformadas con camiseta de tirantes y falda blancas; una procesión de cabecitas perfectamente peinadas y de cuerpos perfectamente esculpidos.

Las Wendys vieron a Charlotte cuando se aproximaban al final de la fila. Ambas se encogieron a la vista de su uniforme y pompones tan peculiares, pero en lugar de rechazarla al instante, decidieron que antes se divertirían un poco a su costa, conscientes de que era una oportunidad única para humillarla de una vez por todas.

—Anda, mira —dijo Wendy Thomas con una risita—. Satán tiene espíritu.

Las dos amigas escondieron las uñas y se volvieron hacia las candidatas.

—¿Alguna tiene la regla? —preguntó Wendy Anderson, para comprobar si alguna de las chicas tenía su periodo.

—¡No! —gritaron a coro las chicas, estallando en risitas.

—¿No? Vaya, pues lo lamento, Gotiquita, nada de sangre por aquí —dijo Wendy Thomas con fingida desilusión.

—Vengo a hacer la prueba —dijo Charlotte de manera tajante.

Las Wendys le dieron la espalda a Charlotte para discutir cuál sería su siguiente paso.

—No sé qué intenta, pero vamos a darle espacio para que se cave su propia tumba —susurró Wendy Anderson.

—Cruza los dedos —dijo Wendy Thomas, rencorosa—. ¡Petula va a alucinar a colores!

Las chicas se volvieron hacia Charlotte y emitieron su veredicto.

—Tenemos sitio para una más, ¿verdad que sí, Wendy? —dijo Wendy Thomas con voz burlona, para sorpresa y molestia del resto de las candidatas.

—Pues sí, Wendy, así es —asintió Wendy Anderson.

—No sé a qué viniste, pero sí que vas a desear no haberlo hecho —dijo Wendy Thomas.

—Vengo a animar —declaró Charlotte mientras torcía el característico gesto huraño de Scarlet en una sonrisa ultrabrillante.

—Pues bienvenida a... tu funeral —se burló Wendy Anderson, que le echó una mirada al atuendo de Charlotte, garabateó un número y se lo entregó de mala manera.

Charlotte se puso el número orgullosa: 666.

Damen las miró con escepticismo, preguntándose qué guardaban las Wendys bajo sus idénticas mangas, y en ese momento Petula entró en el campo.

—¿Qué demonios hace su estúpido y apestoso trasero virgen contaminando *mi* campo de futbol? —gruñó Petula al aproximarse.

ཌ

Scarlet se la estaba pasando como nunca y se dirigió a la sala de profesores, sin dedicar un solo pensamiento a lo que Charlotte pudiera estar haciendo en su cuerpo.

—Así que éste es su hábitat —se dijo, mientras contemplaba a los profesores almorzando y charlando entre ellos.

Reparó en dos pares de pies que jugueteaban debajo de una mesa; unos calzados con tacones y los otros con unas recias botas negras. Eran dos mujeres, haciendo un sucio bailecito debajo de la mesa.

—¡Lo sabía! —exclamó Scarlet, entusiasmada de poseer semejante información y tomando asiento en la repisa de la ventana.

Una de las profesoras, sintiendo un escalofrío, se acercó a la ventana y miró a través de Scarlet hacia el campo de fútbol. Scarlet, ajena a lo que ocurría fuera, empezó a ponerse nerviosa.

—¡Ay, Dios! —gritó la profesora, y se inclinó aún más hacia la ventana, sus ojos prácticamente contra los de Scarlet.

Convencida de que la habían descubierto, Scarlet se bajó de un salto de la repisa y huyó a un rincón.

La profesora abrió la ventana y llamó a los demás con un gesto de la mano para que acudieran a mirar. Los profesores se acercaron rápido, y finalmente Scarlet hizo lo mismo.

—Pero ¡¿qué demonios?! —gritó, al lado de los profesores, espantada por lo que estaban viendo sus ojos.

—Eso no es muy gótico que digamos, ¿eh? —dijo con sorna la señorita Pearl, una de las profesoras recién sacadas del armario, mientras Charlotte, en plena prueba, saltaba, giraba y hacía piruetas sin el menor esfuerzo, con una habilidad y un ímpetu desconocidos para los profesores y para Petula. Damen, entre tanto, observaba boquiabierto desde las gradas, disfrutando aparentemente con cada instante del ejercicio de Charlotte... y con la agonía de Petula.

¡A GANAR!
SÍ, SÍ...

—*¡G*A*N*A*R*!* —cantó Charlotte, deletreando la palabra y marcando cada letra con una patada o un salto.

—¿Se puede saber qué diantres estás haciendo? —le gritó Scarlet a Charlotte.

Scarlet se lanzó en picada hacia Charlotte, decidida a poner fin a la humillación pública a la que ella —bueno, por lo menos su cuerpo— estaba siendo sometida.

Charlotte estaba que no cabía en sí, y siguió cantando, completamente ajena al hecho de que Scarlet la observaba.

¡A GANAR!
¡SÍ, SÍ!
¡ESTE PARTIDO LO VAMOS A... !

Aterrada por la idea de lo que pudiera venir a continuación, Scarlet decidió actuar. Se empotró en Charlotte, expulsándola de su cuerpo y dejándola suspendida en el aire. Una vez con los pies en tierra de nuevo, Scarlet recuperó el control de su cuerpo y acabó la cancioncita a su manera.

—*¡J*O*D*E*R*!* —espetó, mientras clavaba la pirueta, todo un logro para una animadora en potencia.

El campo de futbol era ya un hervidero de emociones y un pequeño grupo de estudiantes hacía valla para observar a Scarlet haciendo piruetas de otro mundo. Así de impresionantes eran. Las demás animadoras, sintiéndose amenazadas, se agruparon rápidamente para planear una respuesta.

Las animadoras rompieron el corro con una palmada y, adoptando su expresión más profesional, se colocaron en formación de animación, frente a Scarlet.

Tres de ellas dieron un paso adelante —Petula y las Wendys— para arrancar con la réplica. Aunque la superaban en número, Scarlet estaba preparada. Wendy Thomas se adelantó y disparó la primera salva.

¡TÚ DE ESO, NADA DE NADA,
NOSOTRAS AL MENOS TENEMOS BUENA CARA!
¡NI ESTAMOS FREGADAS,
NI EL SOL NOS DA LA ESPALDA!

Y dio palmadas con aspereza. Scarlet, que la miraba y escuchaba sin pestañear, respondió a continuación con una pulla de su propia cosecha.

¿USTEDES FREGADAS?
¡PUES CLARO QUE NO!
¡TIENEN CITA GRATIS
EN PLANIFICACIÓN!

Scarlet dobló el dedo índice y se "apuntó" un tanto en un marcador imaginario. Wendy Anderson era la siguiente. Hizo un puente hacia atrás con remonte y empezó:

QUÉ MÁS QUISIERAS TÚ,
QUE ALGÚN TIPO TE HICIERA CASO...

Antes de que Wendy pudiera declamar el resto de su rencorosa estrofa, Scarlet la interrumpió:

¡AL MENOS NO ME AGOBIO
SI LA REGLA VIENE CON RETRASO!

Los deportistas se echaron a reír como histéricos, alucinados con lo que Scarlet acababa de decir. Scarlet se acercó un dedo a la boca y sopló, como si fuera el cañón humeante de una pistola. El aplauso fue ensordecedor.

—Oh, no —se quejó Charlotte, que veía cómo sus esperanzas de impresionar a Damen y ganarse la aceptación de Petula se esfumaban tan deprisa como el ego de las Wendys.

La muchedumbre crecía a cada momento y ya había caras aplastadas contra todas las ventanas. Se acercaba el desenlace y se podía sentir la tensión. Era el turno de Petula, y esta decidió ser original y hacer una auténtica exhibición de liderazgo animador. En lugar de esgrimir una rima, Petula agarró a las Wendys y se pusieron a cantar. Una pegajosa canción de campamento, retorcida y vil, que hirió a Scarlet como sólo una hermana puede herir.

Si eres una apestada, y lo sabes,
córtate las venas.
Si estás deprimida, y lo sabes,
córtate las venas.
Si te mueres por que te hagan caso,
o tu vida es un fracaso.
¡Si eres una apestada, y lo sabes,
córtate las venas!

Petula y las Wendys se volvieron hacia la audiencia y saludaron, para restregarle un poco más la humillación en la cara a Scarlet.

Scarlet saltó a escena, pasó junto a las Wendys con desdén, y fue directo por la Zorra Reina, su hermana, Petula.

¡El próximo otoño,
gorda, sebosa y sin solución,
buscarás al padre de tu retoño
en un programa de televisión!

"Ohhhhh", coreó la muchedumbre, abochornada por Petula.

Scarlet apenas estaba comenzando, cuando Charlotte trató de meterse en su cuerpo una vez más. Ya fuera porque quería echarle una mano a su amiga o porque estaba celosa de que Scarlet le hubiera robado el protagonismo que ella había trabajado, el caso es que estaba decidida a hacer una escena.

—¿Qué haces? —le preguntó Charlotte, desesperada—. Vas a estropearlo todo.

—¿Quién? ¿Yo? —la atajó Scarlet—. ¡Oye, que no soy yo quien hace méritos para entrar en las Olimpiadas Especiales!

El forcejeo entre los dos espíritus lanzó el cuerpo de Scarlet hacia el cielo como una muñeca de trapo, volteándolo de aquí para allá en una danza de *Tigre y Dragón* que desafiaba todas las leyes de la gravedad. Mientras las chicas botaban, se retorcían y giraban más y más deprisa, todo lo que se alcanzaba a ver era un remolino de brazos y piernas que, como un derviche en pleno frenesí, ardía sobre el campo.

La muchedumbre se volvió loca con aquella apoteosis sobrenatural.

El espectáculo llegó a su dramático fin con Scarlet recuperando el control de su cuerpo y Charlotte tirada en el suelo, decepcionada.

Los chicos de las gradas superiores y los que miraban mudos de asombro desde las ventanas de los salones se percataron de que Scarlet había grabado con fuego una hache de "Hawthorne High" en la hierba.

—Tiene aptitudes innegables —dijo una del grupo de las candidatas.

—Bueno, es que es *mi* hermana —dijo Petula, tratando de atribuirse el mérito de la actuación de Scarlet.

No sin cierto recelo, las animadoras llegaron a un acuerdo y se acercaron a Scarlet.

—Ya lo discutimos y... bueno... ya eres una Halcón de Hawthorne —dijo Petula de mala gana.

—Y esta noche hay fiesta de piyamas en casa de Petula... bueno, en tu casa, S.P.A. —dijo Wendy Anderson.

—¿S.P.A.? —preguntó Scarlet, escéptica ante la cálida bienvenida que le prodigaban ahora sus eternas enemigas.

—Sólo Para Animadoras —dijo Wendy Thomas.

—Ahora eres una de las nuestras —dijeron las Wendys con un tono monocorde de mujercita perfecta muy logrado, mientras emparedaban a Scarlet entre ambas, absorbiéndola simbólicamente en su grupo.

Scarlet hizo su "paseíllo de la deshonra" y salió del campo de futbol totalmente estupefacta.

—Soy una animadora —dijo Charlotte, su forma espectral levitando apenas unos centímetros sobre la hierba, pero completamente en las nubes ante tan inesperada buena suerte. Permaneció allí hasta que concluyeron las pruebas, pensando que por fin estaba "dentro", y observó cómo Scarlet salía del campo y casi pasaba de largo junto a Damen.

—¿Cómo lo hiciste? —susurró Damen, que seguía escondido bajo las gradas, completamente fascinado por lo que acababa de presenciar.

—Demasiados años de energía reprimida —contestó Scarlet, inexpresiva, mientras reparaba en la manta y todo el montaje, y deseaba que todo fuera una pesadilla.

13

La caída de la casa Usher

Los ojos de los otros, nuestras prisiones;
sus pensamientos, nuestras jaulas.
–Virginia Woolf

Ser quien no eres es agotador.

Pero mejor ser farol que farola solitaria. Así lo veía Charlotte. Se convenció a sí misma de que no era distinto de lo que hacían aquellas chicas en el campo de futbol. Llegó incluso a razonar que le hacía un favor a Scarlet —un servicio— al incluirla en el círculo interno de Hawthorne, porque quedarse fuera la convertía en un pato de feria. Y sabía por experiencia que un pato de feria es pato muerto. Pero la cuestión, una vez establecido el panorama de los patos, era la siguiente: ¿qué era mejor, ir por ahí nadando solo y aterrado para que te cazaran en el momento menos pensado, o saberte rodeado de otros "patos" de aspecto y proceder idénticos a los tuyos, para posiblemente salvar tu vida sacrificando la de ellos? "El afán de supervivencia es innato", pensó Charlotte, y el afán de ser popular es supervivencia.

Charlotte llegó temprano a la gran fiesta de piyamas S.P.A., intoxicada por la idea de que la incluyeran en el grupo por primera vez. Empezó a tocar el timbre de casa de Petula, pero después de pensarlo mejor procedió a atravesar la puerta sin más. La cosa era cada vez más fácil.

En la sala se topó con el cuerpo medio exánime de Scarlet, indolentemente tirado en el sillón, con gafas oscuras y aspecto derrotado y deprimido.

—Vaya, mira a quién tenemos aquí, nada menos que al espíritu de la escuela —dijo, apenas levantando la cabeza.

—Bonitas gafas —dijo Charlotte para romper el hielo.

—Por lo que se ve, soy la única que tiene resaca posposesión —espetó Scarlet, mirándola por encima de las gafas—. ¿¿¿El equipo de animadoras???

—Damen no me estaba haciendo caso, así que pensé que a lo mejor se fijaba en mí si hacía las pruebas para animadora —argumentó Charlotte en su defensa.

Pero Scarlet ni se movió.

—Mira, ¡no sabía que lo lograríamos! Pero va a ser más fácil ahora que eres una animadora. No sabes cuánto agradezco lo que estás haciendo por mí, y me va a ayudar a alcanzar la resolución. Ya verás —dijo Charlotte.

—No, no voy a ver nada. Búscate a otro que sea fácil-de-usar. Yo ya vi suficiente —dijo Scarlet.

—¿Y eso qué quiere decir? —preguntó Charlotte con nerviosismo.

—Quiere decir que se acabó. No más "Scarlet a la Carta" —dijo Scarlet, que confirmaba así el peor de los temores de Charlotte.

—¿No eras tú la que se quejaba de ser la eterna dama de honor? —suplicó Charlotte—. Vamos, ¿acaso no es alucinante ser invisible y hacer lo que te dé la gana?

Scarlet guardó silencio, sabiendo que la había pasado en grande pero sin querer reconocerlo.

—Vamos, admítelo, es alucinante... Ni barreras, ni limitaciones, ni autoridad —dijo Charlotte, presionándola—. *Fight the power!*

—A mí no me vengas con consignas raperas —dijo Scarlet poniendo los ojos en blanco—. Mira, no digo que no sea alucinante...

—Oye, ¿y si damos una vuelta de tuerca para que sea aún más emocionante? —dijo Charlotte, recuperando la iniciativa.

—Ajá, ¿y qué sugieres?

—Huy, pues no sé... ¿qué tal tu propia fiesta de piyamas en mi casa mientras yo estoy en la tuya? —la provocó Charlotte.

—¿En la residencia muerta? —preguntó Scarlet, con la voz desbordante de emoción, para variar.

ᘓ

En Hawthorne Manor, Prue se dirigió a la asamblea muerta, congregada para la reunión de "intimidación".

—Muy bien, entonces, ¿cómo vamos a hacerles creer a los compradores potenciales que la casa es inhabitable? —ladró Prue, mientras giraba la cabeza por completo y empezaba a repartir misiones—. Jerry, tú encárgate de la tubería.

—Sí, haz que la casa huela como los pies de Britney Spears después de salir descalza de unos baños públicos —añadió CoCo.

Deadhead Jerry hizo la señal de la paz, indicando que podían contar con él.

—Bud: encárgate de que la estructura de la casa sea inestable —espetó Prue, mientras Bud levantaba el muñón y asentía.

—¡Ya sabes, inestable como Paula Abdul, ni un pelo menos! —gritó CoCo divirtiendo a todos, pero sobre todo a sí misma, con sus ingeniosas referencias a la cultura pop.

—¿Dónde está nuestra pequeña estudiante alemana de intercambio? —preguntó Prue dispuesta a asignar la última tarea.

Una niñita en descomposición levantó la mano muy despacio, mientras unas larvas diminutas le brotaban sin cesar de cada poro de la cara.

—Rotting Rita: tú a la brigada de infestación —anunció Prue.

—¡Sí, eso, queremos gusanos pululando como paparazzis alrededor de Brangelina! —exclamó CoCo en tono enfebrecido.

Prue abrió las puertas con telequinesis y todos salieron en tropel de la habitación. Se percató de que Charlotte no estaba presente.

—¿Dónde está Usher? —preguntó.

Piccolo Pam se echó a temblar y emitió un agudo silbido por la garganta mientras se apresuraba a pasar de largo.

—Pam, ¿por qué anda tu flautín tan desafinado? —inquirió Prue con autosuficiencia—. ¿Acaso sabes dónde está Usher?

—Me pidió que, ejem, que le pasara los apuntes… —improvisó Pam.

—Pues apunta esto: ¡más le vale que se presente! —amenazó Prue, encarándose a Pam e intimidándola por completo—. Lo digo *muy* en serio.

Entre tanto, las Wendys llegaban a casa de Petula para la fiesta de piyamas arrastrando equipaje como para un mes: maletas, maletitas y baúles Vuitton. Después de tocar el timbre, se entretuvieron recitando la rima de Scarlet de esa tarde.

—"Buscarás al padre de tu retoño…" —canturreó Wendy Anderson.

—"… en un programa de televisión" —completó Wendy Thomas.

En la planta alta, la insistencia de Charlotte daba frutos y Scarlet accedía a ser poseída una vez más.

—Ah, una cosa más antes de que te vayas: que no te asuste nada de lo que veas —advirtió Charlotte restándole importancia—. Es sólo algo que tenemos que hacer de tarea esta noche, ¿de acuerdo?

Scarlet asintió, conforme.

—Hay una chica, se llama Prue... —empezó Charlotte.

—Prue —repitió Scarlet.

—Sí, bueno, pues asegúrate de no cruzarte en su camino, ¿de acuerdo? —recalcó Charlotte.

—De acuerdo —le aseguró Scarlet.

—¿Prometido? —dijo Charlotte, apoyando sus manos sobre los hombros de Scarlet y mirándola de hito en hito.

—Que sí: no me cruzaré en su camino. Me estás asustando —dijo Scarlet sacudiéndose para liberarse.

—De todas formas todos van a estar tan ocupados que creo que ni siquiera se darán cuenta de que estás allí —le explicó Charlotte.

—Ajá. Y tú tampoco te asustes de lo que puedas ver esta noche —dijo Scarlet mientras salía por la ventana y se esfumaba en la despejada noche otoñal. Ambas estaban emocionadas con lo que la noche les tenía reservado, y ninguna quería perdérselo ni por un segundo.

Charlotte oyó el timbre y se precipitó escaleras abajo, ya que Petula parecía no tener ninguna prisa en abrir. Se deshizo en falsas sonrisas, justo igual que las Wendys, cuando abrió la puerta y las hizo pasar.

—Que empiece la fiesta —exclamó Seudo-Scarlet, quizá con un exceso de entusiasmo, mientras encendía el control remoto del reproductor de CD.

Mientras la música sonaba al máximo y más amigas tocaban la puerta, Petula bajó las escaleras apesadumbrada, fastidiada por el momento de gloria del que insólitamente estaba disfrutando su hermana.

ɞ

En el otro extremo de la ciudad, era el timbre de otra puerta el que sonaba. La señorita Wacksel, una extraña, repelente y excéntrica agente inmobiliaria a la que le habían asignado la venta de Hawthorne Manor, se encontraba en el porche y estaba a punto de enseñar la casa a los Martin, una pareja joven e inquieta en busca de una ganga, que esperaba adquirir la reliquia como una inversión, pues pensaban reformarla. Hacía viento y mucho frío, y cada minuto que pasaban en el porche, se volvía más desagradable. Hacía tiempo que Wacksel sospechaba que la casa podía no estar completamente deshabitada, pero intentó poner buena cara ante los jóvenes.

A su espalda, un enorme y viejo cartel de "se vende" chirriaba mecido por el viento. Piccolo Pam se había encaramado en las ramas de un árbol seco y retorcido, y trataba desesperadamente de encontrar alguna señal de Charlotte. Las melancólicas notas que brotaban de su garganta se mezclaron con el aullido del viento, proporcionando a la señorita Wacksel una lastimera música de fondo para comenzar la visita.

—¿Y por qué toca el timbre si aquí no vive nadie? —preguntó el marido, que no veía el momento de entrar.

—Tiene toda la razón, señor Martin —dijo la señorita Wacksel con nerviosismo—. No hace falta tocar: tengo llave.

Dominando el temblor de la mano, introdujo la vieja llave maestra en la cerradura, pero a cada intento esta se la escupía de nuevo en la mano.

"Aquí no vive nadie", se repetía una y otra vez, luchando empedernidamente con la cerradura y la llave. De haber podido ver a Silent Violet tapando el ojo de la cerradura con el dedo desde el otro lado de la puerta, es posible que la señorita Wacksel hubiera dado por concluida su jornada laboral. Pero se trataba de una mujer obstinada, y pensar en la comisión que obtendría por el viejo caserón era un gran aliciente.

—Esta casa tiene tanta... personalidad —dijo por decir algo a los cada vez más impacientes recién casados, cuando por fin logró introducir la llave en la cerradura y hacerla girar antes de que Violet pudiera meter el dedo hasta el fondo. Silent Violet, la primera línea de defensa de Muertología, había fallado. En un abrir y cerrar de ojos se esfumó de allí y reapareció en lo alto de la escalera antes de que la pareja tuviera tiempo de entrar. Acto seguido, empezó a regurgitar una plasta negra como el alquitrán, que le subió desde el estómago a la garganta, y de allí se escurrió escalones abajo, colándose en cada grieta de la madera que hallaba a su paso.

—"Ven, pasa a la sala", le dijo la araña a la mosca —citó la señorita Wacksel mientras abría la pesada puerta de castaño e invitaba a la pareja a entrar. Una ráfaga de aire gélido los envolvió al instante, prácticamente cortándoles la respiración.

—Qué curioso, hace más frío aquí adentro que afuera —observó la señora Martin.

—Es que no dejamos la caldera encendida hasta que está más avanzado el otoño —informó Wacksel, mirando a su alrededor en busca de una ventana resquebrajada o quizá alguna otra fuente natural del frío—. De todas formas, en estas casas viejas siempre hay corriente. Es parte de su encanto, querida. Nada que una manta o un abrazo extra no puedan remediar —dijo con una sonrisa forzada.

El trío atravesó el vestíbulo, que descansaba al pie de las escaleras, rumbo a la sala, y al hacerlo empezaron a resbalar y a patinar sin control.

—Vaya, ya no fabrican ceras como las de antes —dijo Wacksel tratando nerviosamente de recuperar el equilibrio y el de los otros—: perpetuas.

Tan pronto los tres recuperaron el equilibrio y pudieron avanzar, continuaron por el salón, donde admiraron los altos techos, la chimenea de ladrillo, las paredes de yeso y la madera labrada, que seguían prácticamente intactas. Los detalles, la tonalidad y la belleza de las molduras, el pasamanos y el piso enlosado eran impresionantes.

—Ya no se construyen casas así —dijo el señor Martin, calculando solapadamente las ganancias que obtendría al revender la casa al precio actual del mercado.

—Desde luego que no —Wacksel asintió con la cabeza mientras con el pie deshacía pequeños montoncitos inadvertidos de serrín de Suzy, la *scratcher*, que se amontonaban en las esquinas.

Justo en ese momento, al señor Martin le pareció notar que un mueble se desplazaba. El movimiento fue tan gradual que no estaba seguro de si sus ojos le estaban jugando una mala pasada o si la deslucida silla negra bordada con rosas rojas en efecto se había movido. Enseguida, los tres se percataron de que la habitación se hacía cada vez... más pequeña.

Bud, posicionado bajo la duela del piso, había desplazado una de las vigas maestras, haciendo que la casa se inclinara levemente. Ante el lento reptar de los muebles hacia ellos, resultó innegable que algo sobrenatural ocurría en la casa, pero la señorita Wacksel le restó importancia, haciendo una broma.

—¿Cómo le llaman a eso los amarillos? —preguntó, demostrando cuán políticamente incorrecta era—. ¡¿Jo Del... Feng Shui... o algo así?! —exclamó mientras se apresuraba a conducir a la recelosa pareja al baño de arriba.

Lo único que alcanzaban a ver en el baño era la cortina de la ducha, que estaba corrida delante de la bañera de porcelana con patas. A estas alturas, la imaginación se les había desbordado por completo y estaban obsesionados pensando qué se agazapaba tras la cortina. Prue empezaba a estar algo preocupada, porque ya deberían haber salido despavoridos, y la verdad era que los chicos no tenían un plan alternativo. No contaba con la desmedida avaricia ni de Wacksel ni de la pareja. Con una señal les avisó a Mike, Jerry y Bud, quienes tenían asignado el espectáculo del baño, que podían empezar.

Wacksel se acercó despacio, con cuidado, como caminando sobre cáscaras de huevo, la respiración contenida, agarró la cortina y la abrió de un tirón. No había nada. La pareja se aproximó con cautela, temblando, para echar un vistazo. De pronto, un líquido café asqueroso salió expulsado del desagüe de la bañera, empapando a la pareja de lodo hediondo de pies a cabeza.

Tras acoplar sus "cañerías" a la tubería, Mike, Jerry y Bud habían procedido a bombear sus aguas residuales hasta el baño, creando así un nefasto hedor.

La señorita Wacksel se llevó corriendo a los Martin a la cocina para que pudieran limpiarse, temiendo que el incidente estropeara definitivamente la venta.

—¿No decías que querías algo para reformar? —dijo el señor Martin, esforzándose por sonar optimista y que su mujer no se tomara demasiado a pecho tener la cara, el pelo y la ropa cubiertos de porquería.

Wacksel respiró larga y hondamente, agradecida por el afortunado comentario del marido. Mientras se aseaban, la pareja no pudo evitar admirar la ebanistería artesanal. El marido abrió uno de los armarios, y una nube cegadora de bichos furiosos emergió del interior e invadió la cocina. Rotting Rita estaba escupiendo alimañas desde cada uno de sus orificios, incluidos sus lechosos ojos velados.

En un abrir y cerrar de ojos, la señorita Wacksel metió la mano en su bolso de cuero sintético y extrajo de su interior un envase de insecticida tamaño viaje.

—Parecen termitas —dijo la señora Martin, completamente asqueada, mientras daba palmadas para exterminar a las diminutas criaturas que revoloteaban a su alrededor.

—Las apariencias engañan —dijo Wacksel matando bichos a diestra y siniestra con su aerosol.

ꟹ

En cambio, en casa de Petula todo eran apariencias, donde Charlotte-convertida-en-Scarlet disfrutaba de la sesión de manicura y pedicura entre las demás chicas, que chismorreaban sin parar. La minirreunión cumbre de popularidad era ya un insondable mar de camisoncitos rosados, todos idénticos al de Petula, salvo en el caso de Charlotte, que vestía el conjunto vintage verde azulado oscuro con encajes negros de Scarlet. El gran tema de la noche era "citas para el baile de otoño". Quién tenía, quién no y qué pensaban hacer para resolverlo.

—... es guapo, pero estuvo saliendo con la tonta esa de Gorey High —dijo Wendy Thomas, descartando de plano a un posible aspirante mientras retiraba afanosamente el barniz negro de las uñas del pie de Charlotte y se las pintaba de rosado.

—Seguro que encuentras a alguien. Eres tan guapa —contestó Charlotte.

—*¡Lo sé!* —convino Wendy Thomas.

Petula, encajada entre las Wendys, se volvió hacia Wendy Anderson, que estaba a su derecha.

—No puedo creer que se esté comportando así —le susurró Petula, refiriéndose a Scarlet.

—Pobrecilla. La explosión del laboratorio de química debió afectarle más de lo que pensamos —dijo Wendy Anderson—. Ya sabes: la gente no deja de comentar lo fuerte, valiente y abnegada que eres por tener que tratar con una hermana que ha sufrido daños cerebrales.

—Bueno, es duro, pero soy una persona muy espiritual —contestó Petula—. O sea, por Dios, ¿acaso no tengo suficiente ahora mismo con el director Styx acosándome por el incidente de Educación Vial?

—No te agobies, Pet. Ya encontrarás la manera —dijo Wendy Anderson señalando a los pechos de Petula—... o *las* maneras de librarte del castigo.

—Sí, no puedes perderte el Beso de Medianoche —intervino Sue.

—Forma parte de la tradición de la escuela. Perderte el Beso puede cambiar tu futuro —le explicó Sue a Charlotte, intuyendo que no estaba enterada de la leyenda del Beso.

—Sí, como Marcy Hanover, que se perdió el Beso el año pasado porque se le estropeó el automóvil, y ahora está trabajando de modelo... —comentó otra de las chicas— ¡de tallas grandes!

Las chicas reaccionaron con estupor y horror.

—Ese Beso marca tu destino —dijo Sue. Las chicas asintieron conformes.

La expresión de preocupación en el rostro de Charlotte superaba la capacidad de cubrir del maquillaje más exclusivo y caro, mientras se obsesionaba con su destino y el legendario Beso de Medianoche. No necesitaba que ninguna de las chicas le recordara lo importante que era ir al baile de otoño. Ya lo sabía. Pero ¿y el Beso de Medianoche?

Mientras el desasosiego abría una brecha en la noche casi perfecta de Charlotte, Scarlet volaba muy alto... por encima de hileras de tejados cortados con el mismo patrón hasta llegar a una fabulosa y tétrica estructura que se cernía como un nubarrón sobre las demás casas indistinguibles del barrio. Flotó de ventana en ventana, asomándose a cada una de ellas, hasta que localizó un morral cerrado, una agenda y una computadora portátil tirados sobre una colcha de chenille.

—Esto debe ser de ella —dijo Scarlet.

Entró en el dormitorio de Charlotte atravesando un ventanal alargado y estrecho que iba del suelo al techo en el vértice donde se unen las dos aguas del tejado. Había visto la casa desde afuera en muchas ocasiones, y lo mejor que se podía decir de ella era que era vieja. Ahora, sin embargo, contemplada desde su nuevo estado, le pareció transformada, rutilante de intensos y ricos colores, muebles decorados y antiguos candelabros y arañas que lloraban cristales coloreados como piedras preciosas.

—Me parece que morí y subí al Cielo —se dijo, admirando la decoración. Scarlet se dejó caer en la enorme cama con dosel y aterrizó junto a la montaña de cosas de Charlotte—. Pues tal parece que sí puedes llevártelo contigo —dijo mientras hurgaba entre las cosas de Charlotte.

Se fijó en la computadora portátil, en cuya pantalla aparecía el recorte de un vestido de fiesta de alta costura con la cabeza de Charlotte pegada encima. Scarlet presionó la barra espaciadora y vio cómo aparecía un chico en sus brazos y ambos empezaban a bailar por la pantalla.

—¡Puaj! —exclamó Scarlet.

De pronto, un fortísimo ruido proveniente de la planta baja la distrajo cuando se disponía a realizar una inspección más detallada de la computadora. Scarlet optó por ir a su encuentro en lugar de esperar a que éste la encontrara a ella.

Cuando, en la planta de abajo del caserón, la señorita Wacksel entró en el comedor acompañada de los Martin.

—¿Qué me dicen de la sensación de espacio que da esta habitación? ¿No es maravillosa? —preguntó.

La estancia era realmente espaciosa, pero la pareja parecía más interesada en el techo y la araña de cristal que colgaba de este. La señora Martin fue la primera que se fijó en ella y le dio un codazo a su marido.

—¿No te parece preciosa esa antigüedad? —dijo.

En ese instante, y gracias a Simon y Simone, la gigantesca lámpara empezó a mecerse como un péndulo, primero muy despacio y luego más deprisa, conforme ganaba velocidad. Prue se había sostenido de la escalinata y jalaba a los gemelos, quienes a su vez estaban agarrados al candelabro.

—Sí, estas arañas antiguas ciertamente acaban teniendo vida propia —comentó la señorita Wacksel, sin reparar en cuánta razón tenía.

Los Martin apenas podían moverse, hipnotizados por el vaivén, mientras sus sombras se veían más largas y siniestras a cada pasada de la araña.

—Debe haber alguna corriente —explicó la señorita Wacksel—. En cuanto cambien las ventanas verán cómo se acaba el problema.

Prue jaló a Simone más fuerte aún, haciendo que la araña se meciera más deprisa. Justo cuando se echaba hacia atrás, Scarlet salió del dormitorio de Charlotte, sobresaltando a Prue.

—¿Y quién diablos eres *tú*? —espetó Prue, soltando a Simon y Simone. Sin Prue, los gemelos perdieron el control de la araña, que se precipitó contra el tabique. Ellos, encaramados en la lámpara, se estrellaron contra la pared y abrieron un enorme boquete en ella.

—¡Oh, Dios mío! —gritó la señora Martin, mientras su marido se interponía a modo de escudo entre ella y la lluvia de cristales. En cámara lenta, el suceso habría sido un bello espectáculo, con todos aquellos fragmentos de cristal reflejando la luz del sol que se colaba por la ventana y precipitándose delicadamente sobre el suelo como lanzas diamantinas. El señor Martin apartó a su mujer de un tirón, en el mismo instante en que la última esquirla rasgaba el aire e iba a clavarse justo en el lugar donde la mujer había estado segundos antes, atravesando el suelo.

—¡Pudo haberla matado! —exclamó el señor Martin, que ahora intentaba examinar a su mujer por si se le había clavado alguna esquirla de vidrio.

La señorita Wacksel estaba muda.

—Conque no había termitas, ¿eh? —preguntó él con sarcasmo.

La señorita Wacksel recuperó la compostura.

—Bueno, ejem, estoy segura de que este, hum, reciente deterioro se verá reflejado en el precio —dijo, tratando desesperadamente de volver al tema que los ocupaba, mientras deseaba con todas sus fuerzas salir de allí con vida además de con una venta.

Ante la perspectiva de un importante descuento, la avaricia del señor Martin entró de nuevo en escena. Se acercó a inspeccionar el boquete.

Scarlet, a quien la escena había dejado paralizada por completo, se había escondido detrás del destrozado tabique para evitar tanto a Wacksel y a los Martin como a Prue y a los demás chicos muertos, cuyo plan acababa de desbaratar.

—¿Qué es esto? —preguntó el señor Martin conforme se aproximaba a Scarlet y a un montón de trozos de yeso que habían caído del techo.

Scarlet salió disparada del boquete, pero Prue la agarró rápidamente de los tobillos antes de que pudiera huir.

—¡Ni hablar de comprar esta casa! —anunció el hombre de forma tajante

Los chicos muertos no podían creer las palabras que acababan de brotar de su boca.

—Ni nosotros ni nadie —añadió el hombre.

Todos los que estaban muertos se pusieron a gritar y chillar y bailar de alegría por toda la casa, incluso los gemelos, que seguían atrapados en los brazos retorcidos de la araña.

—Pero ¿qué dice? —preguntó la señorita Wacksel totalmente abatida.

—¡Mire! —reclamó, desmenuzando un pedazo del yeso del techo y reduciéndolo a un fino polvo grisáceo—. Parece asbesto —dijo el señor Martin con voz severa—. Esta casa va a tener que ser... —Prue apretó aún más los tobillos espectrales de Scarlet mientras aguardaba el veredicto.

—... condenada —reconoció la señorita Wacksel en voz baja.

Pensar en vender la casa era terrible, pero la perspectiva de que fuera demolida resultaba devastadora.

—¡¡¿Condenada?!! —rugió Prue retorciéndole los tobillos a Scarlet.

—Mierda —murmuró Scarlet, que no lograba zafarse de sus garras.

Recuperada de la conmoción, Prue se dio cuenta de que la situación era la peor que se les podía ocurrir. Relajó su agarre sobre Scarlet, que se retorció para liberarse del todo y salió disparada hacia su casa, como alma que lleva el diablo.

—Si la casa está condenada, también nosotros —dijo Prue, apesadumbrada.

14

Frenesí

¿Nunca te has sentido estafado?

–Johnny Rotten

El fin no siempre justifica los medios.

A todos nos utilizan en un momento u otro de nuestra vida. Es más, a menudo lo aceptamos con gusto. Es un trato que se hace para conseguir lo que se quiere o lo que se necesita: un trayecto en coche hasta la escuela, una entrada para el partido, una cita con un chico guapo, una invitación a una fiesta. En definitiva, una transacción justa y consensuada... las más de las veces. Pero sentirse utilizado es otra cosa. En ese caso, no eres más que instrumento de la ambición del otro. Espectador entre el público y testigo mudo de su fantasía.

Damen y sus amigos se habían atrincherado entre los arbustos y se asomaban clandestinamente a las ventanas de casa de Petula, espiando a las chicas en sus camisoncitos.

—Disculpen la E.P.E. —dijo Max, mientras luchaban a codazos por obtener un lugar ante la ventana.

Los chicos se volvieron hacia Max, desconcertados.

—Exhibición Pública de Erección —dijo con una carcajada, para vergüenza ajena de los demás.

Petula se percató de la presencia de los chicos en el jardín y procedió a darles cuerda.

—Esta noche hace mucho frío ahí fuera. No queremos que se queden tiesos —dijo Petula provocativamente, inclinándose hacia adelante.

—Demasiado tarde —dijo Max.

—Si vienen por acá pueden entrar —dijo Petula, abriendo la ventana.

—¡Todavía no! —dijo Max mientras trepaba a la ventana en primer lugar.

Conforme los demás entraban por la ventana, uno derribó un refresco sin calorías. La botella giró sobre sí misma y se detuvo, apuntando a Wendy Anderson.

—¿Quién juega a la botella? —dijo Max con tono lascivo.

—¡Qué recuerdos! —exclamó Wendy Anderson—. ¡Yo primero!

Hizo girar la botella y acabó besándose con Max.

—Te toca —instó con vehemencia a Charlotte-convertida-en-Scarlet un chico con aspecto de que no rompía un plato.

Charlotte no tenía muchas ganas, pero miró a Damen de reojo y se armó de valor. La botella giró y se detuvo apuntando al chico soso.

Horrorizada, Charlotte concentró toda su energía en la botella por si podía emplear la telequinesia para moverla y que apuntara a Damen. Para su sorpresa, funcionó.

Damen vaciló, sin saber muy bien qué hacer. No deseaba besar a la hermana de Petula delante de sus narices. La situación era muy incómoda, pero también había que pensar que era un juego.

—¡Vamos, hermano, no te acobardes! —dijo Max.

Petula quería morirse, pero intentó con todas sus ganas hacerse la dura.

—Adelante. No es más que un juego —afirmó, dándole el visto bueno a Damen delante de los demás.

Damen, no obstante, sabía que estaba enojada, así que o bien besaba a Scarlet y lograba que los demás lo dejaran en paz, o bien no lo hacía y se libraba de tener que aguantar más tarde a

Petula despotricando sin parar. Decidió que lo mejor era seguir el juego, besarla y no ser aguafiestas.

Charlotte cerró los ojos y se inclinó hacia adelante al mismo tiempo que Damen. Los demás observaron con la respiración contenida cómo los dos se acercaban más y más en el centro del grupo. Justo cuando sus labios estaban a punto de rozarse, Scarlet entró volando por la ventana; estaba hecha un desastre y parecía visiblemente aterrorizada.

—¡¡¡Charlotte!!! —gritó, mientras se lanzaba contra ella—. ¡Esto fue lo que acordamos!

Se zambulló en su cuerpo y noqueó a Charlotte, pero la intensidad del impacto la propulsó contra Damen, forzando un "beso" de lo más estrambótico en su hombro. A Damen le fascinó aquel gesto tan peculiar y se echó a reír. Y con Petula aliviada, el juego continuó.

—Hermano, esa chica es rara —le susurró Max a Damen.

Todavía aturdida, Charlotte levantó la vista y vio cómo Prue atravesaba la ventana en desenfrenada persecución de Scarlet.

—¿Prue? —dijo Charlotte preocupada, ahora que la veía claramente.

—¿Así que quieres alternar con los vivos? Pues ahora vas a ver cómo se alterna con los vivos —amenazó Prue, mientras ponía los ojos en Wendy Anderson—. ¡Me toca! —siseó incorporándose al juego—. ¿Quieres ponerte a cien? —le preguntó a Wendy Anderson justo antes de hacerla levitar unos milímetros del suelo y obligarla a girar como la botella de su juego de besos. Los demás la miraron aterrados.

—Vaya, sí que es buena esta mierda —dijo Max refiriéndose a su taza de ponche.

Con mucho cuidado de no estropear su manicura, Wendy Anderson, trataba de agarrarse a lo que fuera para dejar de dar vueltas. No tenía buen aspecto, y se sentía peor de lo que se veía.

De pronto, Prue dejó de girar y Wendy quedó apuntando directamente hacia Charlotte.

—Besa esto —le rugió Prue a Charlotte en el instante en que Wendy se ponía a vomitar con violencia a causa del mareo y se desplomaba en el suelo.

La desbandada para evitar los repugnantes restos de Wendy fue generalizada, excepto en el caso de Max, quien siguió bebiendo de su taza.

—¡Mentirosa! Creí que hoy no habías comido ni una migaja —la regañó Petula, observando cómo el vómito se escurría por las paredes como en una pintura centrífuga.

—¿No te dijimos que te quedaras con los de tu clase? —le advirtió Prue a Charlotte, que estaba demasiado asustada para responder.

Prue se desvaneció y regresó a Hawthorne Manor, dudando qué hacer con Charlotte, Scarlet y la casa, que ahora debían salvar como fuera. Entre tanto, Scarlet subió corriendo a su habitación.

Wendy Anderson seguía tumbada en el suelo, humillada.

—Es capaz de cualquier cosa con tal de llamar la atención —le susurró maliciosamente Wendy Thomas a Petula mientras contemplaban a su magullada amiga untada de bilis. Wendy Anderson hizo de tripas corazón y muy poco a poco pudo llevarse la mano a la cara, limpiarse parte del vómito de las puntas de los dedos e inspeccionar su manicura por si se le había estropeado el esmalte. Evidentemente, la fiesta había llegado a su fin. No hizo falta pedirle a nadie que se fuera.

Charlotte continuó allí sentada, desenmascarada y totalmente sola.

—Me faltaba taaan poco —lloró, compadeciéndose de sí misma—. Se acabó, estoy muerta —concluyó, imaginando lo que le esperaba en la residencia muerta y en la eternidad.

En su habitación, Scarlet se puso una bata china de seda con dragón, volvió la cabeza por si Charlotte andaba cerca y encendió la computadora. Abrió el navegador y empezó a buscar obituarios locales.

—Tiene que estar por aquí en alguna parte —dijo Scarlet, resuelta a averiguar todo lo que pudiera sobre la tal Prue.

Tras de revisar páginas y páginas de vínculos irrelevantes, finalmente dio con uno que parecía prometedor e hizo clic en él. Era un archivo de noticias de sucesos locales extraídas de un periódico que había cerrado hacía siglos, tanto que Scarlet sólo recordaba haber visto una o dos de sus páginas un año cuando desenvolvía los viejos adornos de Navidad de sus abuelos. El *Hawthorne Advance*. El archivo tenía una base de datos con buscador, y Scarlet introdujo en la casilla la única información de la que disponía.

—P-R-U-E —dijo mientras tecleaba, y presionó la tecla intro.

Se recuperaron tres artículos, pero ninguno era una nota necrológica.

—Genial —trinó frustrada.

Leyó dos de ellos de cabo a rabo, pero no halló nada pertinente, sólo referencias a "Prue", la vieja criada que preparaba en conserva "¡las mejores verduras del condado!", e incluso a una pava apodada Prue, que había obtenido el indulto del alcalde el Día de Acción de Gracias. Dos fallas.

Y entonces Charlotte se deslizó a través de la puerta. Scarlet apagó la computadora.

—¿Quién diablos es esa zorra enloquecida de Prue? —preguntó Scarlet.

—Es una de mis compañeras muertas de clase... Está furiosa porque yo estaba aquí y no en la casa, que era donde se suponía que debía estar. Lo lamento mucho —dijo Charlotte, que trataba sinceramente de comprobar si Scarlet estaba bien de verdad o no.

—¿Qué es lo que lamentas? A) ¿Haber entrado en el equipo de animadoras? B) ¿Haber intentado besar al novio de mi hermana? O, C) ¿Haber logrado que haya estado a punto de matarme una loca endemoniada? —repuso Scarlet.

Charlotte se hundió en la silla roja y negra de calaveras de Scarlet.

—He tenido la oportunidad de ver tu bonito salvapantallas mientras estaba en la residencia —dijo Scarlet, que tenía fundadas sospechas sobre quién era el chico que aparecía en él y, no obstante, tuvo cuidado de no darle a entender a Charlotte de que no estaba completamente segura.

Charlotte sufría en silencio, imaginándose con precisión lo que Scarlet había visto en su computadora. Tenía carpetas y más carpetas de JPG de la cabeza de Damen, que había reunido a lo largo de los dos últimos años escolares. Sonrisas, muecas, perfiles, retratos —todos los estados de ánimo y todos los ángulos—. Pero lo que más la delataba era la descarada animación del salvapantallas, que había diseñado con el Photoshop después de escanear recortes de revistas vintage y las fotografías de sus respectivas cabezas. Cuando presionó la barra espaciadora, ¿había visto Scarlet el collage de una pareja —la cabeza de Charlotte unida a un precioso vestido Chanel gris perla y la de Damen a un traje Givenchy, también gris, con un pañuelo de seda blanco en el bolsillo de la pechera— que bailaba pegada? De ser así, la había desenmascarado totalmente, y de nada servía tratar de ocultarlo. Concluyó que lo mejor era sincerarse. En todo.

—¡Está bien! ¡Está bien! No es cierto que le esté dando clases a Damen sólo para que pase el examen de Física —dijo Charlotte, consciente de que no podía seguir mintiéndole a Scarlet.

—Hasta ahí me quedé —espetó Scarlet, ahora convencida de que el chico era Damen, sin lugar a dudas.

—Le estoy dando clases para que pueda ir al baile —admitió Charlotte.

—¿Y por qué te preocupa que vaya al baile con mi hermana? —preguntó Scarlet.

—No me preocupa. Le estoy dando clases para que pueda ir al baile... conmigo —dijo Charlotte—. No es que quiera ir: es que tengo que ir.

—Esa sí es buena —dijo Scarlet con sorna.

—En serio. Mira: cuando morimos inesperadamente, nos llevamos con nosotros asuntos que no hemos tenido tiempo de resolver. Asuntos que debemos resolver antes de poder... seguir adelante —explicó Charlotte.

—A ver si lo entiendo: ¿tienes que ir a un estúpido baile con un idiota para alcanzar un plano espiritual más elevado? —dijo Scarlet, atónita ante la audacia de Charlotte.

—Sí. Mira, tú no sabes lo que es esto. Yo, ahora y siempre, he sido invisible para todo el mundo —contestó Charlotte.

—No voy a permitir que utilices mi cuerpo para ir a un baile con el bobo del novio de mi hermana... Ni para eso ni para nada, entiéndelo —anunció Scarlet, y, como quien espanta a un gato, echó a Charlotte de su dormitorio y cerró la puerta de golpe.

—Pero ¿qué sucederá entonces con Damen? ¿Qué pasará con su examen? —gritó Charlotte desde el pasillo, obligando a Scarlet a abrir la puerta, lanzarle una mirada furibunda y cerrar otra vez de un portazo.

15

De vida o muerte

Bésame y verás lo importante que soy.
–Sylvia Plath

Percepción frente a realidad.

En la escuela, son prácticamente una misma cosa. Nos ponemos maquillaje y cascos de futbol, nos pagamos operaciones de nariz y automóviles potentes, todo para acentuar la percepción y mantener a raya la realidad. Pero, aún así, las personas pueden ser mucho más de lo que son a simple vista, pero para descubrirlo debes estar dispuesto a escarbar bajo la superficie. La mayoría no lo está, porque implica trastornar el orden establecido; sin embargo hay unos cuantos, muy pocos, que sí están dispuestos.

Charlotte se asomó a la ventanilla de la puerta del aula de Física, la misma a la que se asomó cuando exhaló su último aliento, sólo que esta vez se encontraba, literalmente, del otro lado. Vio que Damen se las estaba viendo negras con el examen de Física bajo el ojo escrutador del profesor Widget. Todos en la sala estaban nerviosos, aunque para nada tan angustiados como Charlotte.

Damen ya estaba atorado con la primera pregunta "fácil", incapaz de decidirse por una de las dos respuestas optativas. ¿Era una pregunta tramposa o de verdad era así de fácil? Estaba tan nervioso que empezó a repensar y a poner en duda sus conocimientos.

Charlotte no podía soportar más su agonía y finalmente se decidió a entrar y darle una mano. Traspasó la puerta y se dirigió al fondo del aula, hacia el pupitre de Damen. El minisistema solar que colgaba del techo se puso a girar cuando ella se aproximó a Venus, el planeta bajo el cual se sentaba Damen.

Charlotte se situó de pie detrás de él y trató de mover su mano telepáticamente hacia la respuesta correcta, aunque sólo para constatar, de nuevo, cuán difícil le resultaba emplear sus poderes con Damen. Hallarse inclinada sobre su hombro, en tan íntima posición, mirando el examen, con su mejilla prácticamente pegada a la de él, era una experiencia increíble para ella, aunque a él no le sentaba nada bien. Sin querer le tiró el lápiz de la mano, con lo cual llamó la atención, para nada deseada, del profesor Widget, quien leía absorto el último número de *Physics Today*. Widget pescó a Damen tratando de recuperarlo de debajo del pupitre de Bertha la Cerebrito.

—La vista fija en sus exámenes, chicos —recordó a la clase sin hacer referencia alguna a Damen.

A lo largo de su carrera había visto suficientes técnicas audaces para copiar como para llenar un libro, desde el viejo y sencillo recurso de mirar de reojo el examen de al lado, hasta las más tecnológicamente avanzadas de la era digital: fotografías de exámenes vía celular, SMS con las respuestas, consultas al Google desde el navegador del celular... Lo había visto prácticamente todo, así que tuvo mucho cuidado de no perder de vista —con el ojo sano, claro está— a Damen.

—Un calambre —articuló Damen, señalándose la mano, mientras Widget respondía negando con la cabeza y retomando la lectura de su revista.

Charlotte volvió a intentarlo de inmediato. Abrazó a Damen por la espalda y tanto se emocionó, que la corriente eléctrica rosada que de vez en cuando lanzaba chispas en una bola de cristal junto a Damen se transformó en una auténtica tormenta eléctrica. Dio un paso atrás, para no llamar más la atención sobre el chico, pero sólo logró meterle la goma del lápiz hasta el fondo de la nariz. Damen empezaba a asustarse un poco y Widget, que no le quitaba el ojo de encima, se hallaba en estado de máxima alerta.

Consciente de que continuar por ese camino podía costarle a Damen no sólo el pasaporte para el baile de otoño sino también su puesto en el equipo de futbol, Charlotte se esforzó al máximo para concentrarse en la tarea que se traía entre manos. No puso atención a su ancha espalda, a sus fornidos brazos, a su preciosa cabeza de espesa cabellera, a sus increíbles ojos, sus dulces labios y su nariz perfecta, y sin perder más tiempo tomó su mano y con delicadeza la fue guiando hasta las respuestas correctas en el momento en que el tiempo para el examen llegaba a su fin.

—¡Abajo los lápices, chicos! —dijo el profesor Widget con la agresividad de un policía desarmando a un peligroso asesino—. ¡Se acabó el tiempo!

Los rezagados marcaban a ciegas las últimas respuestas sin siquiera leer las preguntas, mientras pasaban el examen.

El profesor Widget en persona se encargó de arrancarle a Damen el examen de la mano con la última pregunta todavía en blanco. Charlotte agarró desesperadamente de la mano a Damen, quien del tirón salió disparado de su asiento como un receptor tratando de interceptar un larguísimo pase en el último segundo de partido, y marcó la última respuesta. Esta agresividad dejó completamente apabullado a Widget, y hay que decir que también a Damen.

Deseosa de poder disfrutar de un día más normal (o tan normal como podía serlo para alguien como ella), Scarlet estaba en el pasillo sacando sus cosas del locker cuando escuchó un golpecito al otro lado de la puertecilla metálica.

—Vete —dijo Scarlet, sin molestarse en mirar quién era. Se oyeron entonces varios golpecitos más, que irritaron a Scarlet lo suficiente para llamar su atención. Cerró el locker y vio el examen de Damen, marcado con un enorme "SB" en rojo, tapándole el rostro.

—¿Puedes creerlo? —preguntó Damen, estampando ahora el examen en la cara de ella.

La gente empezó a mirarlos, y aunque Scarlet agachó la cabeza para intentar pasar inadvertida, a Damen no pareció importarle que los vieran juntos. Estaba demasiado emocionado.

—Y eso que en ningún momento tuve la sensación de que estuviéramos estudiando en serio —dijo Damen, pletórico.

—Y a mí qué me dices —contestó Scarlet.

—Ojalá lo hagamos la mitad de bien en el examen final —añadió Damen, mientras se alejaba caminando hacia atrás—. Te veo después de clase.

—¿Cómo que *hagamos*? —preguntó Scarlet—. Oye, espera, no tengo tiempo...

Él ya no la podía oír, y Scarlet no tuvo tiempo de oponerse, aunque sí lo tuvo, y mucho, para renegar de Charlotte.

ꟹ

Damen llegó a casa de Scarlet, bueno, mejor dicho, a casa de Petula, se estacionó enfrente y entró, como casi siempre, sin tocar el timbre. Sabía que Petula tenía entrenamiento de animadoras y que todavía tardaría en volver a casa. Recorrió el pasillo de la segunda planta y dobló a la izquierda en dirección al dormitorio de Scarlet, en lugar de a la derecha, como acostumbraba, para ir al de Petula. Se le hizo un poco raro.

Se acercó al dormitorio de Scarlet, hizo caso omiso del genuino cartel de prohibido el paso colgado de la puerta, y entró. Bajo las luces atenuadas parpadeaban por toda la habitación lo que parecían centenares de velas ornamentales. Era precioso. Damen buscó a Scarlet con la mirada, pero no la vio hasta que divisó su silueta en el techo, proyectada por la luz de las velas. Conforme se acercaba, reparó en un pompón clavado a la pared con un cuchillo de cocina. Se acercó a Scarlet, que estaba echada en el suelo junto a la cama; su iPod sonaba a todo volumen mientras ella seguía la música como poseída, ajena a todo.

—Supongo que esto significa que se acabaron las reuniones de animadoras, ¿eh? —dijo Damen mientras arrancaba el cuchillo de la pared y liberaba el pompón que se cernía sobre ella.

Scarlet estaba completamente ida y no lo oyó. Él le dio unos golpecitos en el hombro mientras con la otra mano sujetaba el cuchillo, y eso fue lo primero que vio ella. Scarlet se arrancó los auriculares de un jalón y de un salto se plantó sobre la cama, mientras la habitación se llenaba con los morbosos acordes de lo último de Arcade Fire.

—Huy, perdona —dijo Damen, notando que parecía un asesino.

Dejó el cuchillo sobre la mesilla de noche y se fijó en el eslogan de un cartel de la película de culto *Delicatessen,* que decía: "Un cuento moderno de amor, gula y canibalismo".

—Oye, ¿no es esa en la que el protagonista tiene una carnicería en la planta baja de un edificio de viviendas y se dedica a hacer picadillo a los inquilinos y luego vende la carne? —inquirió.

A Scarlet le sorprendió que conociera la película, pero como no quería que él lo notara, disimuló lo mejor que pudo.

—Estoy pensando en hacer una versión ambientada en Hawthorne, en la que una alumna despechada consigue trabajo de camarera en el club de campo local y se dedica a triturar a los chicos populares para luego servírselos como paté a sus inadvertidos padres —dijo ella en un desesperado intento de intimidarlo.

—Mira, es que como llegué un poco temprano pensé que, si no estás ocupada, igual podríamos estudiar unos minutillos, ¿qué dices? —preguntó.

—Sí, precisamente quería hablar contigo sobre toda esa historia de la tutoría... —repuso ella.

Damen reparó en su guitarra —una Gretsch de semicaja color lila—, que descansaba sobre un soporte, y la tomó, interrumpiendo el discurso de Scarlet.

—No sabía que tocaras —dijo, mientras se pasaba por la cabeza la correa de cuero negra.

—¿Y por qué habrías de saberlo? —preguntó ella, con leve sarcasmo.

Damen se sentó en la cama de Scarlet y empezó a toquetear la guitarra.

—Huy, perdona, ¿te molesta? —preguntó.

—No, no, para nada... —contestó ella, a fin de perder algo de tiempo—... adelante.

Damen miró la guitarra, cerró los ojos y, guiándose por el tacto, tocó el *I Will Follow You Into The Dark*, de Death Cab for Cutie.

—No sabía que... —empezó Scarlet, asombrada de que no sólo supiera tocar, sino que además conociera una de sus canciones favoritas—... tocabas.

—Sí, sí lo sabías. ¿Recuerdas? Yo mismo te lo comenté —dijo él.

—Ah. Supongo que lo había olvidado —contestó ella, figurándose que habría sido cuando Charlotte la poseyó.

Damen estaba intrigado; en su experiencia con las chicas, estas siempre se aferraban a sus palabras, y recordaban cada coma de todo lo que él decía.

—Nunca pensé que fuera a tocarle esta canción a una "animadora" —se rio él mientras rasgueaba la guitarra.

—Ex animadora —atajó ella, esbozando una pequeña sonrisa. Scarlet no podía dejar de sonreír, impresionada por su elección musical.

—¿Sabes qué? Tengo boletos para el concierto de los Death Cab del sábado por la noche... —dijo mientras tocaba los últimos acordes de la canción.

—¿Ah, sí? —dijo ella recurriendo a su habitual tono de indiferencia, para evitar a toda costa que él pudiera descubrir o intuir siquiera cuán capaz era ella de matar a un animal amoroso e inocente o, incluso, a uno de sus familiares más cercanos, con tal de conseguir un boleto.

—A Petula no le gustan mucho, la verdad, y ya está haciendo otros planes —dijo él tanteando el terreno—. ¿Tú crees... no sé, que podrías hacer una excepción y aceptar acompañarme? —preguntó.

La pregunta se quedó flotando en el aire perfumado mientras surgía un silencio embarazoso como pocos.

Inmersos en aquel momento trascendental, no oyeron que un automóvil se detenía ante la casa, ni que la puerta de entrada se abría, ni a Petula soltando insultos en arameo porque se había cancelado el entrenamiento sin previo aviso y por la pérdida de su precioso tiempo que eso implicaba.

—O sea, ya sabes: en agradecimiento por toda tu ayuda —añadió él.

—Mmm... Sí... Supongo que sí, cómo no —accedió, esforzándose por parecer indiferente, aunque completamente emocionada por dentro. Su reacción la sorprendió.

—¿Damen? —gritó Petula, llamando a su novio por toda la casa.

Scarlet y Damen se ruborizaron, como si los acabaran de sorprender besándose y entregados a la más feroz de las pasiones.

—Será mejor que me vaya —dijo Damen, soltando la guitarra y alisándose la camisa y los pantalones.

—Síp... —contestó ella, haciendo ver como que no le importaba lo más mínimo.

—Bueno, pues nos vemos el sábado afuera de la sala de conciertos —dijo al salir de la habitación—. Por cierto, ¿no me ibas a decir algo acerca de la tutoría?

—Oh, nada, no era nada... —respondió ella.

Damen entró un segundo en el baño que separaba los dormitorios de las dos hermanas y vació el depósito del agua, proporcionándose una pequeña coartada de sonido que lo acompañó mientras abría la puerta y bajaba a toda prisa las escaleras.

—¡Ya voy! —le gritó a Petula—. Estaba cambiándole el agua al canario.

16

La princesa y las imitadoras

You'd kill yourself for recognition,
kill yourself to never, ever stop
You broke another mirror,
you're turning into something you are not.
–Radiohead

Morirías por conseguir reconocimiento, / morirías por no parar jamás / has roto otro espejo, / te estás convirtiendo en quien no eres.

Todos queremos ser estrellas.

La idea de ser reverenciado y envidiado es bien seguro que se encuentra codificada en algún oscuro rincón de nuestro ADN. Como también lo está seguramente el deseo de reverenciar y envidiar a otros que imaginamos mejores, más aceptados y más populares que nosotros mismos. El único problema es que las cualidades esenciales que se requieren para ser una celebridad —egocentrismo, egolatría, desvergüenza— son las que menos atraen en un amigo.

Tal vez sea un efecto colateral de la posesión —rumiaba Scarlet en el pasillo de camino a su locker. "¿Podía ser que le empezara a gustar Damen Dylan como... persona?", se atrevió a pensar. "¿Como hombre?" En un desesperado intento por ahogar los desagradables pensamientos que rondaban por su cabeza, buscó consuelo nuevamente en el control del volumen de su iPod, haciendo girar la ruedecilla hasta un nivel capaz de perforarle a uno los tímpanos, tan alto que quienes se encontraban medio pasillo más adelante pudieron reconocer su lista de reproducción.

Mientras se dirigía al locker ataviada con una descolorida camiseta vintage de Suicide y cargando con una mochila de los Plasmatics, escrutó el pasillo en busca de Charlotte, cuya ausencia ya era notoria, pero sólo divisó a Damen, que esperaba apoyado contra un locker contiguo.

—Qué tal —dijo él en cuanto la vio.

Damen escarbó en el interior de su mochila y extrajo de debajo de su abrigo un CD pirateado de Green Day.

—Anoche grabé esto para ti. Se me ocurrió que a lo mejor te gustaba —le dijo, tendiéndole el CD.

—Gracias —murmuró ella, sin esforzarse demasiado en ocultar sus sentimientos encontrados.

Su tibia respuesta sugirió a Damen que se equivocaba.

Ella abrió su locker, examinó detenidamente el estuche personalizado de discos compactos que guardaba en la parte inferior y escogió uno para él.

—¿Los Dead Kennedys? —preguntó Damen.

—Nunca mejor dicho —contestó Scarlet.

—*Fresh Fruit for Rotting Vegetables* —dijo Damen leyendo el título en voz alta—. Qué amable de tu parte.

Mientras se encontraban sumidos en su discusión musical, un reducido grupo de jugadores de futbol se quedaron mirándolos, y luego unas chicas se percataron de cómo éstos se fijaban en Scarlet.

—La gente me está mirando con cara rara —le dijo Scarlet a Damen mientras las chicas la veían de arriba abajo.

—¿Y eso es una novedad? —preguntó él, impresionándola con su sorprendente sagacidad.

—Oye, que esté paranoica... —empezó ella.

—... no significa que no vengan por mí —dijo Damen, completando el pensamiento de ella mientras asentía con la cabeza.

No eran exactamente almas gemelas, pero no había duda de que cada vez se sentían más cómodos juntos. Scarlet decidió dejarse llevar por la corriente, al menos hasta que ésta se precipitara como cascada al vacío. Se sacudió la ansiedad por el momento y aceptó reunirse con Damen un poco más tarde para una sesión de tutoría. Sólo había un problema: no tenía ni idea de Física.

Charlotte estaba sentada ante su pupitre de Muertología, pasando mecánicamente las páginas de su *Guía del muerto perfecto*. Después del examen de Damen la había invadido una inexplicable desazón y decidió que igual le venía bien concentrarse en sus estudios. Siempre le había funcionado pero, lamentablemente, esta vez no.

"Seguro que están pasando muchísimo tiempo juntos", pensó. La repentina punzada de inseguridad la tomó por sorpresa.

Pam, que estaba estudiando en el otro extremo del aula, no pudo evitar lanzar a Charlotte una mirada de "te lo dije".

—Chismosa —dijo Charlotte con sarcasmo, mientras cerraba el libro y se quedaba allí sentada con la mirada perdida.

Ese mismo día, un poco más tarde, Damen y Scarlet se encontraban en plena sesión de "tutoría" en la sala de música de Hawthorne, excepto que sus libros descansaban cerrados sobre el suelo mientras ellos intercambiaban frases en la guitarra. Levantaron la vista el tiempo suficiente para fijarse en que todas las chicas que se habían fijado en los jugadores de futbol fijándose en Scarlet lucían ahora todas exactamente la misma camiseta de Suicide que ella, gracias a la tienda de camisetas de ese género que había al lado de la escuela.

—Llama al exterminador. Este sito está infestado de imitadoras —dijo ella sin dejar de rasgar la guitarra.

—Eres un icono. Ahora todo el mundo sabe lo genial que eres en realidad —dijo Damen con una sonrisa de orgullo.

Scarlet pareció molesta, pero en realidad se sentía halagada. Dejó pasar el comentario sin más, decidida a hacerse la dura. Aceptarlo sería como sucumbir a lo que más detestaba, y que había incluido, hasta hacía muy poco tiempo, al chico que tenía delante.

Damen metió una mano en la funda de su guitarra, extrajo otro CD y se lo pasó a Scarlet. Esta vez la impresionó más con su selección.

—¿My Chemical Romance en versión pirata? Te vas acercando —dijo ella, mientras apenas lograba contener la emoción. Él estaba más que acercándose con esa elección. Ella, a su vez, le tendió de modo alentador una copia del álbum *Loveless* de My Bloody Valentine, y ambos se echaron a reír.

—Lo olvidaba —dijo Damen cuando sonó el timbre. Recogió su libro de Física del suelo y lo embutió en la mochila.

—Sí, más te vale no olvidarlo —dijo Scarlet con un leve dejo de culpabilidad, y alivio en el tono.

Scarlet salió del aula hacia la clase de Gimnasia, recapacitando sobre si no estaría involucrándose demasiado. Decidió despejar la mente y disfrutar de esa pequeña pausa nada realista que consiste en dejarlo todo de lado para participar durante cuarenta y cinco minutos en un deporte de equipo obligatorio. Lo que más le fastidiaba era que la clase estuviera partida en dos, mitad principiantes y mitad veteranos; como si no fuera suficiente humillación tener que cambiarte delante de los demás. Es más: con esa medida, la escuela estaba logrando introducir todo un nuevo nivel de humillación. Aunque ideada para acortar la brecha entre el cuerpo estudiantil, lo cierto era que sólo lograba agravar el sentimiento de ineptitud en lo que al cuerpo de los estudiantes se refería.

Entró en el vestidor y se cruzó con una sección de sus maleables imitadoras, quienes era obvio que habían estudiado y memorizado su perfil en MySpace y aparecían ahora emperifolladas para la próxima convención de Trash y Vaudeville, con el mismo tono que ella en los labios y luciendo melenas cortas y flequillos radicales, zapatones creepers, gargantillas vintage de cristales y un surtido de camisetas de grupos underground: The Birthday Party, PiL, Bauhaus, New York Dolls, Sonic Youth, The Damned, Sick of It All, The Creatures, BowWowWow, The Germs y Killing Joke, por citar solamente unos pocos. Conforme las chicas se iban desvistiendo, sus camisetas se fueron amontonando en el suelo, formando el que probablemente era el montón de ropa de vestidor más genial de la historia.

Lo normal habría sido que Scarlet se sintiera ofendida y molesta por ir y venir de prendas, pero en su lugar se descubrió pensando en Charlotte. Sólo podía pensar en lo feliz que se pondría Charlotte de ver que la gente popular la empezaba a imitar, y en cómo todo se debía precisamente a ella. No era algo que la entusiasmara, pero sabía lo mucho que significaría para Charlotte, aun cuando no se hablaran.

Scarlet abrió el cierre de su bolsa de gimnasia y, mientras revolvía en su interior buscando la ropa deportiva —una camiseta rota de color gris con el mensaje "goth is dead" que se encajaba encima de su camiseta magenta, unos descoloridos pantalones cortos negros y unos tenis Converse All Stars de lona—, se encontró el CD del *Disintegration* de The Cure en el fondo.

—Estás perfecto —dijo triunfante; insertó el CD en su reproductor y escuchando Plainsong a todo volumen subió las escaleras hasta el gimnasio.

ᴄᴐ

Petula no se estaba tomando nada bien el salto a la fama de Scarlet en Hawthorne, pero se aferraba con rencor a la esperanza de que no fuera más que una moda pasajera y que la gente no tardaría en recuperar el sentido común. Ella había sido el modelo de belleza americana por excelencia durante los últimos cuatro años, y no iba a ceder su corona a nadie, menos aún a su hermana. Estaba acicalándose, como de costumbre, ante del espejito de su locker antes de ir a su siguiente clase, cuando apareció en el cristal el reflejo de un atleta ataviado con una nueva chamarra de futbol de estilo gótico, toda negra con un círculo de halcones rojos a modo de logotipo. A continuación vio que se acercaban las Wendys. Tampoco ellas parecían haberse librado de la influencia de Scarlet.

—¡Que cunda el terror! —dijo Wendy Anderson con desdén mientras pasaban de largo.

Lo más irritante, sin embargo, no era tanto el recién adquirido glamour gótico de sus amigas y compañeros de clase, como los comentarios que le habían ido llegando sobre Damen y Scarlet y sus sesioncitas de improvisación. Petula se había entretenido en su locker en espera de que surgiera la oportunidad de enfrentarse a Damen. Una oportunidad que se le presentó cuando lo vio detenerse junto a su locker.

—Oí por ahí que has caído de lo más bajo —dijo Petula, corriendo hacia él.

—¿Cómo? —preguntó Damen.

—¿Acaso no ves lo que parece? —preguntó Petula.

—¿Lo que parece qué? —contestó Damen, bastante reacio a sostener esa discusión en público.

Petula descubrió el CD de Scarlet en el locker y lo sacó con sus garras rosa encendido.

—¡Ay, Dios, te contagió! —dijo Petula, confirmando su peor pesadilla.

—Mira, me ha estado dando clases de Física, ¿de acuerdo? —dijo Damen, que quería dejar las cosas claras antes de que Petula sufriera una combustión espontánea en medio del pasillo.

—¿Así es como le dicen a eso los *freaks*? —preguntó Petula.

—Es para aprobar el examen y poder ir al baile —explicó Damen.

—De acuerdo; pues entonces búscate a otro que te ayude —dijo Petula dando un zapatillazo en el suelo recién encerado.

—Estás paranoica —rio él de forma nada convincente.

—Y tú vas a buscarte otro tutor —dijo ella sosteniendo en alto el CD—. O eso —afirmó, como una presentadora de televisión de segunda de *El precio* es correcto ante el escaparate de un comedor nuevo—, o —Petula alejó de su cuerpo el CD sujetándolo con la pinza de los dedos—... esto.

En ese instante, Scarlet salió del gimnasio y los vio discutir. Se escabulló a la vuelta de la esquina para poder observarlos sin ser vista. Petula continuó con su ultimátum, se arrancó la vieja chamarra del equipo de Damen y la arrojó contra él. A Damen el berrinche de Petula le resultó, por primera vez, más divertido que amenazador. A Scarlet, que la conocía mejor, no.

—Te vas a arrepentir —dijo Petula con afán de venganza mientras daba media vuelta para irse.

—Ya lo estoy —contestó él con sarcasmo.

17

Mientras tú no estabas

De lo único que me arrepiento en esta vida es de no ser otra persona.

—Woody Allen

Arrepentimiento. La palabra más triste del diccionario.

Todo acto tiene sus consecuencias; sólo que no siempre resulta tan obvio en el momento. Nunca sabes a ciencia cierta cómo saldrá ni cómo te sentirás, no hasta después. De ahí el arrepentimiento. Lo mismo da que no puedas cambiar las cosas, pero al menos puedes sentirte mal por ello. Qué importa si te persigue el resto de tu vida o, como a Charlotte, más allá.

En Hawthorne Manor ya corría la voz de que con Charlotte se podía contar cada vez menos. Para entonces era obvio que su terquedad y su absoluta incapacidad de renunciar a su "vida" habían hecho peligrar la misión de los chicos muertos. La casa estaba en peligro y, que Prue supiera, también lo estaban sus cabezas.

En el umbral del cuarto de juegos, Charlotte observaba a los chicos muertos matar el tiempo para liberar la tensión que los engarrotaba.

DJ hacía girar discos en el aire y lanzaba los viejos LP de vinilo a la cabeza de Simon y Simone como si se tratara de sierras giratorias. Silent Violet estaba sentada en un pupitre y se metía el dedo en la garganta con la decisión de una bulímica, buscándose la voz. Kim se arrancaba mecánicamente las costras de la herida de la cabeza mientras parloteaba sin cesar. Suzy grababa distraídamente la palabra "lávame" en la espalda de Rotting Rita, mientras ésta iba pescando los gusanos que le salían reptando de la nariz, los hacía una bolita con los dedos y se los tiraba a Mike y Jerry, quienes aguardaban el lanzamiento con el pulgar y el meñique levantados, como postes de rugby.

—¡Gol! —exclamaba Mike cada vez que Rita atravesaba los postes.

CoCo, entre tanto, escarbaba entre las esquirlas de vidrio de un espejo hecho añicos, cortándose los dedos en tiras mientras trataba de juntar suficientes trozos para poder ver su reflejo.

Todos dejaron sus quehaceres cuando Charlotte entró en la habitación. En la clase de Muertología siempre hacía algo de frío, pero la fría espalda que ahora le ofrecieron los demás la dejó completamente helada.

—Qué tal, Kim —dijo Charlotte—. ¿Con quién hablas?

—Estoy ocupada —articuló Kim con displicencia mientras retomaba su "conversación" telefónica y se alejaba.

Charlotte se dirigió entonces a los musicoadictos Mike, Jerry y DJ.

—¿Qué escuchan, compañeros? —preguntó Charlotte con afán—. ¿Les molesta si me uno a ustedes?

Los chicos estuvieron tentados de contestar, viendo en ésta una oportunidad para platicar sobre música —en especial Mike, quien, literalmente, tuvo que morderse la lengua—, pero Charlotte los había decepcionado demasiado. Mike se retiró uno de los auriculares y declinó el ofrecimiento.

—Creo que pasamos —dijo, contestando por Jerry y DJ también.

—¿A mejor vida? ¡Demasiado tarde! —bromeó Charlotte, tratando de ganarse de nuevo su amistad. Jerry se limitó a negar con la cabeza.

—Ahuecando el ala —dijo DJ, exhibiendo su mejor jerga ochentera, mientras alejaba a los chicos de Charlotte como si ésta tuviera la peste.

Sintiéndose rechazada, Charlotte se volvió hacia Silent Violet y se puso a hablar para sí en voz alta, utilizando a Violet como caja de resonancia. Violet la miró impasible.

—¿Se puede saber qué he hecho? —lloriqueó Charlotte—. Ni siquiera estaba en la casa. Yo no quería que pasara esto.

Pam, que se encontraba en el otro extremo de la habitación, no pudo aguantar más sus quejas.

—¡Asume tu responsabilidad, Charlotte! —la increpó con un fuerte pitido—. Sabías de sobra que no debías relacionarte con los vivos y menos aún traer a nuestro mundo a esa protegida viva tuya. ¿En qué estabas pensando?

—Supongo que no pensaba —contestó Charlotte humildemente.

—Desde que te conocemos no has hecho otra cosa que intentar ganarte el favor de gente que te patearía con gusto a la primera oportunidad —dijo Pam alzando las manos en el aire.

—Si pudiera rectificar, lo haría —confesó Charlotte.

—Yo no estoy tan segura —dijo Pam con escepticismo—. Pareces un disco rayado.

DJ lo cazó al vuelo y proporcionó a Pam un efecto de sonido perfecto arañando el vinilo con una uña larga y afilada.

A estas alturas, los demás se habían colocado a la espalda de Pam y escuchaban la conversación de brazos cruzados y con las cejas levantadas.

—¿Y qué quieres que diga, Pam? —preguntó Charlotte, con un nerviosismo y una tos que iban en aumento—. ¿Que estoy contenta de estar aquí mientras la vida sigue su curso sin mí?

—Es el destino, Charlotte —dijo Simon.

—Asúmelo de una vez —añadió Simone.

—¡No, no lo creo! —respondió Charlotte.

—Entonces, ¿qué crees? —preguntó Pam.

—Que fracasé —murmuró Charlotte—. Soy un fiasco. Todos lo somos.

—A los demás no nos metas —advirtió CoCo.

—*Fracasamos* en nuestra vida y a mí, personalmente, me está costando un poco asimilarlo —continuó Charlotte—. *Ella* no prestó atención. *Él* no respetó el límite de velocidad. *Ella* no quiso escuchar. ¡*Él* no comió como se debía! —dijo Charlotte paseándose por la habitación.

El dolor en la mirada de sus compañeros era evidente, pero Charlotte estaba decidida a exponer los argumentos, por duros que fueran, tanto para ella como para el resto.

—Ni vivir es ganar, ni morir es fracasar —replicó Pam.

—Es el rechazo definitivo —dijo Charlotte—. Y de eso ya tengo de sobra.

—Entonces ¿qué? ¿Vas a dejar que tus deseos personales pongan en riesgo nuestro futuro? —preguntó Kim—. ¿Y qué pasa con la resolución? ¿Con la aceptación de tus faltas?

—Acepto... que prefiero estar viva —afirmó Charlotte.

—¿Sabes por qué Prue es tan fuerte? —preguntó Pam, aparentemente cambiando de tema.

—¿Porque es la que más tiempo lleva aquí? —conjeturó Charlotte; en su opinión, era posible que Prue tuviera incluso décadas de Muertología en su historial.

—No. Es porque comprende su propósito —la informó Pam—. Ella no pregunta por qué.

La verdad retumbó en los oídos de Charlotte. A Prue le salía muy bien eso de estar muerta y controlaba a la perfección todas sus habilidades. No sufría ninguno de los conflictos internos que tenían estancada a Charlotte. Es más: Charlotte tenía la certeza, desde el instante en que la conoció, de que a Prue, de hecho, le gustaba estar muerta, si eso era realmente posible.

—Puede que a veces sea una mandona, pero al menos sabemos de qué lado está —dijo CoCo con tono cortante.

Con ese corte hiriente, Pam y los demás dieron media vuelta y dejaron a Charlotte sola en la habitación para que lo meditara.

Aquella noche, la calle estaba salpicada de charcos después de que un chaparrón de media tarde dejara su huella en el exterior del Buzzard's Bay Theatre. El reluciente asfalto negro era lo más parecido al charol, tanto que hasta podía leerse en él el turbio reflejo del rótulo "Death Cab" que ocupaba la marquesina de principios de siglo. Scarlet esperaba en la entrada, ataviada con un minivestido vintage de color lila, sobre el que lucía un amplio suéter negro de lentejuelas, y sus botas de motociclista. Llevaba los ojos de mapache muy delineados y se veían tan negros como su pelo. Los labios se los había pintado de un tono pálido.

No podía estarse quieta de los nervios mientras aguardaba impaciente a Damen. Era tarde. Con las palmas de las manos sudorosas y el pie golpeando el suelo de manera frenética, Scarlet no estaba segura de qué la inquietaba más, si que acudiera o que no.

—¿Necesitas entradas? Entradas. Tengo entradas —oyó que le decía un revendedor de aspecto dudoso que fue a pararse subrepticiamente a su lado.

—No, gracias, ya tengo —dijo ella mirando en dirección opuesta.

—¿Qué asiento tienes? Yo tengo unos buenísimos —insistió el tipo.

—Pues no sé, las tiene mi amigo —respondió Scarlet, por si así lo ahuyentaba.

—Bueno, ¿y dónde está tu amigo? —preguntó el revendedor.

—Mi *amigo* está en camino —respondió Scarlet mientras se trasladaba al otro extremo de la entrada.

—Bueno, pues cuando llegue tu cita a lo mejor quieren pagar un poco más a cambio de unos asientos mejores —le gritó él a la espalda.

—¡No es una cita! —gritó ella, reacia a que el tipo, que era un completo extraño, se fuera con la idea de que tenía una cita, porque si así le parecía a un revendedor, entonces cabía la posibilidad de que sí fuera una cita, y no iba a permitir que un vulgar revendedor decidiera si tenía una cita o no—. *¡Ni lo pienses!* —volvió a gritar, mientras él se escurría entre las sombras y en su lugar aparecía Damen.

—¿Ni lo pienses? —preguntó Damen.

—Sí, ya ves, el revendedor ese, que quería venderme una entrada con fecha de otro día —dijo ella, haciéndose la dura.

—Pues hay que ser iluso para comprar una entrada con fecha falsa —añadió Damen.

—Sí, iluso —dijo Scarlet.

—Esto sí que es mejor que estudiar —dijo Damen mientras dejaba caer la mochila encima de la mesa exterior para que la registraran.

—Sí, y hablando de eso... Estaba pensando que tal vez sea mejor dejarlo... —vaciló Scarlet—... Ya sabes, lo de la tutoría.

—¿Por qué? —preguntó Damen.

—Pues, bueno, es sólo que me parece que tal vez... te convenga... estudiar con alguien más de... tu nivel, ¿no? —contestó Scarlet.

—¿De mi nivel? Si hago eso, entonces seguro que no apruebo —dijo Damen riéndose mientras recogía la mochila de la mesa y se la echaba al hombro.

—No, no me refiero al mismo nivel de Física, me refiero, bueno, ya sabes, a tu nivel... —dijo Scarlet mientras depositaba el bolso en la mesa para que se lo registraran.

—Ah, ya veo... Bueno, pues si no quieres darme más clases me lo dices y ya está —dijo Damen, sintiendo el inminente golpe de rechazo.

—No, no es eso. Es que no sé si esto... te está sirviendo de algo —dijo Scarlet, tratando de ofrecerle una vía de escape.

—Gracias, pero... a mí... me está funcionando perfectamente, y estoy de lo más contento con el nivel en el que estamos —aseguró él.

A ella le empezaba a morder la culpa, pero no pensaba volver al lado de Charlotte arrastrándose como un gusano. Recogió el bolso de la mesa y, en ese instante, se percató de que en el interior el grupo tocaba *I Will Follow You Into The Dark*, la canción que Damen había tocado con la guitarra.

—Escucha, están tocando nuestra... quiero decir, tu canción.

—Sí... Deberíamos entrar ya —dijo Damen mientras se metía la mano en el bolsillo buscando los boletos.

—¿Cuánto te debo? —preguntó Scarlet.

—Oh, nada, yo invito... —dijo él mientras sacaba los manoseados boletos—. Ya te dije que era para darte las gracias por las clases —dijo Damen tajantemente, al tiempo que se hacía a un lado y sostenía la puerta abierta para que ella pasara primero al interior. Tomó su mano y la hizo pasar, apoyando con delicadeza su otra mano casi en su cintura.

—Ah, sí... claro —dijo Scarlet, gratamente sorprendida por el gesto atento de Damen.

El concierto pasó volando, mucho más aprisa que las dos horas que el grupo permaneció en el escenario; al menos eso le pareció a Scarlet. Una tras otra, las canciones se cargaban de más sentido del que nunca habían tenido antes de que las experimentara a su lado. Allí adentro había miles de personas, pero para ella era como si sólo hubiera dos.

No se dieron la mano, pero al mecerse con la música sus miradas se cruzaban accidentalmente, o sus hombros, codos o rodillas se rozaban con levedad, dejando atontada a Scarlet , y también a Damen.

La multitud abandonó el recinto mientras sonaban de fondo los lastimeros acordes de *Title and Registration*. Scarlet y Damen permanecieron sentados en silencio esperando a que se vaciara la sala, satisfechos con el espectáculo cargado de éxitos y sin ninguna prisa por salir.

No hablaron demasiado de regreso a casa. Damen condujo despacio hasta la casa de Scarlet y la acompañó hasta la puerta. La despedida fue breve y embarazosa, ninguno sabía si procedía un beso en la mejilla, un abrazo o un apretón de manos, y lo que debería haber sido un momento de ternura se transformó en una despedida de piedra-papel-o-tijera.

—Hum, gracias —dijo Scarlet—. La pasé... —se estrujó la cabeza para dar con la palabra idónea, pero lo único que se le ocurrió fue una torpeza—... bien.

—Sí, yo también —Damen asintió tímidamente—. ¿Nos vemos... pronto?

Ninguno de los dos reparó en Petula, que los observaba con rencor desde la ventana de su dormitorio. Ni se les ocurrió levantar la vista; era noche de sábado, y para Petula Kensington quedarse en casa el sábado por la noche era algo, bueno, totalmente inusitado.

Damen descendió por el camino de piedra como en tantas ocasiones anteriores, pero notó que esta vez la sensación era muy distinta. Se metió en el automóvil, pulsó el selector de CD de su estéreo Bang & Olufsen, y mientras escuchaba *Transatlanticism* revivió cada detalle de la noche.

A la mañana siguiente, Scarlet se acercó al locker de Damen para pegar en la puerta una nota de agradecimiento, pero se percató de que estaba abierta y decidió dejársela en el interior. El último examen de Física estaba apoyado contra la puerta y se deslizó hasta el suelo. Ella lo recogió y reparó inmediatamente en el grande y grueso "Insuficiente" que aparecía escrito en tinta roja en la parte superior del papel.

Scarlet supo que la nota reprobatoria no era de Damen; era suya. Sin pensarlo dos veces, corrió por el pasillo hasta el ala abandonada de la escuela, respirando hondo y tragándose su orgullo por el camino.

No había señales de vida en aquella parte del edificio. Llevaba en obras más tiempo del que nadie podía recordar, pero no parecía que éstas avanzaran ni que existiera algún plan para realizarlas. Era un lugar perdido en el tiempo, un lugar olvidado. Al menos así le pareció a Scarlet.

Arrancó algunos de los listones de madera sueltos que cerraban el ala del resto de la escuela y entró. Olía a ancianidad y a cartón mojado. Recorrió los pasillos, asomándose a distintas aulas, pero no vio a nadie, "nadie" que fuera Charlotte. Scarlet empezó a temer que quizá le hubiera ocurrido algo o que tal vez ya no podía verla a causa de la discusión en la fiesta S.P.A. Quizá Charlotte se había ido para no volver.

Scarlet se asomó por las sucias ventanas al patio interior del ala cuadrada. El patio, invadido de hierbajos y hiedra, el pavimento agrietado y bancos y estatuas de piedra rebozantes de musgo, se parecía más a un viejo cementerio que al jardín inglés que supuestamente era en realidad.

Charlotte —en una esquina fuera de la vista de Scarlet— se acercó a Pam, que se encontraba estudiando. Sostuvo en alto un bonito atrapasueños que ella misma había confeccionado.

—En señal de paz —dijo Charlotte, y se lo ofreció a Pam.

—¿Un atrapasueños? Es que no captas—refunfuñó Pam.

—Puedes colgarlo en tu habitación —dijo Charlotte, esperanzada.

—Muy irónico, teniendo en cuenta que pronto me quedaré sin habitación gracias a ti —dijo Pam mientras se giraba y le daba la espalda.

—Mira, lo siento —dijo Charlotte, reuniendo el valor para disculparse aun cuando sabía perfectamente lo frívolo que sonaría después de la indiferencia que había mostrado hacia Pam y los demás.

Pam, que siempre mostraba debilidad por Charlotte y sus fechorías, sonrió y decidió que dejaría que Scarlet se arrastrara un poco y se disculpara mucho, y luego lo pasado, pasado.

—Se acabaron las fantasías, Pam. Quiero regresar —dijo Charlotte.

Pam se volvió para mirar a Charlotte a la cara y aceptar sus disculpas, pero divisó a alguien a quien no esperaba ver. Allí estaba Scarlet, de pie en el umbral. Pam se sintió herida, convencida de que la tomaban por estúpida.

—¿Y ahora qué?, ¿pretendes utilizarme como coartada? —profirió Pam, mostrando un lado colérico desconocido para Charlotte.

Los ojos de Charlotte destellaron con una mirada confusa. Trató de decir algo para defenderse, pero le dio un acceso de tos.

—He intentado ayudarte, Charlotte, pero no pienso hundirme contigo —continuó Pam, con tono herido y sintiéndose traicionada.

Viéndola toser sin parar, Pam tuvo ganas de darle a Charlotte una palmada en la espalda, como ya había hecho en otra ocasión, pero en vez de eso dio media vuelta y se fue.

Ahora que Charlotte estaba sola, Scarlet salió de las sombras y le dio unos golpecitos en el hombro desde detrás.

—Hola —dijo Scarlet.

—Me asustaste —dijo Charlotte, sobresaltada.

—¿Qué te parece el cambio de papeles? —dijo Scarlet, tratando de romper el hielo.

—¿Qué haces? No puedes estar aquí —Charlotte condujo a Scarlet hasta un rincón, oculto tras una mata tupida.

Scarlet escarbó en su bolsa y sacó el examen reprobado de Damen.

—¿Insuficiente? —dijo Charlotte, atónita.

—Ya no se trata sólo de nosotras. Él confió en mí, bueno, en nosotras, y ahora se ha quedado sin novia, reprueba Física y es probable que lo echen del equipo de futbol —dijo Scarlet.

—¿Así que vuelves al juego? —preguntó Charlotte, incapaz de contenerse y cumplir con la promesa que le hiciera a Pam sólo unos minutos antes.

—Más bien eres tú quien lo hace —contestó Scarlet.

Pam observó desde lejos cómo Scarlet y Charlotte se reconciliaban y supo que Charlotte había vuelto a elegir a Scarlet antes que a ella, y a los vivos antes que a los muertos.

18

Escógeme

Get me away from here I'm dying
Play me a song to set me free
Nobody writes them like they used to
So it may as well be me.
–Belle and Sebastian

Sácame de aquí, me estoy muriendo / tócame una canción que me haga libre / nadie las escribe ya como se hacía antes / puede que entonces sea sólo cosa mía.

La vida es una sucesión de elecciones.

Los magos y adivinos de feria nos hacen preguntas y nos plantean elecciones a fin de averiguar qué queremos escuchar. En otras palabras, nos manipulan. Charlotte y Scarlet deseaban que Damen hiciera su propia elección. Pero él ni siquiera sabía que debía hacerla.

Era una tarde lúgubre y tormentosa y la sala de ensayos de la banda estaba preparada para el gran recital de otoño. Las gradas ocupaban todo lo largo y ancho de la sala, así que apenas quedaba espacio para pasar. Los rayos acompasados hacían vibrar los tambores en consonancia, y los instrumentos de viento, colgados como marionetas en sus fríos y estériles soportes, repiqueteaban al son de los truenos en la lejanía.

Charlotte, nuevamente en posesión de Scarlet, entró y buscó a Damen en la sala medio iluminada. Mientras paseaba la mirada por las sillas, un papel la golpeó en la cabeza.

—Aquí arriba —dijo Damen en algo más que un susurro.

Ella levantó su delicada barbilla y lo vio en lo alto de la grada, haciendo gestos para que subiera.

—¿Estás bien? —preguntó él cuando ella tomó asiento.

—Oh, sí, es que estaba pensando en otra cosa —contestó ella mientras abría el libro de Física y lo colocaba a la vista de ambos.

—Sí, yo también —dijo él, y cerró el libro—. Bajo el cierre y empezamos.

Charlotte estaba estupefacta. Abrió el libro de nuevo y trató de conservar la entereza, pero al oír el sonido de un cierre que se abría, la perdió por completo.

—¡Espera! ¿Qué haces? —dijo ella, enterrando la nariz aún más en el libro mientras procuraba olvidar el incidente de los vestidores.

—Sacarla —respondió él.

—No, no, no... —suplicó ella cerrando los ojos. Se sintió muy aliviada cuando, al mirar de reojo, lo vio sacar la guitarra de su funda.

—Toca la canción que tocaste ayer —dijo Damen.

—Oh, no, no, no puedo. Quiero decir, no podría —contestó Charlotte, nerviosa.

Damen dejó la guitarra en los brazos de ella, que en un gesto insólito trató de acunarla como quien toma por primera vez en sus brazos a un recién nacido.

Charlotte hacía lo posible para actuar con naturalidad, pero era evidente que ni siquiera sabía cómo tomar una guitarra, y aún menos tocarla.

—Oye, ¿y qué me dices del violonchelo? Eso sí lo sé tocar —sugirió.

Damen se rio, pensando que bromeaba.

—¿Qué violonchelo? —preguntó él.

Se acercó más y la animó a que empezara. Sin saber muy bien qué hacer, ella tomó el arco de un violín que había allí cerca y frotó las seis cuerdas como un dios virtuoso de la guitarra y el rock clásico.

—"Scarlet *unplugged*" —dijo Damen, atónito.

—Ésa soy yo —contestó Charlotte.

Ella esbozó una sonrisa nerviosa y, después de un par de torpes intentos, empezó a tocar una melodía vaga y hermosa. Damen estaba fascinado.

—Desde luego, no es la canción que tocabas ayer —dijo él.

—¿Te gusta? —preguntó ella.

—Sí, me gusta. Es... diferente —repuso él.

—Bueno, ya sabes que me encanta tocar la guitarra, pero ¿y si estudiamos un poco para variar? —dijo Charlotte.

—¿Estudiar? —replicó Damen—. Pero ¿qué pasa contigo hoy?

Charlotte no podía seguir con la farsa de la guitarra mucho más tiempo, así que llevó la conversación de vuelta a su terreno. Lo suyo era la Física, y quería que a Damen le gustara tanto su terreno como le gustaba el de Scarlet.

—Mira, fíjate en esto —Charlotte abrió el libro de Física y le mostró un diagrama.

—¿Sí? —contestó Damen.

—Es una onda de sonido —anunció con orgullo mientras punteaba una cuerda de la guitarra.

—Lo de las ondas no me entra —dijo Damen.

—El sonido es la variación de la energía mecánica que fluye a través de la materia en forma de onda —explicó Charlotte—. Es invisible, pero no por ello deja de estar ahí.

Charlotte reparó en el desconcierto que reflejaba el rostro de Damen.

—¿Cómo te lo podría explicar? —pensó en voz alta. Charlotte levantó el mástil de la guitarra—. La cuerda de una guitarra no emite sonido alguno —instruyó, señalando a la silenciosa cuerda Mi— hasta que entra en contacto con tu cuerpo.

Tomó la mano de Damen en la suya y punteó la cuerda de la guitarra con el dedo de él.

—Cuando se produce la conexión, la vibración de la cuerda crea una onda que puedes percibir cuando llega a tu oído —concluyó.

Damen no terminaba de creer que se estuviera aprendiendo la lección sin darse cuenta.

—Es decir, sin un cuerpo... las cuerdas pueden hacer muy poco —dijo Charlotte, apuntando a algo más en su argumentación—. Se necesitan el uno al otro.

—*A Bell Is A Cup Until It Is Struck** —dijo Damen con orgullo, abrigando la esperanza de que resumir la lección de Charlotte con una oscura referencia al título del álbum clásico de Wire le conseguiría algunos puntos. No fue así—. Me gusta —dijo Damen, sintiéndose estúpido.

—Eso es el sonido —dijo Charlotte con entusiasmo—. Serás mejor guitarrista si sabes cómo funciona el instrumento, así que piensa en la acústica como en un ensayo de guitarra.

Mientras Damen hojeaba por su cuenta la lección de Física, resultó evidente que ella lo había impresionado.

—Casi lo olvidaba... Te hice una cosilla —dijo ella, mientras se precipitaba gradas abajo y tomaba su bolsa.

Regresó corriendo hasta Damen y le tendió un pequeño paquete. Justo en ese momento, la sombra de Scarlet barrió el suelo mientras ésta se asomaba al umbral.

—¿Qué es? —preguntó Damen mientras lo abría y extraía de su interior una galleta blanca y negra—. ¿Me hiciste una

---

* *Una campana, hasta que no resuena, es una taza.*

galleta? No creí que fueras una hacendosita tipo Betty Crocker —dijo él.

—Oh, no es nada... —dijo ella—. ¿Anticuada, eh?

Damen mordió justo por el centro, donde el glaseado blanco se encontraba con el negro.

—Lo mejor de los dos mundos —bromeó él, devorando la galleta.

Desesperada por interferir en la cálida y atolondrada escena, Scarlet forzó la ventana y permitió que la fría lluvia empapara aquel momento tan íntimo. Damen se quitó al instante la chaqueta del equipo y le cubrió los hombros a Charlotte, para mayor consternación de Scarlet.

—Me gusta este otro lado tuyo... —dijo él.

De pronto, una emoción hasta ahora desconocida para Scarlet embargó su cuerpo mientras su sombra retrocedía y se esfumaba por el umbral. Estaba celosa.

Al día siguiente, antes de clase, Charlotte metió a escondidas un pastelillo con carita sonriente en el locker de Damen. Cuando éste por fin lo visitó y abrió la puerta, se quedó boquiabierto con el hallazgo del pastelillo, sólo que éste había sido "scarletizado" con un piercing facial, cuernos y una sonrisa malévola.

Damen volvió la cabeza y vio a Charlotte-convertida-en-Scarlet, que venía por el pasillo recién salida de su ritual de posesión matinal.

—¡Oye, Betty Rocker! —llamó Damen.

Charlotte pareció desconcertada.

—No puedo creer que hayas hecho esto. Nunca sé qué se te va a ocurrir —dijo, y hundió el dedo en el glaseado y se lo llevó a la boca.

Charlotte miró el pastelillo y vio lo que Scarlet había hecho con él.

—Ni yo —dijo ella.

—Es casi como si fueras dos personas distintas —dijo él.

—¿Y cuál te gusta más? —respondió Charlotte, convencida de que era su oportunidad para dejar las cosas claras de una vez por todas.

—Por fortuna no tengo que elegir —dijo él, mordiendo el pastelillo.

19

Sucio secretito

Jamás quieras declarar tu amor,
amor que jamás declarado ha de ser;
pues el viento suave sopla
silencioso, invisible.
—William Blake

No se puede tener todo.

El amor es una emoción demasiado fuerte como para ocultarla durante mucho tiempo. Niégalo y sufre las consecuencias. Admítelo y sufre las consecuencias. Destaparlo puede ser bochornoso o bien puede ser liberador. Y que sea una u otra cosa, son otros quienes lo determinan.

Charlotte y Scarlet estaban pasando un rato juntas en el dormitorio de Scarlet, pero por primera vez ambas sentían que vivían en mundos distintos. Scarlet estaba tirada en la cama, entre cojines de terciopelo oscuro arrugado, dibujando inocentes muñequitas de porcelana de ojos grandes y siniestros cuerpos desproporcionados, mientras Charlotte se paseaba de un lado a otro como un tigre enjaulado.

La tensión se podía cortar con cuchillo y Charlotte se moría de ganas de enfrentarse a Scarlet por lo ocurrido con Damen y el pastelillo, pero pensó que era mejor no hacerlo, no fuera a ser que Scarlet le vetara su cuerpo otra vez.

Necesitada de aprobación, Charlotte se acercó a la guitarra de Scarlet y apretó los dedos contra la afilada maraña de cuerdas retorcidas del clavijero.

—Sólo está contigo por mí —espetó, abriendo fuego.

Scarlet siguió dibujando y ni siquiera levantó la vista.

—Lo sabes, ¿no? —dijo Charlotte dejándose caer en la cama y mirando a Scarlet a la cara.

—Toda esta historia fue idea tuya, ¿y ahora te enojas? —preguntó Scarlet, todavía reacia a mirar a Charlotte—. Yo que tú metía la cabeza en el congelador; se te está pudriendo.

Charlotte se levantó y se acercó al cartel de la gira de Death Cab for Cutie que Scarlet tenía colgado en la pared. Tratando de sacar a Scarlet de sus casillas, deslizó los dedos por el filo, como si buscara hacerse un terrible corte con la hoja. A otros les hubiera costado seguir mirando, pero Scarlet no quería darle esa satisfacción.

—Sólo quiero que te des cuenta de que él sólo te corresponde cuando yo estoy en ti, eso es todo —añadió Charlotte.

Las dos desviaron su atención hacia la televisión de plasma enmarcado y fijado a la pared de Scarlet, donde se promocionaba un programa para buscar pareja.

—Averigüen a quién elegirá él... a continuación —dijo el presentador en un tono aciago.

Scarlet y Charlotte intercambiaron miradas.

—¿Estás segura? Muy bien, entonces ¿por qué no dejamos que decida él? —contestó Scarlet con petulancia.

ᴥ

A la mañana siguiente, Scarlet y Charlotte decidieron poner en práctica su jueguito en la piscina de la escuela, con tiempo, antes de que comenzaran las clases de Gimnasia.

Las únicas luces que estaban encendidas eran las que quedaban bajo el agua, de manera que los tímidos haces de luz se refractaban por el recinto de hormigón creando un marco de lo más siniestro. Los vapores del cloro y el moho enrojecieron los ojos de Scarlet, aunque muy levemente.

—Muy bien, entonces, igual que en la tele, tomaremos turnos para estar con él. Yo iré primero, luego cambiamos, y veremos a cuál de las dos "corresponde" —dijo Scarlet.

—No es justo. Este sitio es tan oscuro... Tan lúgubre... Tan... como tú —dijo Charlotte paseando la mirada por el recinto—. No creí que fueras fanática de la natación.

—No estamos aquí por el agua —dijo ella, que encendió el iPod y lo insertó en su reproductor estéreo LifePod, que además le servía de bolsa. La música reverberaba en las paredes de cemento y en el piso de mosaicos, igual que si fueran los de una discoteca—. Estamos aquí por la acústica.

—¿Y a mí eso de qué me sirve? —preguntó Charlotte.

—*¡Lo siento, no te oigo!* —gritó Scarlet, subiendo el volumen de la música todavía más.

El crujido de la puerta al abrirse atrajo la atención de ambas. Damen atravesó el umbral oscurecido, escuchó la música atronadora y caminó hacia ella.

Charlotte se esfumó rápidamente y reapareció luego en lo alto del trampolín, para observar la escena que se desarrollaba más abajo.

—¿Por qué quedamos de vernos en la piscina? Lo normal es que al menos finjamos estudiar —dijo Damen al aproximarse.

Se sentó al lado de ella en la grada. La luz de la piscina despedía un resplandor sobrecogedor que los rodeaba como lava en la boca de un volcán. Las sombras de la ondulación del agua bailaban sobre el rostro de Scarlet hipnotizando a Damen, que se esforzaba por sacarse unas palabras de la cabeza y hacerlas brotar de su boca.

—Yo-yo estaba esperando una oportunidad para decirte... —tartamudeó.

Charlotte estaba fuera de sí. Temiéndose lo que pudiera decirle a Scarlet, se lanzó en picada desde su puesto de vigilancia y la poseyó antes de tiempo.

Scarlet salió expelida de su cuerpo y fue a aterrizar junto al borde de la piscina, confundida al principio y, luego, solamente furiosa.

—Espero que no sea que te da miedo el agua... —dijo Charlotte, atajando su discurso y prosiguiendo con la conversación deprisa y corriendo. Sin esperar a la respuesta de él, Charlotte se fue despojando de la ropa seductoramente hasta quedarse en la camiseta vintage de Scarlet y el calzón que hacia juego, y acto seguido se lanzó al agua.

—No puede ser —boqueó Damen con incredulidad ante semejante visión y semejante suerte.

Damen se arrancó la camiseta, se sacudió las chanclas y se zambulló detrás de ella.

Scarlet estaba paralizada de desolación e ira. No podía creer lo bajo que había caído Charlotte, en el buen sentido de la palabra.

—He pensado que un chapuzón antes de estudiar nos despejaría la cabeza —dijo Charlotte.

—Sí, a mí se me está despejando por momentos —dijo Damen con un ligero escalofrío, mirando fijamente su traje de baño improvisado, que se hacía más transparente y ceñido mientras más se mojaba—. Vamos, te juego una carrera —dijo él, por ver si así quemaba algunas de las hormonas que lo consumían.

Ambos salieron disparados hacia el extremo opuesto de la piscina, chapoteando con brazos y piernas. Él podía haber ganado fácilmente, pero no se trataba de eso. Charlotte nadaba con tanto empeño que aminoró, admirado por el espíritu competitivo y la determinación de ella, y ambos tocaron la pared al mismo tiempo.

—Estuvo genial —dijo Damen, que se secó los ojos con la mano y quedó ciego por un instante. En el espacio de ese latido, Scarlet recuperó el control de su cuerpo en lo que se estaba convirtiendo en un absurdo estira y afloja de otro mundo.

—Vamos. Se acabó la piscina —anunció Scarlet como una madre impaciente.

—¿Por qué? Justo ahora que empezábamos a acostumbrarnos al agua. Estoy algo confundido, la verdad —dijo mientras nadaba hacia el otro extremo de la piscina.

Scarlet se sumergió en el agua, se impulsó contra la pared y nadó hasta él. Cuando lo alcanzó, rozó levísimamente su cuerpo contra el de Damen.

—Bueno, pues ¿qué tal si te desconfundo? —dijo Scarlet, mientras el agua cristalina se deslizaba por su pelo negro, le recorría el cuerpo y volvía a caer en el agua—. Cierra los ojos y dime qué beso te gusta más.

Damen cerró los ojos. Scarlet lo empujó juguetonamente contra la esquina y le plantó un potente beso en sus húmedos labios.

—A ver. Compara ése con... —dijo Scarlet mientras le hacía un gesto a Charlotte para que ésta entrara en su cuerpo.

—... a éste —dijo Charlotte rematando la frase.

Charlotte se acercó para besarlo, pero la hermosura de sus rasgos la tomó desprevenida, y vaciló. Comenzó a besarle suavemente el cuello, ascendiendo despacio, provocándolo, provocándose. Abrió los ojos para mirar sus labios antes de besarlos, pero le faltó poco para tragarse la lengua cuando vio a Prue flotando junto a la piscina.

—¡Zorra de agua! —chilló Prue, ordenando a los demás chicos muertos que empezaran a nadar en círculos. Charlotte se vio arrastrada lejos de Damen por el vórtice sobrenatural justo cuando estaba a punto de besarlo. A estas alturas, ya estaba harta de que se repitieran esas escenas.

Scarlet, consciente de que prefería la humillación delante de toda la escuela antes que presenciar cómo Prue descargaba su cólera sobre Charlotte, se dejó llevar por el pánico y recuperó su cuerpo.

El remolino aumentó su presión hasta que una ola se levantó sobre la orilla, desbordó la piscina y fue a estrellarse contra el tabique que separaba ésta del gimnasio. El torrente de agua hizo vibrar la pared, se filtró por debajo y entró en el gimnasio. Los chicos vivos que se encontraban en clase de Gimnasia notaron la inminente inundación, que avanzaba poco a poco hacia ellos, y corrieron rumbo a las salidas.

—¡¡¡Tsunami!!! —gritaron con cierto dramatismo, advirtiendo a los demás compañeros, pero ya era demasiado tarde para la mayoría. Atrás quedaron bolsas de deporte, sacos de pelotas, mochilas de libros, camisetas, pantalones de entrenamiento, sudaderas con capucha y toda clase de material deportivo, que acabaron completamente empapados. El viejo parqué empezó a levantarse, los enchufes echaban chispas, las luces parpadeaban y los fusibles de toda la escuela saltaron en cadena. Aunque no alcanzó proporciones bíblicas, sí causó daños considerables.

Lo peor, no obstante, fue el momento en el que el tabique se vino abajo como en un efecto dominó. Scarlet y Damen quedaron a la vista de todos, abrazados, aferrándose el uno al otro como a la vida, lo mismo que dos náufragos del *Titanic* escupidos a la orilla por un mar desatado.

Los del gimnasio se sobresaltaron más ante la visión de ellos dos en tan comprometedora postura que ante la destrucción que las aguas habían causado a su paso. Cuando el agua empezó a pasar por las puertas, Prue reunió a los demás y emprendieron la retirada a Hawthorne Manor. Allí ya no había nada más que hacer.

Faltaba que el caos del gimnasio llegara a oídos del director Styx, pero, entre tanto, éste afrontaba otro problema igualmente catastrófico: imponer un castigo a Petula por el incidente de Educación Vial.

—La verdad, director Styx... yo no sé nada de ningún accidente de automóvil. ¿Qué le hace pensar que fui yo? —preguntó Petula con un tono coqueto totalmente fuera de lugar.

—¿Esto es suyo? —preguntó Styx sosteniendo en alto una barra de labial.

—¿De dónde lo sacó? —preguntó Petula.

—Del automóvil —contestó Styx.

Petula le arrancó la barra de la mano, mientras en su rostro la cara de zorra se transformaba en una de perra calculadora.

—Me temo que no puedo pasar por alto este incidente del automóvil —advirtió él—. Los daños ocasionados al vehículo, al municipio, la tuba y la escuela son considerables y alguien debe responder por ellos. Pudo haber heridos o algo peor —la reprendió Styx.

—Pero no los hubo —dijo Petula con un desdeñoso gesto de la mano—. ¿Verdad, profesor... perdón, este, director?

—Me temo que voy a tener que castigarla sin el baile de otoño —dijo Styx, emitiendo su veredicto.

—¡YO *SOY* EL BAILE! —gritó Petula. En su afán por conseguir un aplazamiento, echó un rápido vistazo al informe disciplinario y montó su defensa—. Un momento, en su informe sólo dice "Kensington". ¡Tengo una hermana pequeña! —argumentó—. Tengo pruebas. ¡Esta barra de labial es suya! Mire, es de color rojo. ¿Acaso yo tengo pinta de usar color rojo?

—Mi decisión es inamovible —explicó él, que desconocía la afición de Petula por el delineador de labios rosa nacarado y los brillos naturales.

Antes de que Petula pudiera pronunciar otra palabra malsonante en su defensa, la secretaria de Styx irrumpió en el despacho.

—¡El gimnasio está inundado! —gritó emocionada, disfrutando de la tragedia que acababa de insinuarse en su rutinaria y aburrida vida.

El director Styx, examinando todavía la barra de labios y con Petula detrás, corrió hacia el gimnasio.

Mientras él se preparaba a evaluar los daños y averiguar si había heridos, Petula reparó repentinamente en Damen y Scarlet, que seguían abrazados, medio desnudos, aunque al menos ya fuera del agua.

—¡Es ésa! —exclamó con vehemencia—. ¡Lo hizo para robarme a mi novio! ¡He ahí el motivo! —se desgañitó Petula, pero el director estaba demasiado ocupado evaluando los daños como para prestar atención a sus acusaciones.

Petula se aproximó a ellos como si fueran radiactivos y se burló con una mueca de la vulnerable y comprometida postura en la que ella y la totalidad del alumnado los habían sorprendido.

—Oye, he oído que están liquidando letras escarlata en Hot Topic —dijo Petula, mirando a Scarlet con desprecio.

—¡Basta! —le dijo Damen, mientras el encargado les tendía unas toallas.

—Te gustaría, ¿eh? —lo interrumpió Petula, que pareció que se preparaba para una pelea a golpe limpio al más puro estilo programa de Jerry Springer, cuando se volvió de nuevo hacia Scarlet.

—No te preocupes. Son ataques propios de las deficientes en calorías —bromeó Scarlet.

—Nadie te va a tomar en serio jamás. ¡Mírate! Das risa —dijo Petula, esforzándose al máximo por humillar a Scarlet delante de Damen.

—¡Petula, basta ya! —gritó Damen.

Scarlet parecía avergonzada y dolida, pero trató de ocultarlo como pudo. Charlotte la miró con pena.

—Jamás te sacará en público en una auténtica cita. ¿Qué te dijo: "Oh, mantengamos esto entre tú y yo"? —sondeó Petula—. ¿Fue eso lo que te dijo?

Scarlet se quedó callada y pareció que Damen se sentía un poco culpable.

—Te equivocas por completo —dijo Damen.

—Eres un sucio secretito —dijo Petula lanzándole una puñalada más a Scarlet.

—¡Sí, claro, pues este sucio secretito va a ir al baile de otoño conmigo! —anunció Damen.

Petula y Scarlet se quedaron mudas de asombro. Hasta a Damen le sorprendió haber soltado la proposición.

Scarlet, aturdida por la paliza verbal y física que acababa de llevarse, se alejó sin mediar palabra. Mientras se secaba, Charlotte se le apareció.

—¡Es increíble! ¡Vamos a ir al baile! —exclamó Charlotte, incapaz de contenerse.

—¡Eres increíble! —dijo Scarlet, completamente asqueada, al cabo de un rato—. ¿Qué?, ¿si no puede ser tuyo, no puede ser de nadie más...?, ¿es eso?

—Yo no fui —contestó Charlotte—. ¡Sabes que no!

Scarlet la interrumpió antes de que pudiera explicarse.

—¡Y además casi me matas! Cada vez que permito que me poseas pasa algo horrible —la reprendió Scarlet—. No puedo permitir que vuelvas a hacerlo.

—Scarlet, por favor... —imploró Charlotte—. ¡Por favor, no me hagas esto!

Scarlet volvió la cabeza, incapaz de mirar a Charlotte a la cara, y siguió escurriendo su ropa. Al hacerlo, cayeron unas gotas ante el rostro de Charlotte, casi como si llorara, que era lo que más deseaba hacer en ese momento.

20

Desear cosas imposibles

En toda relación hay siempre vacíos dolorosos
y es ahí donde los deseos imposibles
entran en juego.
–Robert Smith

La vida es aleatoria y el amor puede ser igual de aleatorio.

Si te paras a pensar en ello seriamente, al final todo se resume en un único, y profundo, pensamiento: ¿para qué preocuparse? La única razón para vivir es amar y la única razón para amar es vivir. Charlotte no tenía ninguna de las dos... Al menos no todavía. Ella aún lo amaba. Siempre lo haría. Él era su "para qué preocuparse".

La lluvia inclemente atravesaba a Charlotte y se precipitaba al suelo mientras ella caminaba melancólicamente por la calle oscurecida, lamentándose de su mala suerte. Deseó sentir la fría llovizna de nuevo contra su cuerpo, pero no podía. No era más que un recordatorio de que era tan hueca como la guitarra Ovation de Damen, y poco podía hacer ella ya para solucionarlo, ni ahora ni nunca. Nada podía tocarla, ni siquiera el chaparrón, pensó mientras vadeaba los charcos que se acumulaban. A decir verdad, Charlotte no tenía adónde ir, y no había dónde estar. No tenía hora de llegar a casa, ni nadie que la esperara despierto, ni siquiera necesidad de dormir.

Deambuló por las calles en silencio hasta que se despejó el cielo, revelando los últimos instantes fugaces del atardecer recortados contra el contorno de Hawthorne. A pesar de encontrarse sumida en su decepción, reparó en el frío que soplaba a través de ella disipando la humedad, aunque no su mala conciencia. Había avergonzado y herido a sus amigos, y lo más que probable era que se hubiera condenado a sí misma y a los compañeros de Muertología.

No sólo estaba triste, sino además celosa. Se sentía excluida. Su plan para conquistar el amor de Damen y el respeto de Petula le había estallado en las manos, y ello era en gran parte culpa suya. En gran parte, claro está, porque también Scarlet había tenido parte de culpa, ¿o no? Y Prue. En ningún momento tuvo intención de que las cosas salieran como lo habían hecho, se justificó Charlotte. No eran más que —¿cómo llaman a las bajas los militares?— "daños colaterales".

—¿Asuntos pendientes? No me digas —siguió parloteando para sí.

El crepúsculo dio paso a la noche y luego a la noche cerrada mientras ella proseguía sin rumbo por las gélidas calles bajo la atenta mirada de los árboles que se alzaban majestuosos por doquier. De encontrarse sola en plena noche recorriendo tristemente oscuros callejones y bocacalles, cualquier otra persona no habría dejado de mirar atrás, pero lo único que podía temer Charlotte era la constatación de que sus sueños jamás se harían realidad.

—Al fin y al cabo es lo que hacen los fantasmas, ¿no? —pensó en voz alta, resignándose al olvido—. Vagar. Lamentarse.

Mientras pasaba bajo un viaducto de piedra y atravesaba un conjunto de árboles muertos estrangulados por enmarañadas plantas trepadoras, no podía dejar de obsesionarse con Damen y Scarlet —se encontraban bajo la misma luna que ella— y de preguntarse qué estarían haciendo.

El pensamiento empezaba a roerla por dentro cuando, de manera inexplicable, se halló ante la casa de Damen. Era un sitio hasta el cual había pedaleado muchas veces en verano. Necesitaba ver que dormía, que estaba solo y que, de momento, no sucedía nada entre él y Scarlet. Necesitaba al menos ese mínimo consuelo para su espíritu.

Charlotte avanzó con sigilo hasta el pie de su ventana y lo vio allí, bañado por la luz de la luna, dormido en su cama doble. Podía ser que, como ella, necesitara apartar los problemas, la confusión, y desconectarse un rato. Una de sus piernas sobresalía por debajo de la sábana, una pierna desnuda, y podía entrever parte de sus boxers blancos bajo las sábanas verde militar. Sabía que había trabajado de voluntario en la Cruz Roja el verano anterior porque ella tenía el recorte de periódico pegado a su espejo, y pensó que era genial que le hubieran dado unas sábanas oficiales. La ventana estaba abierta una rendija para que el calor de la calefacción pudiera disiparse en la fresca noche otoñal. Consideró ese factor como una invitación silenciosa y se coló al interior.

Nunca antes había estado en el dormitorio de un chico, y menos en el de un chico como Damen, y para su sorpresa descubrió que era tal y como imaginaba. Dormía bajo una estantería con CD, trofeos y su aparato de música, el cual sonaba tan alto que se preguntó cómo es que podía dormir.

Sin pensarlo dos veces, se deslizó bajo la sábana de la Cruz Roja, acurrucándose contra su cálido cuerpo, la cabeza suavemente reposada sobre su pecho escultural. No tenía nada que perder y lo necesitaba todo para ella, sólo por un ratito.

—¿Damen? —le susurró desesperadamente al oído, tanteando, por si hubiera alguna parte de él que ella todavía pudiera alcanzar.

Al principio no respondió, pero luego se volvió muy despacio y abrió los ojos. Su mirada penetró en lo más hondo de sus pupilas, como si le resultaran familiares, y entonces... entonces... gritó despavorido.

Charlotte salió volando hasta quedar de espaldas contra la pared y observó con impotencia cómo él se incorporaba en la cama, con el cuerpo chorreando de sudor, presa de agitación, en un estado postraumático. Ella había penetrado en su sueño, pero no de la forma en que él penetraba en el suyo.

—Soy su pesadilla —admitió, mientras huía de su habitación.

Para ella no había salida. Ni consuelo. Había agotado todas las posibilidades y todas sus esperanzas se habían disipado, arrastradas por la intensa lluvia y el sudor nocturno de Damen.

El infatigable paseíllo de la deshonra de Charlotte se prolongó la noche entera. Con las primeras luces del día cambió de dirección y se fue rumbo a Hawthorne High, en cuya escalinata de cemento se hizo un ovillo, esperando las primeras señales de vida. Cerró sus ojos cansados y se quedó dormida.

Con el sol de la mañana llegaron los autobuses y los profesores y los estudiantes y las clases y, con el ruidoso ajetreo de los rezagados, Charlotte despertó y se dio cuenta de que llegaba tarde a clase. Tenía el aspecto y la sensación de haber sido pisoteada por centenares de chicos vivos, como en efecto había sucedido. Se dirigió de inmediato al aula de Muertología, pero cuando llegó, estaba vacía; todos se encontraban ya en el patio disfrutando del descanso, excepto Prue, a quien el profesor Brain había retenido.

—¿La piscina? —dijo Brain echando humo—. No deberían haberlo hecho, tú menos que nadie.

—¿Yo? —preguntó Prue—. ¿Y por qué no se lo dice a esa "llorona" muerta?

Prue tuvo la tentación de soltarle lo de Scarlet, Damen, todo, pero se mordió la lengua y siguió callada. Era un acuerdo tácito de solidaridad entre los chicos muertos que ni su ira podía incitarla a violar.

—Sé que no te llevas bien con Charlotte —dijo Brain—, pero lo único que haces es empeorar las cosas.

—Las cosas no podrían ir peor —espetó Prue.

—Lamentablemente, sí —sentenció Brain—. Ya no hay lugares, Prue, y nuestro momento se acerca.

—Oh, no —dijo Prue—. Ella solita podría arruinarlo todo.

—Pues entonces busca otra manera de convencerla —dijo Brain, por evidente que fuera—. No iremos a ninguna parte si no es con ella.

—Eso no lo puede saber con toda seguridad —dijo Prue—. Los demás ya se unieron a nosotros y...

—Claro que lo sé —la atajó Brain—. Y tú también.

Prue lo miró con gesto inexpresivo.

—Ya sé que es muy duro dar un paso atrás y dejar que Charlotte se haga cargo —dijo Brain comprensivamente—. Siempre has sido líder de la clase.

—¿Que se haga cargo? —se quejó Prue—. ¡Es una borrega! A ella no le importa lo más mínimo si nos quedamos aquí estancados toda la eternidad.

—Entonces haz que le importe —dijo Brain—. Ése es *tu* reto.

—Pero es que no escucha —se quejó Prue.

—¿No te suena familiar? —dijo Brain intencionadamente.

El chirrido de una puerta que se abría interrumpió su conversación, y ambos se volvieron hacia la entrada.

—Hablando del rey de Roma —dijo Prue.

—Hola, Charlotte —dijo Brain con tono afable.

—Supongo que se agotó mi tiempo —rezongó Prue, los celos asomándose a cada una de sus palabras, justo cuando Charlotte asomaba la cabeza por el umbral para comprobar si Brain estaba libre.

Prue dio media vuelta y se fue, toda enfurruñada, casi sin dirigirle una mirada a Charlotte y cerrando telequinésicamente la puerta de golpe tras de sí, con lo que les dejó bien claro a ambos lo que opinaba de Charlotte.

No contenta con eso, Prue regresó a la puerta, pegó la cabeza al cristal y se deslizó hacia abajo, dejando un rastro baboso para burlarse de la muerte de Charlotte.

—¿Por qué me odia tanto? —le preguntó ésta al profesor Brain.

—No te odia, Charlotte —explicó Brain—. Pero necesitamos apoyarnos los unos a los otros para lograr una meta común, y hasta ahora has demostrado que eres... poco confiable.

—Lo estoy intentando —dijo ella.

—¿Ah, sí? —preguntó Brain de forma un tanto retórica.

Charlotte recapacitó e hizo una pausa mientras su desesperación crecía.

—No sé lo que estoy haciendo —admitió—. Estoy fracasando en todo lo que me importa. Ni baile ni Damen ni amigos ni casa ni vida —dijo Charlotte con absoluta sinceridad, con la esperanza de obtener alguna respuesta y algo de ayuda.

—Tal vez ésa sea la lección, Charlotte —sugirió Brain—. Debes dejar de vivir y empezar a morir. Estás negando la realidad.

—Intento cambiar la página, pero cada elección que hago es la errónea —dijo con abatimiento—. Me había esforzado tanto para obtener ese Beso de Medianoche... digo, la resolución —se delató.

—¿Beso de Medianoche? —preguntó el profesor Brain, para quien las piezas empezaban a encajar—. Charlotte, ¿acaso hay alguien que puede verte?

El silencio de Charlotte le dijo a Brain todo lo que necesitaba saber.

—¿Te has detenido a pensar que ser vista implica mucho más que lograr lo que quieres? —preguntó aproximándose a ella.

—¿A qué se refiere? —preguntó Charlotte.

—Tus decisiones nos afectan a todos, Charlotte, y no sólo a ti —dijo Brain con gravedad—. La interacción con los vivos está, casi sin excepción, estrictamente prohibida. El riesgo es demasiado grande para ellos... y para nosotros.

—¿Y desde cuándo importan las decisiones que yo tome? —lloriqueó Charlotte—. Yo no quiero esa responsabilidad. Si apenas puedo resolver mis propios problemas, ¿cómo voy a atender los de los demás?

—Me temo que no depende de ti que la aceptes o no, Charlotte —contestó Brain—. Tus problemas empiezan a ser también de los demás.

—Genial; así que vengo aquí a que me aconsejen... —dijo Charlotte mientras Brain permanecía con la mirada fija al frente, completamente sumido en sus pensamientos.

—Pero existe otra posibilidad —conjeturó Brain.

—A ver, ¿cuál? —lo apremió Charlotte.

—Quizá el hecho de que a ti puedan verte —teorizó Brain— y no a nosotros sea, en realidad, una clave para resolver tu problema... y el nuestro.

—¿Me está diciendo que se supone que debo ir al baile? —preguntó Charlotte, con renovada esperanza en la voz—. ¿Podría ser que el Beso de Medianoche fuera *mi* clave para la resolución?

—No nos adelantemos a los acontecimientos —advirtió Brain—. Yo no dije eso.

—Pero hay alguna probabilidad, ¿no? —lo presionó Charlotte.

—Eso no podemos saberlo hasta después —manifestó Brain de forma críptica—. Depende de tantas cosas...

Charlotte interrumpió la explicación del profesor Brain, sopesando sus opciones en voz alta y con un tono no exento de cierto dramatismo.

—Besar o no besar —dijo mientras paseaba de un lado a otro del salón como el actor principal de una producción teatral escolar de tercera de *Hamlet*.

—Es mucho lo que nos estamos jugando, Charlotte —advirtió él—. Posiblemente estemos poniendo en tus manos... nuestro futuro.

Charlotte hizo un cálculo mental de probabilidades. Pero en ningún momento dudó de cuál iba a ser su respuesta.

—Es un riesgo que estoy dispuesta a asumir, profesor Brain —dijo Charlotte, repentinamente ávida de cargar semejante peso sobre sus hombros.

—Recuerda: que *puedas* hacer algo, no significa que *debas* hacerlo —recalcó Brain.

Ella apenas le prestaba atención. Brain le había dicho justo lo que quería oír. El baile, Damen, el Beso de Medianoche eran suyos.

—Gracias —dijo Charlotte con sinceridad—. Me acaba de salvar la vida.

—¿Salvar la vida? —dijo Brain, a cuyos ojos se asomó una mirada de preocupación—. Eso no es precisamente lo que yo tenía en mente.

—*Besar* —Charlotte suspiró y salió del aula a punto del desvanecimiento.

Prue, que esperaba escondida detrás de la puerta, estaba ahora más decidida que nunca a detenerla.

—O no besar —murmuró para sí con un tono sombrío.

Entre tanto, Charlotte tenía un pequeño, pero no por ello menos importante, asunto que resolver: Scarlet. Seguían sin hablarse, y sin su cooperación nada era posible.

Justo entonces resonó en los pasillos vacíos de la escuela el siguiente anuncio del director Styx:

Atención, alumnos de Hawthorne. Debido a la inundación del gimnasio, nos resulta imposible celebrar el baile de otoño en dicho espacio este año. Si no hallamos otro lugar conveniente, nos veremos obligados a cancelarlo. Y permítanme informarles que las perspectivas no son nada prometedoras.

Pareció que nadie reaccionaba igual a semejante noticia. Petula, que se encontraba en Expresión Oral leyendo ante toda la clase un artículo sobre "Cómo complacer a un hombre" sacado del último número de *Cosmo*, rebosaba de rencoroso placer ante la noticia. Damen, que estaba acabando de cambiarse para el entrenamiento de futbol, parecía visiblemente fastidiado, y Scarlet, que se hallaba sentada en clase de Historia, se vino abajo en silencio.

Afuera en el patio, Charlotte pasó de largo junto a Prue con renovada confianza.

—¡Ya lo tengo! —gritó emocionada.

21

Los muertos también bailan

They shifted the statues for harboring ghosts
Reddened their necks, collared their clothes
Then we danced the dance till the menace got out
She gathered the corners and called it her gown.

—R.E.M.

Reemplazaron las estatuas por fantasmas protectores / sucios los cuellos, raídas las ropas / y bailamos la danza hasta que se desvaneció la amenaza / ella se recogió la orilla y dijo que era su vestido de noche.

Dulce persuasión.

Para que alguien influya en ti, sobre todo a la hora de que haces o crees algo que para nada tiene que ver contigo, esa persona debe gozar de cierta credibilidad. Tiene que existir un grado de confianza entre las dos partes. Pero una vez que se pierde, es difícil recuperar la confianza. Charlotte había avanzado en su capacidad de persuasión, pero hasta el momento la cosa no había tenido nada de dulce.

El arreglo para instrumentos de viento y timbales de *Love Will Tear Us Apart*, de Joy Division, llenó las clases de primera hora mientras la banda de música de Hawthorne High daba vueltas al edificio. Charlotte estaba muy por encima de todo ello, posada en una cornisa de piedra sobre la entrada. Al cabo de un rato divisó a Scarlet, que se aproximaba al edificio. Se apareció delante de ella y le dio un susto de muerte.

—Mira, sé que ya no somos amigas —dijo Charlotte sin rodeos—, pero ¿qué te parecería ser "amienemigas"?

Scarlet se quitó los audífonos, presionó el botón de "pausa" de su iPod y cruzó los brazos con fuerza, en un gesto que Charlotte interpretó como levemente abierto a la conversación.

—A ver, qué... —la retó Scarlet, otorgándole un segundo para plantear su argumento.

—Tal como están las cosas, no puedes ni vengarte de tu hermana ni ir al baile... a no ser que encuentren un sitio nuevo —explicó Charlotte.

—Bueno, eso parece bastante poco probable —atajó Scarlet—, así que yo no dejaría que tus encogidos organitos se emocionaran demasiado.

Había sido una ingenuidad pensar que vengarse de Petula sería motivación suficiente para Scarlet, pero lo que ella no podía reconocer ante Charlotte ni reconocer completamente ante sí misma era lo entusiasmada que estaba ante la perspectiva de ir al baile con Damen.

—¿Y si se celebra en Hawthorne Manor? —espetó Charlotte antes de que Scarlet tuviera tiempo de ponerse de nuevo los audífonos e irse a clase.

—Tu propuesta tiene dos graves problemas. Uno: "la señorita rígor mortis hormonas alteradas" —dijo Scarlet.

—Tú deja que yo me encargue de Prue. Si aceptas que te posea el día del baile, yo buscaré la manera de sacarlos a todos de la casa —replicó Charlotte.

—... y dos: ¿cómo diablos vas a lograr que la comisión de fiestas acepte, si la casa está a punto de ser demolida? —preguntó Scarlet.

—No lo haré yo —contestó Charlotte—. Lo harás tú.

ƜƧ

Esa noche, Scarlet se coló tranquilamente en la reunión de la comisión de fiestas y se dirigió a los asistentes.

—Ya sé dónde podemos celebrar el baile —dijo sin perder un segundo.

En la sala reinó el silencio y todos los que estaban allí apoyaron sus respectivos refrescos, intrigados por lo que Scarlet tenía que contar.

—Ya preguntamos en el cementerio y está reservado... Hay un montón de gente que se muere por entrar —gritó un graciosillo desde el fondo del salón. Una chica popular le jaló el brazo para que cerrara la boca, y Scarlet continuó, sorprendida por el respeto que al parecer se había ganado.

—¿Dónde? —preguntó la chica.

☙

Entre tanto, Charlotte también asistía a una reunión en la residencia muerta.

—¿Que hagamos aquí el baile? ¿Y eso cómo va a salvar la casa? —preguntó Metal Mike.

—Si desalojamos la casa y permitimos que los chicos vivos celebren aquí su baile, las autoridades comprobarán que es segura y no la demolerán —respondió Charlotte con confianza—. Es más: verán que se le pueden dar otros usos al edificio —añadió, y aguardó inquieta la reacción de los demás, temiendo lo peor y deseando lo mejor.

☙

Simultáneamente, Scarlet planteaba su propuesta en la otra punta de la ciudad.

—Es bastante grande. Está vacía —dijo Scarlet—... o casi vacía.

Lucinda, la profesora titular responsable del grupo de animadoras de Hawthorne High, se levantó inmediatamente para apoyar la propuesta de Scarlet. Era igualita a Dolly Parton, sin su talento, con una fabulosa cabellera blanca, el rostro supermaquillado y unas larguísimas uñas pintadas de color escandaloso.

—Bueno, hay cierta persona en el gobierno de la ciudad que me debe un favor... Estoy segura de que podemos lograr que nos den el visto bueno para utilizar la casa por una noche —dijo, guiñándole un ojo a Scarlet.

Scarlet se sintió aliviada al saber que tenía a alguien de su lado.

—Incluso podríamos montar un espectáculo tipo casa de los sustos para reunir fondos y costear la reparación de los daños del gimnasio —dijo Scarlet, cuyas ideas ya cabalgaban desenfrenadas sobre sus pies enfundados en medias de malla y botas con punta de acero.

—Suena genial eso de hacer el baile en un tétrico caserón abandonado —añadió la chica popular, dando por aceptado el plan en un giro insospechado.

—Entonces, estamos de acuerdo. Dejamos que los vivos hagan aquí su baile —dijo Piccolo Pam guiñándole un ojo a Charlotte—. Además, ¿qué podemos perder?

A Charlotte le costaba trabajo creer que, con todo lo que había hecho, Pam la apoyara todavía.

—¿Habrá alfombra roja? —preguntó CoCo, completamente deslumbrada.

Todos rebosaban de entusiasmo, excepto Prue, que estaba más que furiosa por que Charlotte hubiera logrado que se aceptara su plan.

Charlotte fue recibiendo las felicitaciones de todos conforme salían de la sala. Era su momento de gloria, y de qué manera. Estaba radiante, hasta que apareció Prue al final de la fila.

—Sé que crees que estás *predestinada* a ir al baile —dijo Prue con tono provocador—. Encaja a la perfección con tus planes egoístas.

—¿De qué hablas? —preguntó Charlotte, abochornada.

—Puede que a los demás sí, pero a mí no me engañas —proclamó Prue—. Salvar la casa por el bien de todos nosotros te importa un rábano.

—¿Qué pasa? Acabas de estar en la reunión —replicó Charlotte—. Encontré la solución. Lo que pasa es que estás celosa porque soy yo la elegida y no tú —dijo Charlotte ingenuamente.

Prue hizo una pausa para lograr el efecto que deseaba antes de responder.

—Lo que eres es una atorada, ¿o ya se te olvidó?

Scarlet y Charlotte no perdieron tiempo, por temor a que cualquiera de las partes cambiara de opinión, e inmediatamente se pusieron a arrear al personal para hacer todos los preparativos en vista del baile.

Las brigadas de limpieza asignadas por la comisión de fiestas de Hawthorne se partieron el lomo para dejar presentable la vieja casa. Barrieron los restos de azulejos y yeso caídos del techo y los retiraron en carretillas. Fregaron los pisos, aspiraron el polvo, repararon muebles y lámparas y enceraron la madera.

La futura casa encantada no tardó en cobrar vida. Ajenos a las fantasmales presencias que los rodeaban, los chicos vivos rociaron telaraña sintética en las esquinas y en el umbral de las puertas, vertieron chorros de jarabe de fresa y tinta roja por las paredes, tendieron los rieles algo enclenques de la "atracción" del espectáculo de la casa de los sustos y trajeron una buena provisión de hielo seco para las máquinas de humo. La decoración de los chicos muertos era un poco más... auténtica.

Rotting Rita escupió arañas auténticas por la boca para poblar las telarañas. Kim aplastó la herida de la cabeza contra otra pared y la hizo rodar, dejando una sangrienta huella violácea enmarcada por materia orgánica. Luego, dio un paso atrás y admiró su obra como quien contempla una pintura renacentista de valor incalculable. La cosa se animaba.

Scarlet estaba montando la cabina para el DJ y hacía pruebas de sonido, alternando entre su leal iPod y los dos mezcladores de CD. Tenía los audífonos puestos y estaba totalmente concentrada, sopesando cada selección como si su vida dependiera de eso.

—Tengo que hablar contigo —dijo Charlotte, emitiendo la voz a través del iPod de Scarlet.

Sobresaltada, Scarlet se quitó los audífonos y se encontró con la inquietante presencia de Charlotte a su espalda.

—¿Acaso no puedes darme un golpecito en el hombro como una persona normal? —preguntó Scarlet—. Ya sé lo que vas a decir. No te preocupes; tendrás tu turno.

—Bueno, el caso es que tengo que ser yo la que baile con él a medianoche, por lo del beso —dijo Charlotte.

—Pero ¿quién crees que eres? ¿*Cenimuerta*? —preguntó Scarlet—. Eso no es más que un cuento. Una estupidez.

—No es una estupidez. El profesor Brain me lo explicó —contestó Charlotte mientras resonaban en su mente las mordaces palabras de Prue—. Scarlet, soy la elegida.

—¿Que eres la elegida? —preguntó Scarlet, desconfiando todavía de los motivos de Charlotte.

—Sí, por primera vez, de verdad lo soy —Charlotte procedió a ofrecerle una explicación atropellada—. Ese beso, el hecho de que puedas verme y todo lo demás demuestran que Damen es mi asunto sin resolver. Que esc beso significará la resolución no sólo para mí, sino para todos los chicos muertos —dijo Charlotte—. Él es mi destino y tú mi única esperanza.

Scarlet la miró inexpresiva mientras Charlotte continuaba con su explicación.

—Scarlet, puede que no me creas, pero sí crees en *mí*, ¿verdad? —preguntó Charlotte, tratando de recuperar aunque fuera una minúscula porción de la confianza perdida.

—Seguro, claro que sí, es sólo un beso, ¿no? —reconoció Scarlet, recordando que lo que para ella era sólo una noche, para Charlotte era una eternidad.

ଓ

Mientras todos aunaban esfuerzos con los preparativos para el baile en Hawthorne Manor, Petula y las Wendys sumaban los suyos para arruinarlo. Del dormitorio de Petula no brotaban maliciosos chismorreos. Estaban muy serias, y era evidente que Petula empezaba a desquiciarse un poco.

—Bueno, ¿qué les parece, chicas? —preguntó Petula volviéndose hacia ellas, mientras se aplicaba labial rojo de Scarlet, el que le había arrebatado al director Styx, y juntaba los labios para separarlos al instante con un chasquido.

—Estás igualita a Marilyn —dijo Wendy Anderson, asombrada—. A Marilyn Manson, ¡claro!

Las Wendys estallaron en carcajadas ante el aspecto de Petula.

—Eres tan graciosa, Petula —se rio Wendy Thomas.

—¿Ah, sí? ¿Conque te parezco graciosa? —dijo Petula con un estudiado gesto de impasibilidad—. ¿Graciosa como qué?

—Ya sabes: graciosa, como graciosa, ja, ja —dijo Wendy con nerviosismo.

—¿Te refieres a graciosa como un chiste? —preguntó Petula con ojos desorbitados—. ¿Como que estoy aquí para divertirte?

El ambiente en la habitación se tornó muy pero muy serio.

—*Es broma* —dijo Petula mientras se le pasaba la psicosis en un instante.

Las Wendys se miraron entre ellas, suspiraron y volvieron a entregarse ansiosamente a urdir la venganza de Petula.

—Vamos, chicas, piensen —dijo Wendy Thomas.

—Quiero que el castigo sea adecuado al crimen —dijo Petula entre sus perlados dientes blanqueados.

—Bueno, pues entonces tendrá que ser en el baile —razonó Wendy Anderson—. Claro que allí va a ser difícil tener acceso a ella.

Petula se quedó pensativa un minuto y la interrumpió.

—¿Qué es lo peor de lo peor que se le puede hacer a una chica gótica delante de toda la escuela? —preguntó Petula.

—Podemos echarle encima un balde de sangre —sugirió Wendy Anderson.

—Eso está muy visto, Wendy. Además, seguro que le encantaría —dijo Petula—. Pero puede que no andes desencaminada...

Scarlet decidió hacer otro intento de investigar a Prue. Había llegado a la conclusión de que el saber es poder y quería estar preparada. Volvió a teclear "Prue", aunque en esta ocasión armada con la contraseña —"listoparaimprimir"— de su supervisor de prensa, el profesor Filosa, la cual había "obtenido" del cajón de su mesa.

Con ella tendría mayor acceso a la base de datos y a los archivos en línea de la escuela. Esperó y esperó a que se completara la búsqueda avanzada. Finalmente, el enlace a un único artículo apareció en la pantalla.

"Atropello y fuga de Hawthorne declarado accidental", rezaba el titular. Scarlet se desplazó hacia abajo en el texto, con la mano temblorosa y la certeza de que por fin había dado con lo que buscaba.

UN JUEZ DE LOS JUZGADOS DEL DISTRITO DICTAMINÓ HOY QUE LA MUERTE DE LA ALUMNA DE LA ESCUELA REGIONAL DE HAWTHORNE, PRUDENCE SHELLEY, DE DIECISIETE AÑOS, POR ATROPELLO Y FUGA, FUE ACCIDENTAL. SHELLEY SE DIRIGÍA EN COMPAÑÍA DE LA ESTRELLA DE ATLETISMO RANDOLF HEARST AL BAILE ANUAL DE LA VENDIMIA CUANDO, SEGÚN DECLARACIONES DE ÉSTE, ELLA LE PIDIÓ QUE LA DEJARA BAJAR DEL AUTOMÓVIL. ÉSA FUE LA ÚLTIMA VEZ QUE FUE VISTA CON VIDA. TRAS DOS DÍAS DE BÚSQUEDA, UN REPARTIDOR DE LECHE HALLÓ SU CUERPO EN UNA CUNETA.

—*Prudence* —dijo Scarlet dándose una palmada en la frente.

La policía, que desde el primer momento sospechó que Hearst ocultaba información relativa a la muerte, procedió a acusarlo de homicidio imprudente con vehículo de motor, pero al final no se pudo probar la imputación ante el juez. No hubo otros sospechosos.

En declaraciones en exclusiva para nuestro periódico, el fiscal ha afirmado: "Dada la naturaleza de las heridas que presentaba el cuerpo, nadie me convencerá jamás de que esto fue un simple atropello y fuga".

Sus afligidos padres han comentado a su vez: "Le advertimos que no anduviera con esos niños ricos. Que eso sólo le iba a traer problemas. Pero no nos hizo caso. Nunca ponía atención a lo que le decíamos".

—Qué horror —dijo Scarlet—. Además sus padres le echan a ella la culpa.

Hearst piensa retomar sus estudios en la universidad, donde se encuentra realizando un curso de finanzas. No ha querido hacer comentarios sobre el automóvil, pero su abogado, Rufus Bench, ha declarado que Hearst se sentía "aliviado".

Se quedó mirando la pantalla fijamente durante un buen rato, reflexionando sobre el trágico episodio. Scarlet tenía por fin sus respuestas... y sus armas.

ശ

En Hawthorne High, Prue, a solas entre el mar de cosas del aula de Muertología, arañaba con las uñas la pizarra de arriba abajo, una y otra vez, echando humo todavía por el asunto de la violación del código y la metida de pata de Charlotte.

—Ya sé, ahuyentemos a los compradores —espetó burlonamente con tono nasal, culpándose tanto a sí misma como a Charlotte de las terribles consecuencias de "la casa encantada" original.

Este episodio de autocompasión no era propio de Prue, pero estaba convencida de que con la nueva estrategia de hacer el baile en la casa a fin de conservarla, y el asunto aquel del Beso de Medianoche, Charlotte los había arrastrado peligrosamente cerca del olvido. Es más: se sentía casi por completo incapaz de hacer algo para detenerlo.

—Asustarlos —dijo en voz alta, levantando los brazos en el aire estancado—. Vaya estupid... —hizo una pausa a media frase y guardó silencio—. Brain tiene razón —se dijo tajantemente a sí misma mientras contemplaba la mesa y la silla vacías del profesor—. Voy a tener que encontrar otra manera de convencerla.

"No puedo *hacer* gran cosa —teorizó Prue—. Pero los demás... —dijo, esta vez con la convicción de un auténtico creyente.

22

Todo corazón

La mente tiene mil ojos;
uno sólo, el corazón;
y aun la luz de toda una vida se extingue,
cuando muere el amor.
–Francis W. Bourdillon

La vida nos transforma y nos transforma el amor.

Cuando nos transformamos, no dejamos de hacerlo nunca. Cambiamos. No completamente, pero nos adaptamos más o menos a nuestra nueva forma o a nuestros nuevos sentimientos. Lo más difícil en este proceso natural es dejarse llevar y permitir que ocurra. Hay un momento y un lugar para cada cosa. Un momento en la vida para ser alguien, y luego una vez pasado eso, una oportunidad para transformarse en alguien más. Y, si tenemos suerte, hay también un momento para amar a una persona y, como era de esperar en el caso de Charlotte, transformarse en persona amada.

La sala había sido transformada como por arte de magia en un elaborado bosque encantado, con bonitos esqueletos mexicanos del Día de Muertos colgados de enormes árboles muertos que alcanzaban los altísimos techos, envueltos todos en miles de luces parpadeantes, espejo de las diminutas azucenas blancas que Charlotte se había colocado entre sus negros cabellos. Era más espectacular de lo que jamás podría haber imaginado. No podía creer que se encontrara a un paso de hacer realidad sus sueños más salvajes.

Charlotte dejó atrás el exterior de la casa encantada rumbo a la pista de baile, y se maravilló con los juegos macabros, como "La pesca del pato muerto" y un juego de dardos con réplicas de cera de las cabezas de sus profesores colocadas sobre un muro, a modo de dianas. Allí disfrutó de lo lindo observando cómo un estudiante lanzaba un dardo a la cabeza del profesor Widget y se lo clavaba en pleno ojo sano. Charlotte se rio mientras el estudiante recibía de premio una muñeca rota vestida con una sucia sudadera de Hawthorne High hecha jirones.

Echó un vistazo a la casa encantada y se fijó en una chica vestida de reina del baile muerta que esperaba para entrar. Charlotte observó cómo se dirigía a los demás de la fila, todos muy agarraditos y, por lo que se veía, interesados únicamente en arrastrar a la oscuridad a sus respectivas parejas.

—¿Alguien ha visto mi corona? —preguntó la reina del baile muerta encaramándose en una silla gótica de terciopelo rojo y respaldo alto—. ¡Oh, mira dónde estaba! ¡En mi cabeza! —gritó mientras se la encajaba en la cabeza y regaba chorros de sangre sintética en todas direcciones un instante antes de ser propulsada hacia la oscuridad.

En realidad, Charlotte era la única que prestaba atención. Ansiaba disfrutar de cada segundo de la velada. Era su noche y no quería perderse absolutamente nada. Miró hacia las mesas redondas colocadas en el perímetro del piso ajedrezado de la pista de baile. Todas lucían torres de exquisitas rosas negras que se apilaban junto a velas negras decorativas.

En un extremo de la atestada estancia divisó a Damen. Los cielos se abrieron y un rayo de luz celestial lo iluminó, o al menos eso le pareció. Allí estaba, sentado, tan fino y galante como una estrella de cine, en un esmoquin negro y blanco igualito al de su salvapantallas. Hablaba con su amigo Max y la pareja de éste inclinado hacia ellos con suma elegancia, como el modelo de un anuncio arrancado del mismísimo *Vogue* británico. Ella se quedó allí plantada un buen rato, disfrutando de la vista.

—¿Dónde está? —preguntó Damen, retóricamente, en voz alta.

—No te agobies, seguro que de camino se apuntó en un concurso de Halloween o algo por el estilo —le susurró Max mientras se ponía de pie para irse con su chica—. Bueno, nos vamos a dar una vuelta por la *oscurísima* casa encantada —dijo, guiñándole un ojo.

—Bueno, luego nos vemos —dijo Damen sin prestarle demasiada atención. Escudriñó la sala durante unos minutos y de pronto su mirada se cruzó con la de Charlotte.

Charlotte lanzó un grito apagado al percatarse de que la miraba a ella —¡podía verla!— y tragó saliva para humedecerse la garganta, que se le había quedado seca y contraída por los nervios. Lo saludó ligeramente con la mano para hacerle saber que lo había visto.

Damen sonrió y devolvió el saludo.

Max y su chica estaban a punto de entrar en la casa encantada, pero se detuvieron y miraron también hacia donde estaba Charlotte.

La música subió de intensidad, justo como en una de esas viejas películas de Hollywood en blanco y negro. Charlotte no podía creer lo que estaba sucediendo.

Al echar a andar, reparó en que los ojos de Damen no se movían con ella. Volvió la cabeza y vio a Scarlet, de pie, a su espalda. Era a Scarlet a quien él miraba tan fijamente.

Es más: todas las miradas se posaron en ella cuando entró, como una joven estrella de los años cuarenta, enfundada en el vestido que Charlotte había entresacado del vestidor la noche que se conocieron —un vestido vintage de chiffon azul noche hasta poco más abajo de la rodilla, bordado con cristales Swarovski—. Llevaba los labios pintados de un clásico rojo anaranjado mate y su cabello negro recogido en un delicado peinado.

Damen se quedó boquiabierto cuando Scarlet quedó totalmente a la vista, y lo mismo le sucedió a Charlotte.

Scarlet se acercó a Damen despacio y se sentó junto a él.

—Pareces… —dijo Damen, que apenas podía articular palabra.

—¿Normal? —preguntó ella, acabando la frase por él.

—Nada de eso —dijo él, con una amplia sonrisa.

Charlotte los observó con anhelo. Su soso vestido vintage combinaba a la perfección con el papel estampado que tenía detrás, tanto que apenas se distinguía contra el fondo. Se sintió más que nunca como parte de la decoración.

—Resulta que toda esa historia de "encontrar a alguien en una habitación repleta de gente" no suena tan trillada cuando le pasa a uno —dijo Damen mientras acompañaba a Scarlet a tomar asiento—. Entonces, ¿qué? ¿Tienes ganas de… bailar?

—¿Bailar? No —contestó Scarlet, levemente aturdida y abrumada.

—Oh, está bien —respondió Damen, interpretándolo como una negativa.

—¡No! —dijo Scarlet—. Me refiero a que no acostumbro bailar.

Damen y Scarlet decidieron hacer algo que les gustara a ambos y se fueron hacia la cabina del DJ. Metidos en el reducido espacio, escogían discos y reían y ponían música al mismo tiempo. La estaban pasando súper escogiendo temas anticuados de la selección de discos de vinilo, que luego mezclaban con lo último de lo último que almacenaba Scarlet en su iPod. El ambiente estaba muy animado y la pista se llenaba a reventar con cada una de sus mezclas.

—¡Eres asombrosa! —gritó Damen, disfrutando con cada nota de la sesión de Scarlet.

Luego de un rato, la voz del maestro de ceremonias irrumpió en la sala a través de los altavoces, saludando a la sudorosa muchedumbre.

—¡Bienvenidos al baile anual de otoño de Hawthorne High!

"Hay magia en el aire, así que no se pierdan...

"... ¡el Beso de Medianoche!

Scarlet miró hacia su mesa y vio a Charlotte sentada en su silla, esperando pacientemente a que Scarlet estuviera libre.

—Ahora vengo —le dijo Scarlet a Damen, interrumpiendo la sesión musical. Scarlet bajó de la cabina y le hizo a Charlotte un gesto con la cabeza para que la siguiera.

—¡Date prisa o te perderás mi mezcla de Slim Whitman con The Horrors! —gritó él a su espalda.

—Mmm, no sé qué hacer, si orinarme aquí o esperar a Slim Whitman —bromeó Scarlet, mientras extendía las manos, palmas hacia arriba, como sopesando ambas opciones—. Mejor voy a hacer pis.

Damen esbozó una sonrisa mientras Scarlet se llevaba a Charlotte detrás de uno de los siniestros árboles muertos.

—Gracias por hacer esto por mí —dijo Charlotte—. No puedo creer que vaya a conseguir mi... baile.

—Sí, tu... baile —dijo Scarlet, mientras levantaba los brazos para que Charlotte empezara con el proceso.

Charlotte creyó detectar una nota de tristeza en la voz de Scarlet, pero ésta la disimuló con una sonrisa. La posesión se completó sin problemas y muy rápidamente.

—Te estás haciendo toda una experta —la elogió Scarlet, notando que se había perdido la intensa sensación de libertad que la embargaba cuando abandonaba su cuerpo.

—Más vale tarde que nunca —contestó Charlotte con timidez.

Ambas sonrieron y se separaron a toda prisa, Charlotte al mando del cuerpo bonitamente ataviado de Scarlet para buscar a Damen, y Scarlet para inspeccionar la casa encantada.

23

El fantasma que hay en ti

When you think the night has seen your mind,
That inside you're twisted and unkind,
Let me stand to show that you are blind.
Please put down your hands cause I see you.
I'll be your mirror.
–Lou Reed

Cuando pienses que la noche se ha instalado en tu mente, / que en tu interior estás retorcido y angustiado, / deja que te demuestre que estás ciego. / Baja las manos porque puedo verte. / Yo seré tu espejo.

Te amo, pero no estoy enamorado de ti.

Ésta es una diferencia falsa. Una falacia simple y llana, si se pone uno a pensarlo detenidamente. Amar es amar. Lo que en realidad conlleva "estar enamorado" es obsesión, adicción, encaprichamiento, no amor en sí. "Estar enamorado" es una declaración de las necesidades y deseos propios, no un intento de satisfacer los del otro. El amor verdadero, sin embargo, es un puente entre dos personas. A Charlotte le había costado buena parte de su vida, y toda su "otra vida", descubrirlo.

Charlotte se sentía como en una nube mientras se abría paso entre la abarrotada pista de baile y se reunía con Damen en la cabina del DJ. El estimulante frenesí que le producía el mero hecho de encontrarse allí, de ser la protagonista del momento más memorable de su vida —y ahora, de su muerte— era casi insoportable. Era la razón por la que había vivido y la única y exclusiva razón por la que había muerto, y allí estaba, sucediendo ante sus ojos.

—¿Quieres bailar? —preguntó Charlotte dándole unos golpecitos a Damen en el hombro.

Al principio Damen se echó a reír, pensando que bromeaba, pero enseguida se dio cuenta de que hablaba en serio.

—De verdad no te entiendo —dijo Damen, y puso una canción lenta, le pasó el control a un amigo y, tomando su delicada mano, la condujo hasta la pista de baile—. Creo que hicimos un buen trabajo ahí en la cabina —afirmó, atrayéndola hacia sí.

Charlotte cambió de tema. La música era cosa de Scarlet, pero el baile era suyo, todo suyo.

—Sí, pero mejor bailar con la música que escucharla a secas, ¿no crees? —preguntó ella.

A Damen no dejaba de desconcertarlo su conducta esquizofrénica, pero también le encandilaba. Ella apoyó la cabeza en su hombro y se sintió encantada de que todos los miraran mientras avanzaban por la pista de baile.

—Ahora sí podría morir tranquila... —suspiró Charlotte.

Mientras bailaban, pasaron junto a las Wendys, que acechaban como halcones desde el perímetro de la pista de baile. Las dos enviaron al instante sendos SMS con foto a Petula, para informarla y hacer que se irritara de esa manera pasiva-agresiva que era su especialidad. Petula esperaba ante su computadora, y al abrir sucesivamente cada mensaje y JPG, su rabia creció casi hasta la psicosis.

"¡Está en marcha!", decía el mensaje con que Petula contestó simultáneamente a las dos Wendys.

Como quería evitar a toda costa ver a Charlotte besando a Damen, Scarlet se subió a un cochecito vacío e inició un recorrido por la casa encantada. Se detuvo delante de un grupo de chicos que reconstruía una escena de su película favorita, *Delicatessen*. Una de las chicas tenía un insólito parecido con Scarlet y fingía estar triturando niños populares para convertirlos en paté y ofrecérselos de comer a sus inadvertidos padres.

—Se acordó... —dijo Scarlet, conmovida por que se hubiera esforzado tanto por montar algo así, pero también triste por que él no estuviera allí para compartirlo juntos.

De pronto, Scarlet se percató de que el aire que exhalaban los chicos vivos por nariz y boca era perfectamente visible, como si estuvieran en pleno invierno. La casa encantada se sumió en un silencio atroz y un frío sepulcral lo invadió todo. Scarlet sintió que se le encogía el estómago al divisar una peculiar silueta más adelante.

—¿Sabes? Nunca llegamos a darnos el beso aquel de la piscina... —dijo Charlotte, mirando en el reloj cómo se aproximaba la medianoche.

—Claro que sí, ¿no te acuerdas? —contestó Damen.

—Sí... pero... no llegamos a darnos el otro beso —dijo Charlotte.

—Tenemos tiempo de sobra para lo que queramos —dijo Damen—. Tenemos toda la vida por delante.

—Claro, toda la vida —dijo Charlotte, hundiendo la cabeza en su hombro un poco más.

—Ven aquí, Ojos Verdes —dijo él, levantando la barbilla de ella para que lo mirara a los ojos.

—¿Verdes? —preguntó Charlotte.

En ese mismo instante, Charlotte vio el reflejo de ellos dos en un espejo gótico de marco repujado que llegaba hasta el techo. Era a Scarlet, y no a ella, a quien Damen veía y estaba a punto de besar.

—Esto no está bien —dijo, apartándose.

—¿De qué hablas? —preguntó Damen.

Antes de que ella pudiera responder, se oyeron unos gritos de socorro provenientes de la casa encantada, y sonaban auténticos. Comprendió que su amiga estaba en peligro, y eso sólo podía significar una cosa: Prue.

Scarlet miró hacia arriba y vio cómo Prue se lanzaba en picada hacia ella. Paralizada de miedo, se acurrucó y cerró los ojos con fuerza.

—Scarlet —susurró Charlotte, que abandonó el cuerpo de Scarlet con un destello y se internó en la casa encantada.

Simultáneamente, Scarlet regresó a su cuerpo, que despertó con una sacudida en el instante en que Damen le plantaba un beso, *el beso*. A Damen le gustó la sacudida, que interpretó como resultado de la electricidad entre ambos, y la atrajo hacia sí. Confundida y desorientada por completo, Scarlet le devolvió el beso. Por un segundo, anhelos, temores y preocupaciones se desvanecieron por completo. Cuando sus labios se separaron, Scarlet apoyó la cabeza en el hombro de él.

—¿Estás bien? —preguntó Damen suavemente, pero Scarlet no contestó.

Se sacudió las telas de araña y comprendió que acababa de recibir el beso al que Charlotte había renunciado. Y que Charlotte había ocupado su puesto en la casa encantada.

—Charlotte —dijo, y se adentró corriendo en el escenario.

—¿Quién? —preguntó Damen totalmente confundido, y corrió tras ella.

Charlotte se vio atrapada en medio de una pesadilla cuando Prue empezó a tirar la casa abajo —literalmente—. Los carriles y escenografías quedaron hechos trizas, y los enclenques tabiques de conglomerado de madera se doblaban bajo la voluntad de Prue. Mantenía a raya a Pam y los demás chicos muertos, dejando que Charlotte le hiciera frente sola.

—Pelea de gatas —gritó Jerry, regocijado.

—¡Esto está que arrrrrdeeeee! —chilló Metal Mike, al más puro estilo de un comentarista de boxeo, mientras Pam, Kim y CoCo los fulminaban con la mirada, advirtiéndoles que más les valía cerrar la boca. Charlotte también temía por ellos, consciente de que el ambiente empeoraba.

—¿Les parece gracioso? —los reprendió Prue.

—¡No, señor! —Mike y Jerry tragaron saliva.

—Bueno, pues a ver qué piensan ellos —dijo Prue, señalando a los chicos vivos, que parecían confundidos por las fuerzas invisibles que hacían estragos a su alrededor—. ¿Esto es lo que quieres, verdad? —dijo mirando fijamente a Charlotte, mientras empezaba a atravesar a cada chico muerto, zarandeándolos hacia adelante y hacia atrás como una titiritera desquiciada. Uno a uno, los chicos muertos se volvieron visibles en toda su "decrepitud": ensangrentados, magullados, mutilados y putrefactos. Ellos se vieron reflejados en los espejos de feria, y por primera vez se les revelaron la fealdad y la finalidad de su propia muerte.

—*¡Prue, no!* —Charlotte profirió un lamento de ultratumba y cayó de rodillas, sollozando de angustia por el dolor de sus amigos.

Al principio, los chicos vivos, desorientados y aturdidos, creyeron que eran efectos especiales destinados a asustarlos, pero cuando los chicos muertos empezaron a llorar y gemir, avergonzados y humillados, comprendieron que no era para nada un truco visual. El descubrimiento los hizo revolcarse de asco y echarse a temblar de miedo.

—¡No les hagas esto! —suplicó Charlotte.

—¿Quién? ¿Yo? ¡Tú eres la *elegida* que les ha hecho esto! ¡Así es como los recordarán siempre, gracias a ti! —gritó Prue.

—¿Por qué haces esto? —gritó Charlotte—. ¿Qué te he hecho yo?

—Pudiste habernos ayudado a salvar la casa, a salvar nuestra alma... Pero tú, tú sólo piensas en ti misma —dijo Prue con un alarido—. Y ahora se acabó.

—Prue. ¡Por favor, no lo hagas! —rogó Charlotte, tratando de ganar tiempo para que los chicos vivos salieran de allí ilesos. Pero Prue no la escuchaba. Estaba decidida a provocar las mayores confusión y destrucción posibles.

—Este baile ya no tiene salvación —dijo Prue—. Y gracias a ti, tampoco nosotros.

La pista de baile se convirtió en un pandemónium tan pronto como los chicos emergieron de la casa encantada, huyendo de las terribles apariciones que acababan de ver.

—¡Pánico en la disco! —gritó un chico en la pista de baile.

଒

Scarlet se abrió camino entre la muchedumbre, se escabulló en la casa encantada y llegó en el momento en que el enfrentamiento entre Charlotte y Prue ganaba intensidad. Damen todavía estaba algunos metros más atrás, retenido por un tropel de chicos que le aconsejaban que corriera en dirección opuesta. Y en el maremágnum perdió de vista a Scarlet momentáneamente.

Scarlet sabía que Charlotte se había cambiado por ella para salvarla, y ahora ella quería devolverle el favor. El gran problema era cómo. Charlotte había cerrado la puerta entre ambas, no porque estuviera enojada sino porque trataba de protegerla.

—¡Charlotte! —gritó Scarlet al entrar en el escenario, atrayendo sin quererlo la atención de las contrincantes.

—¡Scarlet! —gritó Charlotte, tanto para advertirle como para saludar a su amiga. Prue se precipitó hacia la entrada mientras Charlotte la seguía de cerca.

Cuando Scarlet miró hacia arriba no vio a Charlotte ni a Prue, sino a los chicos muertos que ya había visto en su primera visita a Hawthorne Manor, destrozados y, oscilando en el aire, sus sollozos desgarradores tan desconcertantes como la sirena de una ambulancia.

Presa del miedo pero incapaz de apartar la vista, Scarlet se dio cuenta de algo más. Ponerse barniz de uñas negro, medias de malla y siniestra vestimenta vintage, escuchar a lúgubres grupos indie y leer poesía romántica eran cosas que a ella le encantaban. Era una forma de definirse a sí misma e incluso una forma de manifestar que no era otra linda alumna robot esperando la invitación a una fiesta o el reconocimiento de un tipo guapo. Para ellos, sin embargo, aquélla no era una forma de expresar su individualidad, de manifestar que no deseaban someterse: aquélla era su realidad.

—¿Quieres unirte a ellos? —preguntó Prue, gesticulando hacia los chicos muertos y concentrando la vista en la estructura que soportaba el riel de iluminación. Poco a poco, el riel empezó a ceder.

Damen corrió hacia Scarlet en cuanto estuvo dentro de la casa encantada, y Charlotte llegó a tiempo para contemplar con impotencia cómo el destino de sus amigos parecía sellado para siempre.

—¡Damen, cuidado! —gritó Scarlet, señalando hacia arriba.

Pero era demasiado tarde. La estructura se precipitó sobre él antes de que pudiera reaccionar, y el golpe lo dejó inconsciente en el suelo. El amasijo de hierro, madera y cristal tenía a Scarlet atrapada en el suelo junto a él. No podía mover las piernas y, sobre ella, otra estructura de focos y barras de soporte amenazaba con venirse abajo de un momento a otro.

—¡Creo que sé por qué lo hace! —le gritó Scarlet a Charlotte, con la esperanza de proporcionarle un arma para el enfrentamiento final—. Leí sobre su muerte en Internet —continuó Scarlet sin aliento—. Murió en un accidente de automóvil. Él era un niño rico. Una estrella del atletismo. Mala persona. Todos le advirtieron que se alejara de él, pero no quiso escucharlos.

La cabeza le daba vueltas a Charlotte mientras oía hablar a Scarlet.

—Iban al baile —continuó ella—. A este baile. Y las cosas debieron salirse de control. Él la dejó en la carretera. La atropellaron y murió en una cuneta.

—¡Prue! ¡Él no es como los demás! ¡Es diferente! —gritó Charlotte, que ahora comprendía lo que estaba en juego.

Prue no estaba de humor para psicoanálisis barato.

—No hay manera de que lo entiendas. ¡No se trata de él, se trata de que tú nos has condenado a todos sólo para tenerlo! —Prue miró a Charlotte desde lo alto, en silencio—. Convertiste nuestra casa en una atracción de feria —continuó—, te has burlado de nuestras esperanzas de cruzar al otro lado.

—¡No lo besé! —espetó Charlotte—. Tú tenías razón. Yo no era la elegida.

Prue se mostró visiblemente sorprendida por la confesión de Charlotte.

—¿Y por qué habría de creerte? —preguntó, pero lo cierto era que sí le creía.

El cambio que experimentó su expresión, de rencor a alivio, fue palpable.

—¿Qué? —preguntó Charlotte a su castigadora.

—Y-yo... a lo mejor estaba equivocada —confesó Prue.

—¿Ah, sí? —preguntó Charlotte, levantando la voz.

—Pensaba que la única manera de salvar la casa, de salvarnos todos, era impedir que fueras al baile —explicó.

—Claro. Sin baile no hay beso —murmuró Scarlet para sí.

—Supongo que no hacía falta que intentara detenerte —concluyó Prue.

—¿Ah, no? —preguntó Charlotte, elevando aún más la voz.

—No fui yo quien impidió el beso. Lo hiciste tú sola —dijo Prue, reconociendo el gesto desinteresado de Charlotte—. Comprendiste quién eres y el lugar al que perteneces.

—Cuando llegó el momento —ponderó Charlotte en voz alta—, sentí que no era lo correcto —sus hombros se relajaron.

—Lo lograste, por todos nosotros, Usher —dijo Prue—. A final de cuentas, resulta que no eres una atorada.

24

Descanse en Popularidad

And I thank you for bringing me here
For showing me home
For singing these tears
Finally I've found that I belong here.
—Martin L. Gore

Y te doy las gracias por traerme hasta aquí / por mostrarme el camino a casa / por cantar estas lágrimas / por fin he descubierto que aquí pertenezco.

¿Dónde acabo yo y empiezas tú?

Nos mueven nuestros anhelos, necesidades, deseos y sueños. Cuando éstos desaparecen, también lo hacemos nosotros. Nuestro éxito o fracaso en la vida se mide tanto por lo que dejamos atrás como por lo que nos llevamos con nosotros. Hacía tiempo que Charlotte sufría, aquejada de lo único que duele más que la muerte: el amor. Aprendió, con algo de ayuda, a desprenderse de su vida y de su amor, a permitirse un final, y con ello, por primera vez, dejó de renegar de sí misma.

Damen volvió en sí muy despacio, sin recuerdo alguno de lo que acababa de suceder.

—Soñé que me estaba muriendo —le dijo a Scarlet, que hasta ese momento le acariciaba la cara dulcemente.

—No seas tonto —dijo ella—. Tienes muchas razones por las cuales vivir. Los dos las tenemos —se sacudieron el polvo y se dirigieron al salón.

El hecho de que Prue aceptara a Charlotte tuvo un efecto calmante, casi narcotizante, en todo y todos. Los chicos muertos, encantados con la tregua entre Prue y Charlotte, se desvanecieron. Los chicos vivos recuperaron el conocimiento y abandonaron la casa, sin saber muy bien si habían estado soñado o acaso los habían drogado.

—¡Fue la mejor casa de los sustos de la historia! —exclamó un chico.

Y tenía razón. *Había* sido la mejor casa encantada de la historia.

—Debo reconocer que los del departamento de Arte se han superado este año, ¿no es así? —dijo el director Styx en medio de algunos aplausos aislados mientras llegaba al centro del escenario—. Bueno, toda esta emoción es difícil de superar, así que por qué no anunciar ya al rey y la reina del baile de otoño de la escuela de Hawthorne High —anunció por el micrófono.

Todos se reunieron al pie del escenario, todos excepto Petula, que había entrado disimuladamente en la casa en plena conmoción, y aguardaba de incógnito al fondo del salón.

—Y el rey y la reina de este año son... —dijo, abriendo el sobre con el resultado de la votación ante todos los alumnos—. Damen Dylan y... ¡Scarlet Kensington!

Damen y Scarlet oyeron sus nombres conforme salían de la casa encantada y apenas lo podían creer, pues mentalmente se hallaban muy lejos de allí.

—Es alucinante cómo se enganchó ahí dentro, ¿no, hermano? —dijo Max mientras Damen se remetía la camisa y Scarlet se estiraba el vestido—. ¡Nunca había visto una casa moverse de esa manera!

Damen se volvió hacia Max y le dio un golpe en la cabeza, y el equipo entero de futbol lo subió cargando al escenario.

Mientras subía los escalones, Scarlet buscó desesperadamente a Charlotte, hasta que de pronto la localizó entre bastidores. Corrió hasta ella y las dos se quedaron allí plantadas mirándose la una a la otra. Scarlet levantó de inmediato las manos, preparada y dispuesta a entregarse por última vez. Pero Charlotte no tomó las manos de Scarlet como solía. En cambio, le dio un fuerte abrazo.

—Pero ¿qué haces? —preguntó Scarlet.

—Elegir —dijo Charlotte—. Ya no puedo vivir más a través de ti.

Cuando corrieron la cortina roja, Scarlet y Charlotte salieron al escenario juntas, tomadas del brazo.

—Nunca he llegado a entender por qué te esforzabas tanto en integrarte, si era evidente que estabas destinada a sobresalir —dijo Scarlet mientras Charlotte le daba un codazo para que se adelantara y se acercara a Damen—. ¿Y qué hay de lo de "ser vista", de tu resolución? Me diste tu beso. Tú deberías quedarte con la corona —dijo Scarlet en un último esfuerzo por cederle el momento a Charlotte.

—No era mi beso —dijo Charlotte, y de un empujoncito situó a Scarlet en el lugar que le correspondía, junto a Damen.

En el mismo instante en que Scarlet iba a ser coronada, Petula apareció como de la nada con un enorme aerógrafo turbo para bronceado. Alzó la pistola y disparó el chorro de bronceador pulverizado hacia Scarlet.

—¡Turbobronceado! —corearon las Wendys.

—Con motor de inyección para emergencias —dijo Petula apuntando vengativamente a Scarlet con el bronceador líquido.

Prue, que acababa de regresar al salón, se percató de las intenciones de Petula y la agarró del brazo pulverizador, dándole un susto de muerte. Con el agarrón, el disparo de Petula se desvió y alcanzó a Charlotte en vez de a Scarlet. El vapor bronceador se posó sobre ella, haciéndola visible ante toda la escuela. Entre el público se hizo un silencio sepulcral.

—¡Mira, es la chica que murió en la escuela! —gritó un chico desde el fondo del salón.

Petula gritó con tantas ganas que se le erizaron todos los pelos del cuerpo, hasta los de bigote teñido. Un guardia de seguridad contratado por Hawthorne High reparó en su comportamiento irregular e intentó apresarla. Para su sorpresa, ella saltó a sus brazos en cuanto lo vio.

—¡Veo gente poco cool! —repetía sin cesar mientras el guardia la acompañaba a la salida. Como era habitual, los fotógrafos del anuario estaban esperando. Pero esta vez su momento de pasarela se convirtió en un "paseo del reo". Los flashes parpadearon, capturando una instantánea más apropiada para una ficha policiaca que para un anuario.

Un murmullo de inquietud recorrió la muchedumbre y algunas personas empezaron a retirarse lentamente del escenario hacia la salida.

—¿Esto forma parte de la casa encantada? —gritó una chica que estaba pegada al escenario.

—¡Esperen todos! —dijo Scarlet—. Ella es la que sacó adelante lo del baile.

Todos los que se encontraban en la sala se detuvieron y miraron a Charlotte, desconcertados.

—No se asusten. Todo se lo debemos todo a ella... —dijo Scarlet—... todo.

Scarlet encaró a Damen y confesó todo lo que había estado ocurriendo.

—¿Recuerdas cuando me dijiste que actuaba como dos personas distintas? Bien, pues... lo *era* —dijo Scarlet—. Comprendería perfectamente que no desearas volver a dirigirme la palabra nunca más.

Damen se quedó mirando a Scarlet con ojos inexpresivos durante unos instantes; luego dio media vuelta y, en silencio, se acercó a Charlotte. Ella bajó la cabeza, desconociendo lo que podría venir a continuación. Él se quedó allí plantado durante lo que pareció una eternidad, mirándola y nada más. Luego, con delicadeza, Damen movió la mano hacia la barbilla de ella, como para levantarla. Charlotte alzó la cabeza muy despacio hasta que sus ojos se encontraron con los de él.

—Te recuerdo —dijo él, buscando la mano de Charlotte y conduciéndola hasta el centro del escenario.

—En realidad, esto te pertenece a ti... —dijo Scarlet, que se quitó la corona, le apartó a Charlotte el pelo de la cara y se la colocó suavemente en la cabeza.

—No tienes que compartirla conmigo —dijo Charlotte.

—No la estoy compartiendo contigo. Es *tuya* —dijo Scarlet mientras la corona flotaba hasta la posición correcta.

—Exacto —dijo Damen con tono tajante—. ¡Se acabó lo de compartir!

Scarlet y Charlotte se encogieron ante la dureza de su voz.

—A no ser que sea *conmigo* —dijo mirando de reojo a Scarlet y esbozando una enorme sonrisa—. Gracias por toda tu ayuda —le dijo Damen a Charlotte, se inclinó y la besó con ternura en la mejilla. Sus labios eran suaves y bondadosos. Ella cerró los ojos y saboreó cada instante. Sobrepasaba todo lo que había imaginado. Mucho.

—Tienes razón, no es como los demás —dijo Prue mientras Charlotte se elevaba sobre la muchedumbre, brillando como un millar de barritas fluorescentes en un concierto para el que no quedan localidades. Su vestido se transformó en el tan soñado vestido gris perla de chiffon, el del salvapantallas, mientras se elevaba. Estaba preciosa.

Resonó entonces una ovación que fue ganando intensidad conforme el temor y la incredulidad eran sustituidos por la más absoluta admiración.

Los chicos muertos, también presentes en la coronación, empezaron a volverse visibles de nuevo, aunque en esta ocasión lucían birretes y togas de graduación. Aparecían recobrados, hasta el sanguinolento collar negro "CC" Chanel de CoCo se había metamorfoseado en uno de oro nuevo y reluciente.

—¡Es una revolucionaria! —gritó Piccolo Pam, celebrando con sincera emoción el momento de gloria de Charlotte; repentinamente, el sonido aflautado de su voz había desaparecido.

DJ se acercó bailando a la mesa de mezclas y empezó a poner una serie de temas de éxito; Suzy lanzó los brazos al aire al son de la música, y comprobó extasiada cómo su piel aparecía de pronto libre de costras.

—¡Oye, baja el volumen! —chilló Mike, para sorpresa de DJ y de Suzy, curado por fin de su perniciosa fijación auditiva. Ahora que todos volvían a prestar atención a Charlotte, Silent Violet abandonó su silencio. Dedicó un grito a Charlotte y rápidamente se llevó la mano a la garganta, asombrada por el hecho de ser capaz de decir algo.

—No volveré a chismorrear nunca más...

Pam y los demás se quedaron sobrecogidos cuando finalmente entrevieron cómo el viaje de Charlotte, y cuanto éste tenía de bueno y de malo, estaba contribuyendo a que los vieran tal cual eran.

Deadhead Jerry recibió una coqueta invitación a bailar por parte de una chica viva popular. Ahora, con la mente aclarada por completo, lo invadió una renovada confianza.

—Ya conoces el dicho, "una vez lo pruebas con un muerto, ya no quieres salir del huerto" —le susurró Jerry a Mike mientras ponía rumbo a la pista de baile.

—¡Reza por nosotras, Charlotte! —gritó Wendy Thomas entre la muchedumbre, santiguándose y tratando de sacar provecho del "milagro" que estaba presenciando.

—Oye, porque esté muerta no necesariamente va a ser una santa; igual que tampoco por ser animadora se es necesariamente una chica fácil —espetó Wendy Anderson.

Se quedaron calladas y cayeron en la cuenta de que todas las animadoras de Hawthorne eran, efectivamente, chicas fáciles.

—¡Sí, reza por nosotras, Charlotte! —suplicó Wendy Anderson.

—Así que en esto consiste ser popular —dijo Charlotte, levitando levemente sobre el escenario.

Sonrió y todos prorrumpieron en aplausos.

—Así se hace, *Ghostgirl* —le gritó Prue a su nueva amiga.

—¡Vaya, he conseguido un nombre de muerte! —Charlotte sonrió radiante.

—Y yo un baile —dijo Prue, poniendo los ojos casi en blanco y arrimándose a Max—. Supongo que al final ha resultado que sí que eras la elegida.

—Sí, pero no lo habría descubierto jamás sin ustedes —Charlotte sonrió—. Ni sin ti —dijo, volviéndose hacia Scarlet.

—Sí, sobre todo lo de cómo conseguir un bronceado para el equipo —dijo Scarlet, admirando su tez morena—. Pero no entiendo cómo un absurdo bronceador ha hecho posible que te volvieras visible —dijo Scarlet.

—No ha sido el bronceador—contestó Charlotte.

—¿Qué? —preguntó Scarlet, confusa.

—Ha sido que estaba preparada para que me vieran, tal cual soy —contestó Charlotte abrazando a Scarlet.

Scarlet supo que aquélla era la despedida, y se le cayó una lágrima que fue a aterrizar en la mejilla de Charlotte.

—Yo estaré bronceada, pero tú vas a bailar —dijo Charlotte empujando a Scarlet hacia la pista de baile con Damen. Se colocaron muy juntos y empezaron a moverse con la música, atolondradamente al principio, y luego como expertos.

A Charlotte la embargó una sensación de calma, como si todo estuviera en su debido sitio. La sensación del deber cumplido y de que había llegado el momento de hacer avances. Aunque le dolía en el alma tener que separarse de Scarlet, no pudo evitar sonreír al contemplarlos a todos allí bailando juntos. Habían vuelto a dejarla fuera, justo como en el laboratorio de física, pero eso había dejado de tener importancia para ella.

Antes de que pudiera compadecerse demasiado de sí misma, un chico increíblemente atractivo vestido de traje, como recién salido de su propio funeral, se apareció a su lado. Llevaba la etiqueta identificativa prendida a la muñeca, igual que lo había hecho Charlotte al morir.

—¿Cómo te llamas? —preguntó ella.

—Este, no estoy muy seguro —contestó él—. Pero... ¿te gustaría bailar?

—Claro que sí —contestó ella, aceptando la invitación.

Mientras bailaban un vals, Charlotte lo tranquilizó asegurándole que no pasaba nada y que ya le explicaría todo en su debido momento, pero que mientras tanto lo único que deseaba era bailar.

—Mira eso, ya hizo una conquista —dijo Damen con la vista fija en Charlotte.

—¿Cómo? ¿Estás celoso? —preguntó Scarlet mientras Damen tiraba de ella hacia sí.

Damen soltó una risita y le plantó un minúsculo y dulce beso en la mejilla.

El último baile de Charlotte se vio interrumpido por la repentina aparición del profesor Brain, que sostenía en la mano un birrete. Charlotte supo al instante que había llegado el momento de que ella y los demás se fueran.

—Ahora vas a necesitar esto —dijo él retirándole la corona y sustituyéndola por el birrete—. Gracias a ti, todos vamos a necesitar uno.

Charlotte miró al profesor Brain con admiración y reparó en su hermosa testa de pelo blanco, sin cresta cerebral ni colgajo de piel a la vista.

—Llevémonos esto "al otro lado", ¿eh? —dijo con dulzura, echándose hacia atrás la borla con una sonrisa de oreja a oreja—. Enhorabuena, Charlotte Usher.

Al instante, uno de los focos que iluminaban la pista de baile empezó a brillar con una intensidad cegadora. Era como si una estrella del cielo se hubiera colado por la ventana y brillara ahora en el interior del salón. Pero ésta no pertenecía a ningún proyector. Prue agarró a Pam de la mano e instintivamente se volvieron hacia la luz en exultante anticipación. Todos los chicos muertos se unieron a ellas en línea, tomados de la mano.

—Ya no la veo.

Damen estrechó a Scarlet mientras ella observaba cómo su amiga se empezaba a desvanecer.

—No llores porque se acabe. Sonríe porque haya sucedido —la consoló Damen.

—Dr. Seuss —dijo Scarlet, regalándole una sonrisa de agradecimiento.

Mientras Damen confortaba a Scarlet, Charlotte corrió para unirse a Piccolo Pam.

—¿Lista? —preguntó Pam.

—Lista, Piccolo Pam —dijo Charlotte mientras se daban un abrazo.

—Ahora ya vuelvo a ser Pam a secas —dijo Pam con gratitud.

Con Brain a la cabeza, uno a uno caminaron hacia la luz, siguiendo el orden de su llegada a la asignatura de Muertología. Prue la primera. Charlotte la última. Cuando llegó su turno, echó la vista atrás, satisfecha, se sacó el birrete y lo lanzó al aire, y muy despacio se desvaneció en la acogedora luminosidad.

Se había ido.

Mientras miraba hacia lo alto, Scarlet vio la sombra del gorro solitario de Charlotte, que volaba hasta el techo. Era una señal que le enviaba Charlotte, y supo enseguida cuál era su significado: que estaba en un lugar mejor. Las dos lo estaban.

Epílogo

Hay una luz

Los sueños siempre se hacen realidad.
Tal vez no en vida, pero lo harán igualmente...
—EJ

A todos nos gusta pensar que el mundo se acaba con nosotros.

Lo cierto es que nuestros conocidos, nuestros amigos y nuestros seres queridos nos sobreviven, y, a través de ellos, también nosotros. No se trata de lo que tenías, sino de lo que diste. No de lo que parecías, sino de cómo viviste. Y no se trata únicamente de ser recordado. Se trata de dar a los demás una buena razón para que te recuerden.

Una nieve prematura caía suavemente al otro lado de las vidrieras cubriéndolo todo, desde el frío y duro suelo a los árboles desnudos, de un mar de blanco. Costaba creer que había pasado un año entero desde aquella noche portentosa. Parecía que hubiera sido ayer la coronación de una leyenda de Hawthorne en aquel mismo salón, hoy convertido en el local de moda de la ciudad.

Como en el juego del teléfono descompuesto, los detalles de lo ocurrido aquella noche cambiaron conforme los días y las semanas pasaban volando; cada persona añadía un poco más a la narración, hasta que la historia de Charlotte Usher se convirtió en leyenda.

El antaño decadente caserón había sido restaurado y renovado, y el salón de baile donde todo sucedió era un exquisito café repleto de sillones de terciopelo arrugado en tonos que imitaban a los de las piedras preciosas, impactantes cuadros de gran tamaño y sugerentes fotografías en blanco y negro, cortinajes que caían desde el techo hasta el suelo, arañas antiquísimas y sillas, mesas y compartimentos de madera oscura.

Las Wendys ocupaban su compartimento de terciopelo mostaza vestidas al más puro estilo gótico chic.

—Este sitio es una maravilla —dijo Wendy Thomas mientras escudriñaba el salón para ver a "quién" distinguía entre los presentes.

—Sí, me alegro de que emplearan el dinero que reunieron en el baile para arreglarlo —dijo Wendy Anderson reparando en Petula, que retiraba los platos de una mesa cercana—. ¿Verdad que sí, Petula?

—Por cierto, ¿cuántas horas de servicio a la comunidad te faltan por cumplir todavía? —preguntó Wendy Thomas, mientras ambas se reían del patetismo de Petula.

—Muy gracioso —dijo ésta, agarrando su carrito del aseo.

—Pues claro que lo es; lo hemos dicho nosotras —dijo Wendy Anderson con tono cortante, devolviéndole a Petula con mucha saña sus propias palabras.

En el centro de la sala, Scarlet —con un suéter negro ajustado sobre una blusa azul verdosa oscura, finos pantalones de trabajo negros, pintalabios rojo, esmalte de uñas negro y un delantal vintage confeccionado a partir de una vieja cortina de los años cincuenta— preparaba con destreza cafés con leche, capuchinos, espressos y variedad de tés exóticos, apostada tras una barra de diseño ultramoderno.

A su espalda había una pizarra donde rezaban todas las especialidades, y también un cartel que publicitaba una proyección especial de *Delicatessen* para la noche del sábado. Sam Wolfe estaba sentado detrás de la caja leyendo el *Wall Street Journal*; su aspecto era el de una persona completamente normal, sin trazas de discapacidad o minusvalía algunas.

—¿Sam? —dijo Scarlet con escepticismo.

Mientras Sam plegaba el periódico, un chico popular se acercó con paso lento pero decidido, impulsando a Sam a actuar de nuevo con lentitud y servilismo, ofreciéndose a prepararle un café.

—Que sea un café de avellana semidescafeinado con crema desnatada y un par de sobrecitos de sacarina, Chico Lobo —le ordenó el chico de mala manera.

—Un momento... Entonces, ¿sólo te haces el retrasado? —preguntó Scarlet.

—Instinto de supervivencia para encajar —replicó Sam con una sonrisita de suficiencia mientras removía el café del presumido.

Scarlet le lanzó el trapo de secar los platos y negó con la cabeza, repugnada, mientras admiraba su ingenuidad. Cuando Sam se acercaba a la mesa del presumido para servirle el ardiente mejunje, la taza salió despedida de forma inexplicable de su mano y fue a aterrizar en la entrepierna del chico. El presumido soltó un alarido de dolor, se arrancó los pantalones y salió corriendo del café, humillado por completo.

—Inspección de suspensorios —articuló Sam involuntariamente como el muñeco de un ventrílocuo.

—Estás muerto —le gritó el presumido a Sam, que no tenía ni idea de qué era ese no-sé-qué que le había dado.

—No; ya lo estoy —susurró una voz al oído de Scarlet con una carcajada.

Scarlet supo instintivamente quién era el culpable y sonrió en el mismo instante en que Damen entraba por la puerta.

—¿De qué te ríes? —preguntó Damen.

—De nada —dijo Scarlet mientras saltaba la barra y se lanzaba a sus brazos. Mientras lo abrazaba, miró hacia la puerta de entrada del café y la inscripción que había pintado sobre el dintel en memoria de Charlotte.

LOS AMIGOS SON COMO LAS ESTRELLAS.
NO LOS VES A TODAS HORAS, PERO SABES QUE ESTÁN AHÍ.

—Te extrañé —dijo ella... a ambos.

Scarlet miró a Damen a los ojos y le dio un beso de muerte.

¿Fin?

Agradecimientos

A mi amado, Michael Pagnotta. Sólo Dios sabe qué sería yo sin ti.

Mi agradecimiento y cariño a mi madre, Beverly Hurley, por saber que era escritora antes que yo misma, y a mi hermana gemela y mejor amiga, Tracy Hurley Martin: tu aliento y apoyo perpetuos han hecho posible este libro. Gracias muy especialmente a mis abuelos Anthony y Martha Kolencik: descansen en paz hasta que volvamos a estar juntos; y a Mary Nemchik, Tom Hurley, Mary Pagnotta y Vincent Martin.

Mi más sentido agradecimiento a todos los que han contribuido a dar vida a *Ghostgirl:* Nancy Conescu, Craig Phillips, Megan Tingley, Hardy Justice, Jane Rosenthal, Lawrence Mattis, Andy McNicol, Chuck Googe, Jr., Zack Zeiler, Andrew Smith, Tina McIntyre, Lisa Laginestra, Andrea Spooner, Christine Cuccio, Van Partible, Stephanie Voros, Alison Impey, Jonathan Lopes, Shawn Foster y Chris Murphy.

A todos ustedes que pasan desapercibidos: "Un día los amarán".